Narratori Feltrinelli

Barbara Fiorio

Vittoria

Published by arrangement with Meucci Agency – Milano
Prima edizione ne "I Narratori" aprile 2018

Stampa Grafica Veneta S.p.A. di Trebaseleghe - PD

ISBN 978-88-07-03290-5

FSC
www.fsc.org
MISTO
Carta
da fonti gestite in
maniera responsabile
FSC® C021883

Vittoria

Ai miei giganti:

Mirella Rossini, la Mamma
Paola Fiorio, la Zia
Isabella Bianchi, la White
Sara Lando, la Fotografa vera
Sara Zampieri, la Seze

Dai voce al dolore: il dolore che non parla sussurra a un cuore oppresso, ordinandogli di spezzarsi.

WILLIAM SHAKESPEARE, *Macbeth*, atto IV, scena III

Ero sicurissima. Io

L'indirizzo è questo, interno 9. Sul citofono, un unico cognome: Fracco. Manca cinque alle undici, c'è un sole di inizio ottobre che fa venir voglia di mangiare focaccia sugli scogli, ma io devo andare da Angela. Angela Fracco, immagino. O, che so, Angela Pescetti in Fracco, con il cognome da nubile cancellato all'altare.

Angela, cartomante di professione.

Se professione la si può chiamare.

Mi guardo attorno, spero che nessuno che conosco mi veda qui. Che poi è un palazzo in centro con ventiquattro appartamenti, potrei andare a trovare, per dire, quelli dell'11, gli Zigoli, o quelli del 7, i Parodi. Non è che se mi vedono varcare il portone capiscono subito che sto andando da una cartomante. Anche perché dovrebbero sapere che al 9 vive una cartomante, quindi tana per loro. Loro. Loro chi, poi. Gente. Gente che alle undici del mattino vaga per Genova, in corso Torino, mi riconosce e pensa "quella è Vittoria che va da una cartomante! Da lei proprio non me l'aspettavo".

Figurati io, persona immaginaria della mia paranoia, figurati io.

Ma ho in mano un buono regalo e un imperativo, e ormai sono passati anche i cinque minuti di anticipo.

Suono, il portone si apre e una voce gracchia: "Terzo piano".

Al terzo piano trovo una porta socchiusa e non serve essere veggenti per capire che, delle quattro sul pianerottolo, è lì che devo entrare.

Mi affaccio, la mano sulla maniglia, mezza dentro e mezza fuori.

"Permesso?"

"Vieni, vieni, cara." Una donna in fuseaux, lunga camicia a fiori e zoccoli ortopedici sposta un triciclo e lo accantona sotto la finestra dell'ingresso.

Poi mi indica una porta. "Vai pure nello studio, arrivo subito," e sparisce in un corridoio da cui arriva odore di broccoli. Mi aspettavo dell'incenso, mi si sbaragliano i cliché.

Lo studio è arredato come quello di un notaio dell'Ottocento. Pesanti mobili di noce, una scrivania con gambe intagliate, un mappamondo finto antico, una parete occupata da una libreria in stile e, incorniciato sulla parete di fianco, un diploma da Ragioniere e Perito Commerciale. Non faccio in tempo a leggere chi ne faccia sfoggio che Angela entra.

"Siediti pure, cara." Chiude la porta e va a mettersi dietro la scrivania.

Mi siedo di fronte a lei.

"Dimmi," fa, cominciando a mischiare un mazzo di carte. Poi le viene un sospetto. "Ti vanno bene i tarocchi o preferisci un consulto astrologico?"

Per me potrebbe leggermi anche i bottoni della giacca o un mucchio di graffette gettate a caso per terra. Sono della vecchia scuola: se non vivi in una caverna o in un tempio, se non ti fai di erbe e funghetti o non presiedi da secoli gli stretti marini, diffido delle tue capacità divinatorie.

Ma Angela è una madre di famiglia che cuoce broccoli, sistema tricicli e fa le carte per arrotondare lo stipendio del marito, probabile Ragioniere e Perito Commerciale. Forse ci crede anche, e io sono a casa sua volontariamente, per quel che ne sa lei.

“Mi hanno parlato delle carte,” azzardo con un tono possibilistico che sottintende libertà di movimento.

“Ah, sei l’amica di Monica, giusto. Sì, lei preferisce le carte. Benissimo. Comunque di che segno sei?”

Quando scopre che sono dello Scorpione scuote la testa solidale. “Brutto periodo per voi, brutto proprio, cara. Lo so. E non è ancora finita.”

Brutto periodo, già. Pensavo di aver toccato il fondo, e invece no, Angela la Cartomante mi assicura che peggiorerà.

Mi fa tagliare il mazzo e sistema una ventina di carte in cerchio.

“Be’, dai, pensavo peggio. Hai gli angeli e le stelle, vedi?”

Vedo delle stelle disegnate, una tizia che rovescia acqua e un angelo che suona una tromba da cui pende la bandiera della Repubblica Genovese.

“Sono in squadra con me, quelli?” chiedo.

Ride. “E certo! Sennò con chi?”

Già, sennò con chi. Dunque i miei compagni sono una biondina nuda che svuota due anfore dentro una pozza d’acqua, senza alcun senso logico, e un trombettista divino che, da come tiene lo strumento, non dà l’idea di essere Louis Armstrong. Sotto di lui, gente svestita e grigiastra che lo supplica – probabilmente di smettere.

“Sì, il periodo è stato brutto. Vedo un problema con i tuoi fratelli, un problema di soldi, questioni di eredità. C’è stato un lutto in famiglia, gioia?”

Gioia? “Nessun lutto. E sono figlia unica.”

Forse dovrei aggiungere qualcosa ma preferisco lasciarle fare il suo lavoro, qualunque esso sia.

Non è convinta, tocca le carte, le sfrega sul tavolo. “Ci sono due figure giovani, qui. Se non sono fratelli sono figli.”

Eh, solo che non ho nemmeno figli, le dico. Quasi mi dispiace per lei.

Stringe gli occhi e si fa seria, credo di esserle diventata

un po' meno cara. Picchietta una carta con l'indice. "Tu sei una donna forte, ma in questo momento ti senti bloccata da qualcosa. Sei come in attesa. Stai aspettando una risposta dall'estero."

Non ho davvero idea di cosa possa arrivare dall'estero.

"Di lavoro?" chiedo.

Accenna un sorriso, si rilassa. "Sì, sì, esatto, di lavoro. Ti vedo occupata da moltissime cose, vedo tante persone attorno a te con cui devi parlare ogni giorno. E c'è un uomo che ti ama molto."

Mi scappa una smorfia, quella smorfia piccola e sbieca, tutta fatta di sarcasmo. È rapida e sparisce, ma lei la coglie.

Tocca un re di spade. "Forse ora ti sembra più freddo del solito, magari un po' distante, ma lui ti ama. È che ha un problema di cui non vuole parlarti, vedi la luna? Eh, c'è la luna."

Eh, c'è la luna, certo.

"Che tipo di problema?" chiedo, a questo punto curiosa come neanche quando seguivo *Twin Peaks*.

Angela Pescetti in Fracco non ha dubbi. "Un problema di soldi, di lavoro. Non vedo altre donne. Lui ha un problema con te, perché sei più forte e hai più successo sul lavoro. Un uomo queste cose le patisce. Ma si risolverà," annuisce convinta, "vedo arrivare una bella soddisfazione anche per lui."

La guardo.

Mi guarda.

"O comunque, vedo che starà meglio. Vi vedo felici insieme."

Sì, bene, starà meglio. Ottimo. E saremo felici insieme, perfetto. "Quindi il mio lavoro va bene?" le domando.

Lei raccoglie le carte, ricompone il mazzo, mischia.

"Vediamo," dice, e me lo porge per farmelo tagliare. "Con la sinistra, gioia, sempre con la sinistra. La mano del cuore," aggiunge, ammiccante.

Compaiono figure, denari, spade, bastoni, un miscuglio indecifrabile di immagini.

Faccio un lavoro che posso gestirmi io, dice, di gran movimento, che va bene, vede, solo che non ne sono soddisfatta perché ho voglia di cambiamento e questo mi spaventa e spaventa anche lui, ma c'è la carta della casa – picchietta –, la mia situazione è stabile, sarò io a prendere qualunque decisione e avrò successo, un successo sicuro, sostiene, perché mi sono usciti il Carro e il Sole. Roba forte, deduco da come punta l'indice su quelle carte. Le osservo. In una c'è una specie di soldato con l'armatura, a occhio direi un antico romano, su un carro – per l'appunto – trainato da due sfingi e con un castello medioevale alle spalle. La confusione è totale, pare Las Vegas.

Il Sole, almeno, fa il sole. Sì, d'accordo, ha la faccia disegnata e sotto di lui ci sono un entusiasmo di girasoli e un bambino nudo in groppa a un cavallo, ma è decisamente un sole. E siccome ha un'aria serena, la prendiamo come una gran bella cosa.

Bon, mi alzo.

"Non vuoi sapere nient'altro?" mi chiede lei, sorpresa. "Ti ho fatto solo due giri."

Le sorrido e mi infilo la giacca. "Ho un lavoro e una vita stabile, un uomo che mi ama, il Carro e il Sole mi aspettano là fuori... Cosa potrei volere di più? Preferisco non sfidare la sorte."

Sorride anche lei, stringendo il mazzo. "Hai ragione, gioia. Sei saggia."

Poi prende il buono e mi accompagna alla porta.

Quando arrivo a casa, il citofono mi sfida con tutta la crudeltà di cui è capace.

INTERNO 2

CONTI-LAMBERTI

Vittoria Conti e Federico Lamberti, fino a cinque giorni fa.

Ricordo la mattina in cui ho smontato quella placca di metallo, sono passati più di tre anni. Avevo sostituito il mio cognome con quelli di entrambi, lì, insieme. Perché quella era diventata casa nostra. Ero stata attenta a mettere la targhetta ben dritta, poi avevo pulito la plastica che protegge i nomi dalle intemperie e avevo riavvitato la placca al muro.

Quando era arrivato e lo aveva visto, i suoi occhi avevano brillato. Si emozionava senza filtri, in gran libertà.

"Sei sicura?" mi aveva chiesto.

"Sicurissima," gli avevo risposto.

Mi aveva baciata e stretta forte.

Ero sicurissima. Io.

La sento che arriva, la fitta. Lo stomaco si accartoccia e mi spreme il dolore verso l'alto, sale di colpo, mi schiaccia i polmoni e gli occhi naufragano tra le lacrime, la vista velata, il respiro in panne.

"Fanculo."

Salgo in casa, getto la borsa a terra, accendo il computer senza neanche togliermi la giacca.

"Fanculo."

Apro un nuovo file di Word, digito *Conti*, lo metto in corpo 18, scelgo un Garamond, provo in grassetto, no, meglio normale. Il gatto salta sulla scrivania e si struscia contro lo schermo. Ha ragione, c'è anche lui. Aggiungo *Sugo*. Fanculo. Stampo, prendo le forbici, la cassetta degli attrezzi e torno giù.

Poco dopo, sul citofono, l'interno 2 dichiara CONTI-SUGO.

Sempre in ordine alfabetico, ma più affidabile.

Questa è fatta. Adesso devo cercarmi un lavoro.

Tu sei una fotografa

“Be’, ma tu un lavoro ce l’hai,” dice Alice girando le uova in padella.

Lei le fa così, fascia il tuorlo nel bianco già cotto e poi le voltola come frittelle. In pratica le fa all’occhio di bue, ma con la cataratta. Buonissime. Io nemmeno ci provo. Con lei sembra tutto facile, *tric tric*, dice e, *tric*, l’ha fatto. Ha le uova fresche e “uh, dai, faccio lo zabaione”, e tu le dici “lo zabaione? Adesso?”, ma lei “che ci vuole? Guarda, *tric tric*, fatto”. E lo fa. Così per lo strudel, il pandolce genovese, il pollo arrosto, la ratatouille. *Tric tric*, che ci vuole?

Sono a casa sua da quando Federico se n’è andato.

Lei era già pronta, erano mesi che lui mi teneva appesa al filo della sua crisi esistenziale, oscillante tra il non poter fare a meno di me e il bisogno di stare da solo, mesi che sono serviti a lui per decidere e ai miei amici per preparare la rete di salvataggio. Io, intanto, mi aggrappavo ostinata a quel filo sottile e lasciavo che la ferocia della sua demolizione mi facesse vorticare, ero l’unica idiota che continuava a vedere un futuro insieme, quello progettato, quello per la vita. Perché io, condanna mortale, sono una che crede nelle promesse.

Alice, il giorno in cui Federico se n’è andato, ha preparato la camera degli ospiti, riempito la casa di cioccolatini al pistacchio e il frigo di vino bianco. *Vieni da me, stasera, fac-*

ciamo maratona di serial e poi rimani a dormire, mi ha scritto. E io ho infilato due cambi in borsa e sono venuta qui, dove sono rimasta ben più di una notte.

Passo da casa per dare da mangiare a Sugo e cambiargli la sabbia, poi torno di corsa in questo rifugio. Là, a casa, mi fa male stare.

"Che lavoro ho, Alice?" le domando, mentre lei – dopo avermi passato i piatti e messo la padella nel lavandino – viene a sedersi a tavola.

Rompe il tuorlo e lo osserva allargarsi nel piatto prima di attaccarlo con un pezzo di pane. Poi mi guarda seria. "Tu sei una fotografa, Vittoria. E anche brava."

Sono una fotografa. E anche brava, dicono. Una fotografa senza clienti, però, senza progetti, senza incarichi. Diciamo una fotografa virtuale.

Alice la fa facile. *Tric tric*, sono una fotografa quindi ho un lavoro.

"Non scatto da mesi. Non ci riesco più. Non ho idee, non ho stimoli."

Lei smuove l'aria con una mano, come a scacciare un insetto molesto. "Oh, be', adesso è così, negli ultimi mesi eri impegnata a sopravvivere a un uragano, ma sono sicura che tra poco ricomincerai a fare foto."

Io no, non ne sono affatto sicura.

"Fare la fotografa è un lusso che non posso più permettermi," dico, tagliuzzando con la punta del coltello alcune briciole sulla tovaglia. L'uovo l'ho finito, di più non riesco a mangiare.

Tu sei una fotografa. Me lo ripeteva sempre anche Federico. Rappresentavo quello che avrebbe voluto essere lui, l'artista che vive senza rete e ci crede fino a farcela, per cui dovevo tenere duro e continuare a crederci, fino a farcela. Per me, per lui. "Tu sei una fotografa," mi ricordava sempre, e quello avrei dovuto fare, non altro. Che non mi mettessi in testa di cercarmi un lavoro diverso per guadagnare qualcosa. C'era lui a contribuire alle spese, lui col suo stipendio e io con i miei risparmi e la mia casa. E io e lui, amava dirmi, ancora fino a un mese prima di andarsene, eravamo una coppia, remavamo insieme per andare nella stessa direzione. "Tu sei una fotografa," mi diceva quando contavo gli spiccioli dei lavoretti che raccattavo: il catalogo di vernici, il matrimonio alternativo, il book per l'aspirante modella. "E non voglio nemmeno immaginarti fare l'impiegata da qualche parte," aggiungeva ogni tanto, per rinforzo. Sarebbe stata una resa, diceva. Lo avrei deluso. Oltretutto, se il suo lavoro lo avesse portato qualche mese all'estero io non avrei più potuto seguirlo. Quindi, noi eravamo una coppia, remavamo insieme per andare nella stessa direzione e io ero una fotografa.

"Sono una disoccupata, Alice. Una disoccupata di quasi quarantasei anni."

Lei sbuffa, non le piace quando sono così negativa. "Sei solo in un momento di pausa."

"No. Avere una partita Iva è l'unica differenza tra me e un disoccupato ufficiale, e tra i due, credimi, è messo meglio lui che almeno non deve pagare le tasse sul nulla che guadagna."

Pilucchiamo un po' di frutta.

"Ma le docenze?"

Ho insegnato comunicazione visiva in un istituto di formazione, ma non ci sono altri corsi in programma. E mi dispiace, mi sono divertita a insegnare.

"Finite. Mi pagheranno fra tre mesi, duemila euro in tutto. Lordi."

Alice apre la finestra, si siede a terra, vicino al balcone, e si accende una sigaretta, soffiando fuori il fumo.

"Be', però adesso hai da fare la cosa degli alberghi, no?"

Sì, ho quella. Un progetto a cui lavoro da maggio. Moodboard, lay-out, foto di prova, pitch, casting delle location e dei modelli, proposte, riunioni, brainstorming, conference-call, budget discussi, budget approvati in via non ufficiale, viaggi tra Genova e Milano, poi la definizione delle tempistiche e il silenzio. Da alcune settimane.

"Già, solo che avremmo dovuto cominciare entro settembre e siamo a inizio ottobre," le rispondo.

"L'estate si sta trascinando, ai primi freddi tornano tutti attivi," mi rassicura Alice. "Andrà benissimo. Ti ridarà stimolo e anche un po' di visibilità. Poi vedrai che arriveranno altri lavori. Hai ancora qualcosa da parte?"

Ho ancora qualcosa, sì, ma ormai sono alcuni anni che rosicchio il mio salvagente. Non ho mai lasciato il lavoro per seguire la mia passione, non avrei mai rinunciato a una sicurezza mensile per tuffarmi di testa in un nulla di incognite, è stato il lavoro che ha lasciato me. Vent'anni a fare la grafica di cui dieci per un'azienda di dolciumi, fino alla morte del titolare anziano, lo smembramento tra gli eredi e la fine dell'impresa, sei anni fa. Qualche soldo da parte, un appartamento lasciato da mio nonno, molti colloqui, nessuna offerta, una Canon e un paio di concorsi fotografici vinti. Ecco, la situazione era questa.

Federico, che mi ha incontrata dopo la mia prima pubblicità di successo, ci vedeva del coraggio, in questo. Forse, ma quello che ci vedevo io era soprattutto la mancanza di alternative e la necessità di trasformare la mia passione in un mestiere.

Da allora sono passati un paio di servizi su riviste nazionali, due pubblicità importanti, alcuni piccoli lavori meno gratificanti e a basso costo, qualche guadagno, molte spese, un lungo periodo senza incarichi e una convivenza appena naufragata.

"Posso farcela ancora per un paio di mesi, al massimo sino alla fine dell'anno. Poi dovrò inventarmi qualcosa."

Alice mi guarda. Sta per dirlo ma la fermo alzando una mano. Non chiederei mai un prestito a un'amica senza la certezza di poterglielo restituire in poco tempo. E io questa certezza non ce l'ho, mentre l'amica sì, e non la voglio perdere.

Alza la mano anche lei e abbassa gli occhi, ci siamo capite.

Poi sorride. "Puntata?"

In salotto ci sono due divani e dopo meno di una settimana noi abbiamo già i nostri rituali, come una vecchia coppia: lei il divano verso la libreria, io quello verso il tavolo. Ognuna due cuscini, un plaid e accesso libero alla ciotola dei cioccolatini al pistacchio. I telecomandi a me.

Accendo la tv e vado su Netflix. Seleziono l'account di Alice e la nuova puntata di *The Good Wife*. Siamo alla seconda stagione, per fortuna ce ne sono sei.

Con la pubblicità per gli alberghi avrei di cosa vivere per un po' di tempo, se solo cominciassimo. Almeno potrei stordirmi di lavoro e sentirmi di nuovo parte di qualcosa.

Controllo il cellulare, nel caso sia arrivato un messaggio. Un *suo* messaggio. Niente.

Schiaccio PLAY.

Quella maledettissima libreria

Entrare in casa è sempre più difficile. L'ho consegnata ai ricordi e non riesco più a riprendermela.

Sugo mi aspetta davanti alla porta, miagola, è palesemente contrariato per essere passato da una casa con due umani a disposizione a una vuota e silenziosa, con me che spunto una volta al giorno per lasciargli le crocchette, pulirgli la sabbia, chiedergli scusa e uscire di nuovo. Come se fossi la cat-sitter di due assenti a tempo indeterminato.

Ogni volta che entro, una sensazione insopportabile di vuoto mi aggredisce, mi trapassa lo stomaco e mi piega le ginocchia – non riesco a stare qui a lungo.

Era casa, era nostra, era noi.

"Io perdo una casa, una famiglia, te, noi, tutto," singhiozzava lui disperato quando ha deciso di lasciarmi.

Perdere. Non stava perdendo niente, era tutta roba che gli andava stretta, un vuoto a rendere che ha reso per decollare verso un futuro libero da ogni zavorra. Per andare dove, non lo so. Al momento nella mansarda dei suoi, nel basso Piemonte, a sessanta chilometri da qui. Poi un paio di mesi in Svizzera per una mostra, se gli confermano l'incarico di curatore, poi di nuovo nella mansarda dei suoi a scrivere altri interventi, pareri, cataloghi, sempre nel basso Piemonte, sempre a sessanta chilometri da qui.

L'appendiabiti nell'ingresso ha gli spazi vuoti delle sue giacche, in cucina la sua centrifuga non c'è più, e nemmeno il succo di albicocca in frigo, in camera non ci sono le sue infradito e la sua maglia appallottolata, in bagno non ci sono il suo spazzolino, il rasoio e l'accappatoio verde, sempre al rovescio.

E nel suo studio... Nel suo studio non sono ancora riuscita a entrare.

Ci prova Sugo, che raspa contro la porta come faceva ogni mattina, senza smettere finché Federico non si arrendeva e, a volte scocciato, a volte intenerito, gli apriva.

"Non c'è più, Sugo," gli dico. Poi apro e glielo dimostro.

Lui entra e va rapido verso la scrivania, ma si blocca davanti alla sedia vuota. Torna verso di me, si struscia contro le mie gambe, poi va ancora verso la scrivania, salta sulla sedia, la annusa e si acciambella lì.

Lì, dove Federico stava tutto il giorno, da dove mi sorrideva quando entravo a salutarlo, da dove mi rispondeva quando chiedevo consigli, da dove lo abbracciavo baciandolo sul collo, dove gli portavo i biscotti per la pausa di metà mattina, dove mi faceva sedere per farmi leggere le sue introduzioni e prefazioni, dove mi parlava delle sue incertezze e ascoltava i miei pareri. Lì, dove sembra impossibile non vederlo più.

Scivolo a terra con le gambe che diventano molli, continuo a scivolare in un baratro di cui non vedo il fondo e piango, piango con la faccia tra le mani, piango con i singhiozzi, piango e mi manca il respiro, piango l'assenza, il perduto, l'impossibile da credere, il futuro disertato, il passato calpestato e il presente micidiale.

Non riesco a credere che ci abbia buttati via. Non riesco a credere che quel noi immenso in cui credevamo non sia più niente per lui. O non abbastanza da salvarci.

Io non lo so cos'è successo.

Le piccole tensioni, qualche insofferenza, le sue risposte secche, un nuovo dolore alla spalla, l'allergia alla parietaria, la stanchezza per il lavoro, buonanotte tesoro, l'insofferenza aumenta, i primi non ho tempo di aiutarti, e intanto i riflettori si accendono su Facebook, dove lui splende con la sua cultura, con la sua sensibilità ostentata, con la sua retorica, e in casa le nuvole, il malessere, il buio, di qua spegne la vita sociale, buongiorno amore, di là sfavilla di nuove amicizie virtuali, di più, sempre di più, ancora di più, poi un'emergenza dai suoi e deve correre da loro, hanno bisogno di lui un paio di giorni al massimo, magari tre, poi quattro, buonanotte tesoro, e il rientro a casa, l'amore, la nostalgia, che bello essere di nuovo qui, tornare a respirare insieme, gli chiedo cosa posso fare per lui ma niente, non vuole che faccia niente, poi di nuovo via per l'emergenza, un paio di giorni al massimo, magari tre, poi quattro, buongiorno amore, e vengo lì Federico, voglio dare una mano anch'io, ma no, non vuole, mi rifiuta, soffre e deve pure risolvere il problema dei suoi, e mi dice che in fondo non è davvero casa sua, la nostra, che lui non ha mai scelto dove mettere i bicchieri, e quante poesie mi ha scritto ma non mi ha mai dato, e non sa più cosa vuole da noi – e intanto i selfie, gli applausi, il consenso, come te nessuno, sei unico, sei speciale, sei fantastico –, sei ancora con me, Federico?, non lo sa, non sa dov'è, non sa più chi è, lui sta male e io non capisco cos'è successo, voglio aiutarlo, mi dice che non posso, mi ami, Federico?, mi ama immensamente, sono la donna della sua vita, ma sono intransigente, ho troppe liste e devo rifare il letto appena mi sveglio, non vado bene, lui è stanco, ma stanco di cosa, delle liste?, o perché rifaccio il letto?, non capisco, buonanotte tesoro, ha bisogno di capire, di riflettere – e intanto i selfie, gli applausi, il consenso, come te nessuno, sei unico, sei speciale, sei fantastico –, e dai suoi ci sta quattro giorni, poi cinque, poi sei, poi non torna più a casa, mi telefona ogni giorno, più volte al giorno, ha bisogno di parlarmi ma non di noi, buongiorno amore, e se deve venire a Genova per lavoro me lo dice la sera prima, possiamo vederci, già che viene, ma era qui che viveva, c'è il suo nome sul citofono, come siamo passati al possiamo vederci già che viene a Genova?, non vale più la pena venire per me, io sono il corollario, il già che vengo, buonanotte tesoro, e forse non siamo adatti l'uno all'altra, dice, non siamo più balsamo ma sale sulle ferite, e da quando?, ero la sua persona, era la mia persona, chi hai conosciuto, chi hai incontrato? nessuna, non c'è nessuna, giura, è lui che sta cambiando, si sente morto dentro, il suo sguardo è diverso, adesso è crudele – e intanto i selfie, gli applausi, il consenso, come te nessuno, sei unico, sei speciale, sei fantastico –, intorno il silenzio degli amici che lo stimavano e lo schiamazzo del gregge che lo adora, e sono già due mesi, quando torni a casa?, non lo sa, ora non può, lì c'è da fare, è un'emergenza, mi dice di andare in vacanza con le amiche, di non pensare a lui, figuriamoci se vado in vacanza, voglio venire lì, ho prenotato una camera in un hotel vicino a te, arrivo, e lui nel panico, disdicila immediatamente, non ti voglio qui, mi dice, ma c'è un'altra? nessuna, non c'è nessuna, ci sono sempre stata solo io, però adesso c'è solo lui, deve pensare a se stesso, deve capire cosa vuole, deve darsi la priorità, buongiorno amore, e gli chiedo se siamo ancora una coppia, certo che lo siamo, lui ne fa parte e ci rimane finché non capisce cosa vuole, buonanotte tesoro, ci provo io a dirgli basta, lo dico dopo tre mesi che è fuori casa, lo dico io perché sto impazzendo, non ce la faccio più a essere tenuta a distanza, rifiutata, rinnegata un po' alla volta – e intanto i selfie, gli applausi, il consenso, come te nessuno, sei unico, sei speciale, sei fantastico –, non ce la faccio più, gli urlo al telefono una mattina, non ce la faccio più, tu non mi ami e non hai il coraggio di dirmelo, ti prego dillo, liberami da questa tortura, e lui piange, mi chiede scusa, non è così, non è così, non è così, è che sta male, io sono la persona più importante della sua vita, e ancora due settimane dai suoi, buongiorno amore – e intanto i selfie, gli applausi, il consenso, come te nessuno, sei unico, sei speciale, sei fantastico –, deve bastare a se stesso, non vuole più aver bisogno di nessuno, deve capire chi è, cosa vuole, ma se deve per forza decidere allora meglio chiuderla, l'estate è finita, a ottobre potrebbe andare in Svizzera, verrà a fare il trasloco tra un paio di giorni, poi arriva e scoppia a piangere, non sa cosa gli è preso, è impazzito, dice, ha fatto di tutto per fare a meno di me ma non ci riesce, dice, mi ama, non può vivere senza di me, vuole restare a casa con me, sempre, per sempre, dice, vuole un nuovo inizio per noi due, e mi esplode il cuore e va in frantumi come il resto di me, ma raccogliamo i pezzi di entrambi e proviamo a cercare un ordine, e facciamo l'amore tutti i giorni, ci diciamo ti amo tutti i giorni, buonanotte tesoro, buongiorno amore, ma il resto del tempo lui, quei pezzi, li spazza via e li getta in un angolo, gli danno fastidio, io gli do fastidio, le mie parole gli danno fastidio, mi ama, ci amiamo, ma c'è qualcosa che non va – e intanto i selfie, gli applausi, il consenso, come te nessuno, sei unico, sei speciale, sei fantastico –, e il suo ritorno dura dieci giorni. Poi se ne va, definitivamente.

Guardo la sua libreria vuota.

La sua maledetta libreria vuota.

L'ha comprata poco prima di andare a casa dei suoi. Non ci stava neanche, quella maledettissima libreria. Ma lui l'ha voluta comprare perché ne aveva bisogno, l'ha spinta dietro il divano, l'ha riempita di libri, l'ha fotografata per metterla su Facebook e poi se n'è andato, inaugurando la sua crisi esistenziale e la sua metamorfosi.

Libri di fotografia, libri d'arte, libri da grande studioso, antologie, monografie, saggi. Lui sapeva tutto sulla fotografia, sull'arte moderna, sul design. Curatore di mostre e cataloghi, esperto, consulente e specialista di tutto ciò che l'uomo ha prodotto dal Novecento in poi nelle arti visive, dalla pittura alla grafica.

Ne aveva piene la testa, la bocca e le mensole, di quello scibile.

Ma per scattare una foto ci metteva ore, giorni. Niente andava mai abbastanza bene. La luce, l'esposizione, il colore, la prospettiva, il peso ottico – tutto era imperfetto, tutto era perfettibile.

A lui la teoria, a me il talento, diceva.

Con ammirazione, con amore, poi non lo so più con cosa. Gli amici vedevano altro.

"Non è che vuole fare il fotografo come te?" mi chiedevano.

Forse, perché no, cosa ci sarebbe di male, lo ha sempre desiderato, prima ancora di conoscermi, e alcune sue foto sono bellissime, io non sarei mai riuscita a farle così, rispondevo.

"Le foto che mette su Facebook non sono un granché," provavano ad aggiungere.

Ma lui era intoccabile, con me a difenderlo.

Quelle foto da social non contavano niente, erano solo divertimento, io le sue foto vere, quelle fatte sul serio, le avevo viste ed erano belle, intense, vive. Dovevano fidarsi di me.

Annuivano e cambiavano discorso. Non credo di averli mai convinti.

E ora ho la sua maledettissima libreria vuota. Non sapeva dove metterla, mi ha detto, così è rimasto anche questo un problema mio.

"Sugo, scendi da lì," ordino al gatto, che per una volta mi ubbidisce.

Recupero la scatola degli attrezzi e prendo martello, cacciavite e pinze. Ai lavori pratici ho sempre pensato io. Lui era l'intellettuale, io solo tutto il resto.

Spingo la scrivania in un angolo, trascino la libreria verso il centro della stanza e comincio a smontarla.

I cassetti, le ante, le mensole, smonto tutto. L'istinto sarebbe di spaccare ogni singolo pezzo e gettarlo via, ma mi hanno educata a non sprecare: faccio un sacchetto di viti, fisher, tasselli e strani bulloni e lo attacco con lo scotch al pannello più grande.

Un'ora dopo ogni pezzo è giù in cantina, il limbo tra casa e qualcuno che ne ha bisogno.

Poi rimetto la scrivania al suo posto e il divano contro il muro, riappendo i due ritratti che lui aveva tolto e ribattezzo la stanza *Camera degli ospiti.* Come si chiamava prima che Federico entrasse qui e nella mia vita.

Per oggi ho fatto molto, domani torno e magari pulisco.

Devo assolutamente buttare giù una lista delle cose da fare.

COSE DA FARE

Cercare lavoro
Tornare a casa
Togliere tutte le cose che mi ricordano lui (memo: le foto sul frigo)
Togliergli l'amicizia su Facebook
Eliminarlo dai contatti?
Bloccarlo definitivamente? (così non rischio neanche di vederlo in giro per altre bacheche)
Cancellare le sue foto dal cellulare
Stare bene
Ricominciare a fare foto

Gente in bottiglia e ballerini sugli spilli

È il settimo giorno che mi sveglio nel letto degli ospiti di Alice, mi alzo, mi vesto, vado in cucina, leggo il biglietto che mi lascia prima di uscire, sempre lo stesso: *Mangia qualcosa!*, mangio qualcosa, il minimo indispensabile per non doverle dire una bugia, metto in ordine, da lei ce n'è sempre bisogno, poi prendo la macchina e vengo qua. Da me. Sette giorni che faccio così, e solo perché c'è il gatto che mi aspetta.

Stavolta, prima di salire decido di aprire il garage, è da un po' che non ci passo.

Appoggiate contro la parete, una decina di foto incorniciate, reduci da un paio di mostre collettive al femminile, il ghetto delle quote rosa. Me le avevano chieste dopo le due pubblicità che mi hanno consacrata fotografa: io sono quella della gente in bottiglia e dei ballerini sugli spilli, immagini realizzate per la campagna di un deodorante e per quella di uno sciroppo depurativo.

Mi avvicino, tolgo il telo che le protegge dalla polvere e le sbircio senza spostare le cornici, solo staccandole una dall'altra, quanto basta per intravedere l'immagine dall'alto.

Ho amato quei due lavori, mi avevano lasciata "libera di esprimere la mia arte", avevano detto così, e a me era venuto da ridere. La mia *arte*, addirittura. Il mio modo di vedere le persone, era quello che li aveva conquistati quando avevano esaminato il mio portfolio e mi avevano scelta. Un'azienda di prodotti naturali, piccola ma ben piazzata a livello nazionale, un'eccellenza genovese, di quelle che tanti si aspettano a Milano o a New York, invece è qui, nel nostro entroterra.

Mi avevano svuotato un capannone ed erano usciti chiudendo la porta.

"Se ha bisogno di qualcosa ci chiami," mi avevano detto, e per una giornata io avevo scattato.

Prendo una cornice e la appoggio di lato, poi faccio due passi indietro per guardare le due foto che ora sono libere. Sono belle, sì.

Sposto un'altra cornice, poi un'altra e un'altra ancora finché non le ho appoggiate tutte alle pareti.

La mia gente in bottiglia e i miei ballerini sugli spilli.

"Come hai fatto?" mi chiedono ogni tanto quelli che mi contattano, gli appassionati di fotografia che spendono migliaia di euro per i modelli più avanzati di macchine e poi fotografano sentieri nei boschi, spigole al forno e iridi dei parenti.

Non è stato difficile. Ho disegnato per terra un cerchio di un diametro, ho ingaggiato attori fotogenici e ho detto a ciascuno di scegliere una musica, di entrare nel cerchio e di fare finta di essere in un altissimo cilindro di cristallo.

Ho chiesto espressioni naturali, niente di calcato.

C'è chi si è accovacciato per terra, chi ha provato ad arrampicarsi, chi a spaccare il vetro, chi ha cantato a squarciagola, chi ha ballato, chi ha saltato, chi è scivolato lungo la parete immaginaria, chi ha urlato, chi ha finto di richiamare l'attenzione, chi di invocare aiuto, chi si è isolato tra le note.

Poi, nella post-produzione con Photoshop, ho inserito ognuno in una bottiglia di vetro.

Non serviva l'ultimo modello di macchina fotografica, bastavano le luci giuste, un fondale neutro e un'idea.

Quando, un anno dopo, mi hanno richiamato per lo sciroppo depurativo, hanno fatto la stessa cosa: carta bianca, un capannone, i modelli che volevo e "se ha bisogno di qualcosa ci chiami".

Avevo scelto cinque ballerini di danza classica, messo la musica che preferivano, segnato a terra con lo scotch di carta un palcoscenico virtuale – tre metri per due –, dato mezz'ora a ciascuno e detto "vola". E loro avevano volato. Chi sulle punte, chi con un salto, chi facendo una spaccata.

In post-produzione avevo messo un tappeto di spilli al posto del palcoscenico.

Era stato bello, erano bei progetti, belle campagne pubblicitarie. Per mesi, manifesti, riviste, quotidiani e banner avevano portato in giro la mia gente in bottiglia e i miei ballerini sugli spilli.

Ogni tanto vedo passare quelle immagini sui social con in sovraimpressione frasi mistiche o perle di saggezza, o le vedo svettare sui blog. Nessuno che si ponga il problema di attribuirle all'autore: è su internet, la uso, è su internet, è di tutti, se non c'è scritto di chi è non devo preoccuparmi di scoprirlo io.

Ho colleghi che s'infervorano come galli da combattimento per queste appropriazioni indebite. Li capisco, ma è una battaglia che non riesce ad appassionarmi, e soprattutto è persa in partenza.

Quello che mi fa male è che, oggi, non sarei più capace di fare quelle foto.

Le guardo e mi riconosco, mi ritrovo, mi ricordo la sensazione di benessere mentre scattavo, mentre ci lavoravo. Ora mi sono persa.

Rimetto a posto le fotografie, salgo in casa, saluto Sugo, fingo di non sentire il vuoto in agguato, vado alla mia scrivania e accendo il computer.

Sul desktop c'è ancora la cartella *Succo d'arancia*. La terza campagna pubblicitaria, quella andata male.

Dovevo pretendere di essere trattata come una professionista di prim'ordine, sosteneva Federico. Se io non credevo in me stessa, lo avrebbe fatto lui per me. Mi aveva messo in contatto con un'agenzia, altro che parlare direttamente con i dirigenti delle aziende, diceva. Mi avevano creato un set, imposto modelle selezionate dal responsabile del casting, truccatori, tecnici, regista, account.

"Ci piace il tuo sguardo sulle persone," mi avevano detto. "Scatta liberamente."

Però con quella luce, con quei colori, con quell'espressione, con quella posizione, con quel fondale, con il prodotto. E con gli stop urlati, la cipria rimessa dopo ogni scatto, il ghiaccio sui capezzoli per indurirli, il quarto d'ora di pausa sindacale, la modella con le ossa sporgenti e nessuna spontaneità e poi "no, ci spiace, non era quello che cercavamo. Da te ci aspettavamo qualcosa di più aereo, di più incisivo, di più caratterizzante, di più artistico ma non troppo, non intellettuale, quello no, figuriamoci, ma più, come dire... diverso, ecco".

Federico si era indignato, io ne ero uscita disorientata. Non volevo lavorare così, non era quello che mi interessava, non mi ci riconoscevo. Ma ormai ero una professionista, insisteva lui, e per quanto i miei primi lavori fossero potenti, dovevo lavorare di più sulla tecnica, perfezionarmi, pulirmi. Crescere.

L'ho fatto. Con lui, grazie a lui. Volevo crescere e avere la sua approvazione, ma forse mi stavo caricando una zavorra che mi impediva di giocare, di divertirmi, di creare.

"Perché non fotografi oggetti?" mi aveva suggerito.

E io ci avevo provato. Mi piacevano i dettagli, mi piaceva quel silenzio, mi piaceva sperimentare con le luci, mi piacevano le ombre delle forme. Ma mi annoiavo. Mancavano le espressioni, mancava l'incognita dell'altro che godevo nel cogliere, a volte per bravura, a volte per caso. Mancava lo spiraglio che mi faceva entrare nel soggetto che avevo davanti, il vederlo chiuso in un cerchio disegnato per terra o volare su un palcoscenico immaginario, mancavano le emozioni da scovare in un frattale di secondo e afferrare in uno scatto.

Sposto *Succo d'arancia* nella cartella dei documenti e mi decido a scrivere la mail che finora ho evitato di scrivere. È già il 12 ottobre, avremmo dovuto iniziare almeno dieci giorni fa: ho diritto di chiedere, ho diritto di sapere, anche se ho paura di chiedere, ho paura di sapere.

Butto giù qualche riga, cancello, riscrivo, rileggo, correggo, tolgo, aggiungo, poi mi costringo a inviare.

Sugo viene ad acciambellarsi sul cuscino vicino a me. Lo gratto tra le orecchie, attacca con le fusa, sorrido.

Andrà bene. Il progetto è bello, la mia idea li ha entusiasmati, abbiamo stabilito i dettagli. Ha ragione Alice, è solo questione di tempo. E quello non mi manca. Del resto, in questo momento non avrei la forza di fare niente, magari tra un mese starò un po' meglio e con quel progetto potrò rimettermi in sesto.

Spengo il computer e prendo in braccio Sugo contro la sua volontà.

"Ce la faremo, pastrocchio di gatto. Ce la faremo."

Lui si divincola, detesta che lo baci, che lo stringa, che lo scompigli, ma io me ne frego e lo tengo ancora un po', affondando il naso nel suo pelo, avvinghiandolo a me.

"Ce la faremo," sussurro ancora una volta, e lui si ferma, appiattisce il muso sulla mia spalla mentre io gli accarezzo la testa. "Ce la faremo."

Un altro bicchiere di frasi fatte, per favore

Monica ha superato le fasi dei fiori di Bach, di Osho, dell'improvvisazione teatrale, della pittura a olio, del ricamo e del vetro soffiato. Alla danza del ventre le ha fatto rinunciare il suo fisiatra: per mettersi in contatto con la sua femminilità si era spanata due vertebre. Adesso si occupa di counseling e ogni tanto va a cercare alberi da abbracciare sul Monte Fasce o su quello di Portofino.

Nella sua vita precedente, quando l'ho conosciuta io, era una giornalista televisiva. Poi l'emittente è fallita. La Cassa dei giornalisti copre due anni di disoccupazione e, anche se è pur sempre tre volte più degli altri enti previdenziali, giocoforza ha dovuto riciclarsi in qualcosa di facilmente accessibile.

"Ho quasi finito il corso. Tra un po' potrò avere i primi clienti," mi dice mentre beviamo un aperitivo al Caffè degli Specchi.

Un anno di corso, una sera a settimana, per poi cullare persone in crisi tra le braccia dell'indulgenza e del lassismo, per aiutarle ad avere più fiducia in se stesse. Sarà un caso, ma tutti quelli che ho conosciuto in terapia da un counselor hanno in comune la deresponsabilizzazione. "Se hai fatto così, era ciò che sentivi di fare." Ma va'? È un po' quello che ha fatto anche Hitler, chissà se sarebbe stato peggio costringerlo a reprimersi.

Monica ci prova da mesi a convincermi che il counseling è una cosa seria, ma ogni sua argomentazione mi ricorda un libro di Coelho o un aforisma da calamite. Quell'insostenibile leggerezza della spiritualità da bancarella che in tanti mi elargiscono in questo periodo.

Tu sei lì che ti aggiri tra le macerie di quella che credevi, finalmente, la vita che avevi sempre desiderato, e soffochi nel vuoto lasciato dalla persona che non sai nemmeno quando smetterai di amare, che tamponi come puoi la parte di te che è stata mutilata, che togli, piano piano, con delicatezza, tutto quello che ti ricorda i vostri anni di vita insieme, di progetti, promesse, dichiarazioni e piccole meraviglie, ed ecco che arrivano questi con le loro pillole di saggezza estratte da manuali di sopravvivenza emotiva e da accozzaglie di pseudo-spiritualità raccattate possibilmente verso Oriente.

C'è chi suggerisce di pensare che dovevo incontrarlo per imparare qualcosa e passare a un livello successivo di consapevolezza; chi blatera di mandargli luce ogni volta che lo penso; chi farfuglia di vite passate e future: pare che, se è destino, io e lui potremmo ritrovarci nell'arco di qualche millennio con imprecisate sembianze; chi assicura che l'amore non finisce mai, assume solo nuove forme; chi crede nel destino che ci unirà di nuovo, magari quando non avrò più un girovita; chi consiglia di andare a trovarlo in sogno, da viva; chi spiega che è meglio sia finita adesso piuttosto che tra qualche anno, ma poi perché, sant'Iddio, perché? E se tra qualche anno lasciarci diventava una liberazione per entrambi? Ci pensa mai nessuno a questa possibilità?

Ho finito il bicchiere di vino e Monica è arrivata più o meno alla parte in cui mi dice che devo reagire.

"Vittoria, sei tu che devi volerti bene, sei la persona più importante per te stessa. Se qualcuno ti fa soffrire, non è la persona giusta per te. Devi ringraziare per il bello che hai avuto e non pensare al resto. Lascialo andare."

Già sentita, già sentita, già sentite tutte. Poso il bicchiere e faccio cenno al cameriere di portarmene un altro.

"Per essere precisi, Monica, se n'è già andato."

Ero lì, l'ho guardato andare via.

Il furgone con tre anni stipati negli scatoloni del supermercato, la tuta in acetato che gli ha regalato sua madre, il cellulare sempre in mano per non perdere nessuna notifica da Facebook o da Whatsapp e il nervosismo per quell'ennesima fatica: lasciare una donna, una casa, una vita in due, e doverlo fare respirando la polvere a cui è allergico, perdendo tempo prezioso.

Non è mai un lavoro pulito, amputare un futuro.

Ha schivato l'ultimo bacio sulle labbra che avrei voluto dargli con la delicatezza di un commiato, si è girato di scatto mentre mi avvicinavo e mi sono ritrovata sull'angolo della sua bocca.

"Scusa, mi mette a disagio," ha detto. A disagio. Un bacio sulle labbra, quando fino a due giorni fa facevamo l'amore.

Quell'addio umiliante è l'ultimo ricordo che ho di lui.

E la soluzione è lasciarlo andare, farmi scorrere addosso il dolore, quel che è stato è stato, tutto finisce, niente succede per caso e la vita è imponderabile.

Un altro bicchiere di frasi fatte, per favore.

"Dovresti pensare alle cose belle che avete avuto, ricordare solo quelle," suggerisce la mia amica al culmine dello zen.

Certo, appena ho tempo faccio una lista.

"Sono proprio quelle il problema, Monica. Le cose belle a cui non smetto di pensare." Sono quelle che mi mancano, quelle passate e quelle future, non posso permettermi di pensarci, erano troppe e mi invadono non appena mi distraggo. Le combatto con i ricordi di ciò che mi feriva, con le parole sbagliate, le mortificazioni, l'irriconoscenza, il senso di ingiustizia che mi opprime. Con ciò che Federico è diventato e che io non riconosco. Devo contrastarle, le cose belle, finché hanno il potere di gettarmi a terra e schiacciarmi.

Le recupererò, un giorno, quando non faranno più male. Molte le avrò dimenticate, alcune resteranno.

Monica annuisce, mi assicura che passerà. In fondo sono già sopravvissuta a un divorzio, e ormai al mio matrimonio fallito non penso più. "Tu sei forte, ti ho sempre vista cadere e rialzarti. Risorgerai dalle ceneri anche questa volta."

Mi sarei anche scocciata di fare l'araba fenice, però. Non è un'esperienza divertentissima, se posso dirlo.

"Sei diventata vegetariana?" le chiedo, notando che non ha toccato il prosciutto.

Annuisce, prendendo un cubetto di fontina. "Voglio pulirmi, niente cadaveri putrefatti nel mio corpo. E poi è scientificamente dimostrato, la carne è cancerogena."

Le semplificazioni stanno facendo più danni di un cinghiale nell'orto.

"Come stiamo a scie chimiche e vaccini?" le chiedo arrotolando una fetta di crudo sul grissino.

Le do fastidio quando faccio così, lo so. Ma ci conosciamo da tanti anni e ci vogliamo bene lo stesso.

"Non era alla tua altezza, Vittoria."

Colpo basso.

"Lo era, anche se non si è comportato come tale." E uso il tono di chi ha chiuso il discorso.

Come se le fosse venuto in mente all'improvviso, Monica si allunga verso di me. "Com'è andata da Angela?"

Angela. Chi è Angela? Giusto, Angela la Cartomante. "Piccina, non ne ha azzeccata una."

Lei sospira. "Lo credo. Sarai arrivata lì chiusa come un riccio."

"Ti assicuro che sono stata gentilissima e pronta ad ascoltare. Sono usciti carri, soli, angeli e una biondina con delle anfore, non ho mai riso e me ne sono andata ringraziando."

Monica apre la borsa e tira fuori un sacchetto.

"Sono sicura che sei stata gentile, ma non l'avrai lasciata entrare, non ti sarai aperta neanche di un grado."

Aperta di un grado? Cosa ne è stato della mia amica giornalista che snocciolava servizi e interviste passando dalla politica alla tragedia umana senza muovere un sopracciglio? Quella che ho davanti mi sta porgendo un sacchetto.

"Tieni. Tu sei una donna di immagini. Speravo che da Angela ti aprissi un po' di più, ma forse hai solo bisogno di tempo."

Apro, scruto e tiro fuori un mazzo di carte. Tarocchi.

"Monica, grazie. Ma cosa ci faccio, io, con un mazzo di tarocchi?"

Alza le spalle e sfila velocissima lo scontrino da sotto la ciotola di cipolline in agrodolce. Poi fa cenno al cameriere per pagare.

"Non lo so. Magari ti ispirano, magari ti portano fortuna, magari finiranno chiusi in un cassetto. Li ho visti e ho pensato a te, evidentemente dovevo prenderteli."

Noi donne dobbiamo aiutarci a vicenda

"Vittoria Conti. Ho un appuntamento con Anna Castelmagni," dico alla ragazza che mi apre la porta.

Di sicuro è una stagista, lo capisco dallo sguardo deferente e dalla pelle così giovane da rendere inverosimile un contratto da dipendente.

Lei annuisce e scompare in un lungo corridoio dal pavimento in graniglia.

L'agenzia Castelmagni. Sono stata qui nella mia vita precedente, quella da grafica. Si erano accaparrati la comunicazione di brand della ditta per cui lavoravo e per alcuni mesi ho partecipato a riunioni infinite sulla sinergia, l'immagine coordinata, l'analisi del target, il posizionamento del marchio. Uno degli investimenti più sprecati della storia imprenditoriale di Genova – visto l'epilogo della Queirolo, pochi anni dopo – per una delle più note agenzie di comunicazione genovesi, gestita da Anna Castelmagni, moglie di un imprenditore dello shipping, gente da Lyons ogni primo martedì del mese, Cortina d'Ampezzo d'inverno e Costa Smeralda d'estate.

È Alice che mi ha mandata qui oggi. O meglio, la Castelmagni – evidentemente immemore del nostro passato comune – ha chiamato Alice per chiederle di metterla in contatto con la sua amica fotografa bravissima, quella della gente in bottiglia e dei ballerini sugli spilli, per un progetto a cui tengono molto.

"Dai che qualcosa comincia a muoversi," mi ha detto ieri sera Alice, carica di ottimismo e Traminer.

E se qualcosa comincia a muoversi, io non glielo impedisco di certo. Ho chiamato stamattina e la Castelmagni mi ha dato appuntamento per oggi stesso, ringraziandomi a profusione per la sollecitudine e la disponibilità.

Cinquantasette anni in una taglia quarantadue, due figli all'estero e una alla Bocconi, tailleur impeccabile, camicetta che sembra appena stirata anche alle cinque del pomeriggio, capelli lucidi, trucco leggero, sorriso che sfavilla, eccola che spunta e mi tende la mano prima ancora di raggiungermi.

"Vittoria, che piacere!" mi dice con la sua *erre* arrotata.

Le stringo la mano. "Anche per me, Anna. È da un bel po' che non ci vediamo."

Nel suo sguardo passa un lampo di perplessità, che da perfetta pr simula con eleganza. Non mi ha riconosciuto. Probabilmente non aveva neppure memorizzato il mio nome, ai tempi, ero solo una dello staff, non una referente.

La aiuto.

"Non credo che lei possa ricordarselo, lavoravo alla Queirolo. Ci eravamo incontrate alle riunioni per il rilancio dell'azienda."

Lei stringe più forte, credo mi sia grata per averla salvata da una piccola impasse.

"Ma certo che mi ricordo! Ma certo! Sono contenta di rivederla. Anzi, rivederti, diamoci del tu." E mi fa strada verso il suo ufficio, una stanza che potrebbe ospitare una conferenza stampa o una festa di bambini, con due pareti di finestre, una scrivania di cristallo, un tavolo da riunioni, rotondo, molto democratico, un tappeto persiano e sparse in giro le foto di una famiglia felice, con le varie fasi anagrafiche dei figli, e momenti sociali significativi, come l'incontro della Castelmagni col presidente della Repubblica.

Ci sediamo.

"Vuoi un caffè?"

Chiedo un decaffeinato.

Fa un cenno alla stagista che scompare chiudendo la porta. Poi si appoggia allo schienale, gomiti sui braccioli, mani intrecciate.

"Adoro le tue fotografie."

Sorrido. Ringrazio. Non so mai come rispondere quando mi dicono così.

"Davvero," ribadisce.

Il grazie evidentemente non basta, il grazie fa sentire a chiunque l'esigenza di assicurare la sincerità del proprio apprezzamento, lo faccio anch'io, ma non ho ancora scoperto quale sia la parola giusta per rassicurarci tutti fin dall'inizio.

"Mi fa piacere, sul serio," rispondo.

"Fin dalla prima volta che le ho viste ho pensato che avrei voluto tantissimo una fotografa con quell'occhio, per le nostre campagne di comunicazione."

Uno potrebbe chiedere perché, allora, non mi abbia mai chiamata. Ma lo ha fatto adesso, dunque sorrido ancora e lei prosegue: "Hai mai sentito parlare del nostro progetto *Turisti per gioia*?".

Mai sentito, ma non serve che risponda, me lo sta già spiegando. È un portale che coinvolge tutte le regioni italiane, rivolto ai turisti in cerca di informazioni e consigli pratici per godersi al meglio le vacanze. Un enorme bacino di sponsor, intuisco quando mi elenca catene alberghiere, ristoranti, musei, villaggi turistici, aziende di trasporti di ogni tipologia, stabilimenti termali, centri benessere e un'altra miriade di piccole realtà interessate ai turisti fai-da-te.

La stagista entra con un vassoio e il terrore di rovesciarlo. Le mani artigliate ai bordi, un passo alla volta, le labbra strette. Riesco a ringraziarla prima che sgattaioli rapidissima fuori dalla stanza e richiuda la porta. La Castelmagni versa mezza bustina di dolcificante nella sua tazzina, mescola e riprende a parlare.

"Abbiamo più di trentamila contatti, copriamo tutte le età, dai venti agli ottant'anni. Mandiamo una newsletter settimanale, diamo informazioni, offriamo pacchetti e consigli, organizziamo eventi sul territorio nazionale, specialmente a Roma e Milano."

Decisamente impegnativo.

"Tengo moltissimo a questo progetto, l'ho voluto e difeso con i miei collaboratori, che all'inizio non ci credevano. E invece, dopo pochi anni, siamo nella prima pagina di Google quando digiti *turismo in Italia.*"

Annuisco, mi congratulo, aspetto.

"Quello che voglio è arricchirlo di contenuti," prosegue. Ci siamo. "Voglio offrire informazioni di qualità. Ho già una cuoca che terrà un blog di cucina tipica italiana, una stilista che terrà un blog di moda, con dritte per gli acquisti nelle varie città, una libraia che recensisce romanzi italiani... E adesso mi piacerebbe un blog di fotografia. Perché quello che tutti fanno quando vanno in vacanza è mangiare, fare shopping, magari leggere un po' e soprattutto scattare foto. Tanti usano solo il cellulare, quindi non serve qualcosa di troppo tecnico. Mi piacerebbe poter offrire consigli su come fare foto migliori o, perché no, su come fare bene un selfie."

Ed ecco perché mi ha cercata, conclude. Ha chiesto di me in giro, poi si è ricordata di Alice.

Ho un sito attraverso cui posso essere contattata e sono su Facebook, ma evidentemente la Castelmagni preferiva un approccio più confidenziale, più in amicizia.

"Be', grazie per aver pensato a me," le dico. "Che tipo di impegno ti servirebbe?"

Un articolo a settimana, con immagini in concessione

d'uso gratuito e l'utilizzo delle giuste parole chiave per essere indicizzati al meglio sui motori di ricerca. Ogni pezzo pubblicizzato nella newsletter settimanale.

"E mi piace molto l'idea che siamo tutte donne. Con te sareste quattro blogger, e io che coordino. Noi donne dobbiamo aiutarci a vicenda, spalleggiarci, sostenerci. Perché possono continuare a dire che abbiamo raggiunto la parità, ma sappiamo benissimo che non è così. C'è ancora molta strada da fare."

Eccome se ce n'è. Quello che ancora mi sfugge è il compenso per questo lavoro. Lei non ne ha fatto cenno e io mi trovo nella fastidiosa situazione di doverlo chiedere. Che poi non ci sarebbe niente di male, ma c'è sempre una certa reticenza ad affrontarlo, soprattutto per i lavori cosiddetti artistici.

La prendo alla lontana.

"C'è già un blog di fotografia sul portale o partirebbe con me?" domando.

La bocca le si arriccia.

"C'è già, ma la persona che lo seguiva ha rinunciato," mi dice, e percepisco la sua disapprovazione per l'ammutinamento. "Era una mia amica, bravissima, e andava anche bene, ma dopo due mesi mi ha detto che non aveva più tempo di occuparsene. Non riesco a capire perché, per lei era un'ottima vetrina."

Un articolo a settimana a tema libero sulla fotografia sono alcune ore di lavoro, tra ricerca e stesura, un impegno conciliabile con altri. Il mio sospetto comincia a piantare radici, soprattutto quando dice "vetrina".

"Che compenso avevate stabilito?" chiedo.

Lei sgrana gli occhi, raddrizza collo e schiena, posa il palmo di una mano sulla scrivania. "Non è previsto un compenso. Voglio che questo progetto lo sentiate vostro. Quel blog diventa il vostro spazio. Io garantisco trentamila contatti e una visibilità su tutto il territorio nazionale: potete promuovere, in modo discreto, indiretto, le vostre attività, la gente le conosce e poi magari vi si aprono possibilità di guadagni al di fuori del portale."

Chiaro. Chiarissimo. I soliti dobloni di visibilità, umilianti e offensivi ma ormai moneta corrente. È questo il valore che viene dato alle opere d'ingegno: il nulla, l'inezia di una visibilità mai comprovabile.

In fondo, cosa mi costa scrivere un articolo a settimana e offrire contenuti gratis e autorevoli a chi si tiene tutti gli introiti?

Se fossi in un'altra situazione, mi alzerei e me ne andrei. Ma io, in questo momento, non ho niente.

Faccio un lungo respiro, poi la fisso negli occhi.

"Per principio sono contraria a lavorare gratis, ma possono esserci altri modi per compensarmi."

"E ti ha detto di no?" mi chiede Alice scolando la pasta.

"Mi ha detto di no."

Le avevo proposto tre mesi di gestione del blog, un articolo a settimana con le keyword che voleva, in cambio di essere presa in considerazione per i servizi fotografici delle loro campagne di comunicazione. Tra tutte le aziende per cui lavora, ce ne sarà almeno una a cui servano delle foto per i loro bulloni, le loro cravatte o il loro cibo per gatti.

Imitando la erre arrotata della Castelmagni, ripeto le sue parole. "*Turisti per gioia* e le attività dell'agenzia sono due cose separate. Non posso garantire niente e non voglio mischiarle."

Non chiedevo una garanzia ma una possibilità. Se dopo tre mesi non usciva niente, amiche come prima: dopotutto tra donne è giusto aiutarsi a vicenda, no?

Alice rovescia il pesto sulle trenette e le mescola per condirle. Ha messo a bollire nell'acqua anche patate e fagiolini, da vera genovese.

"Non ho parole. Se lo avessi capito, non ti avrei neanche detto di chiamarla."

Figuriamoci se adesso è colpa sua.

"Credi che quando dal giornale mi chiedono una foto per un articolo mi paghino? È già tanto se dicono grazie, più facile che si aspettino che glielo dica io. Vuoi sapere quanti contatti in più mi porta fargli quel favore? Nessuno."

Scrolla la testa. La direttrice di un'agenzia di viaggi, dipendente a tempo indeterminato, per sua fortuna non affonda nel fango del mondo "artistico", quello dove ogni giorno paghi le tue scelte, quando sono scelte, e devi pagare col sorriso del privilegiato che si concede il lusso di fare l'artista. Facendo la fame e con poche alternative.

"E comunque," le dico versandole il vino, "se digiti *agenzia di comunicazione Genova* su Google, la Castelmagni la trovi in quinta pagina. Ci si facciano una frittura, con le loro parole chiave."

Le quattro mosse

Esco a fare due passi in centro, vado a comprare un po' di verdura per stasera e passo davanti a un'agenzia per il lavoro, con il suo marchio rosso che spicca e attrae. Persino gli infissi, qui, sono moderni ed essenziali.

Mi avvicino alla vetrina e curioso tra le offerte di lavoro, scoprendo con sgomento che l'italiano non si usa più e che sono sbocciati lavori alieni. O forse l'aliena sono io.

Un pannello con dieci annunci invoca, senza lesinare sulle maiuscole, un Executive Assistant, un Operatore Contact Center per un Ufficio Booking, un Field Service Engineer, un Retail Analyst, un Junior Technical Digital Marketing, un Addetto/a Paghe, un Talent Sales, un Order Entry Farmaceutico, un Beauty Consultant e un Junior.net Developer.

Sembra un codice segreto, solo gli iniziati possono riconoscersi, e ho tanta solidarietà per quell'Addetto/a Paghe così esposto, identificabile, quasi vittima di una sciatteria che non gli ha riservato nemmeno una sua versione anglosassone. Vuoi mettere, a Natale, poter dire ai parenti che fai il Payroll Clerk mentre tagli il panettone?

Entro. Un tentativo non costa niente.

Da dietro la scrivania mi sorride una giovane donna, capelli lunghi nerissimi, frangetta rampante, trucco curato fin nella matita per le labbra, ovviamente carnose, non più di ventisette anni. Si alza e mi porge la mano. Noto la French manicure, il tailleur, le décolleté tacco dieci.

"Buongiorno, posso esserle utile? Sono Gabriella."

Ricambio saluto, sorriso e stretta di mano.

"Buongiorno. Vittoria. Vorrei qualche informazione per trovare lavoro."

Mi fa sedere davanti a lei e torna alla sua postazione.

I preliminari includono la compilazione di un modulo sintetico che le restituisco con l'impegno di portarle il mio curriculum completo e dettagliato.

Il primo intoppo lo abbiamo già nella definizione dei miei studi universitari, ai tempi in cui in Italia i corsi di laurea duravano almeno quattro anni e le parauniversità triennali a frequenza obbligatoria erano private e non riconosciute. I trentadue esami che ti certificavano pronta per il lavoro oggi sono un pezzo di carta straccia che non ti consentirebbe neanche di fare un concorso come semplice impiegato in un ente pubblico. Neanche la mia lunga carriera di grafica, prima free lance e poi dipendente, fa felice Gabriella.

"C'è un bel vuoto, negli ultimi sei anni. Come mai?"

"L'azienda per cui lavoravo ha chiuso e io nel frattempo avevo cominciato a fare la fotografa."

"Ha aperto uno studio?"

"No, al momento non mi serve, lavoro da casa e affitto spazi quando ne ho bisogno."

Annuisce, probabilmente i fotografi a cui pensa lei sono quelli con almeno due vetrine livello strada ricolme di sposi felici, infanti e prime comunioni.

Si complimenta, una bellissima passione, creativa, artistica, di certo un valore aggiunto, dice, ma sei anni senza lavorare sono tanti, soprattutto alla mia età.

Per l'appunto, una passione. Se non c'è un esercizio commerciale da aprire ogni mattina, la mia non è una professione.

"Uscire dal mercato del lavoro è praticamente un suicidio, Vittoria," insiste.

"Be', non è che io sia proprio uscita dal mercato, ho solo cambiato occupazione."

"Lo capisco, ma se sta di nuovo cercando lavoro come grafica quei sei anni non contano."

Per carità, mi piacciono le persone dirette, ma apprezzo anche la diplomazia.

"Guardi, Gabriella, in questo momento a me andrebbe bene pure un part time come segretaria."

Scoppia a ridere. "Averne!"

"Di offerte di quel tipo o di segretarie?"

"Tutte e due. Lei ha mai fatto la segretaria?"

"Non formalmente, ma detta con grande rispetto, che le segretarie sono l'olio che fa funzionare gli uffici, non ho mai avuto problemi a sostituirle nei posti dove lavoravo, quando si assentavano. Tra colleghi ci si dà una mano, anche se i ruoli sono diversi, e sono sicura di saper rispondere al telefono, mandare mail, riferire messaggi, fissare appuntamenti, stampare documenti, piegarli e inserirli nelle buste. Mi è capitato anche di creare etichette adesive," concludo, sperando di strapparle un sorriso e fallendo: Gabriella non sembra apprezzare la mia duttilità.

"C'è chi ha preso il diploma di segretaria d'azienda per rispondere al telefono e stampare etichette," dice, e non capisco se sia seria o caustica. Credo seria. Probabilmente lei stessa ha quel diploma. Questa va dritta sul medagliere delle mie gaffe.

Ha ragione, certo, ma guardandomi intorno a volte ho la sensazione che studi e competenze siano diventati così irrilevanti da farsi dimenticare. In questo "liberi tutti", ho in effetti avuto l'arroganza di sentirmi capace di fare la segretaria.

"Negli ultimi sei anni ha cercato lavoro, a parte la sua occupazione di fotografa?"

Accidenti se l'ha presa male.

Faccio un respiro.

"Ho svolto la mia occupazione di fotografa come un lavoro, Gabriella. Forse è stato ingenuo da parte mia, me ne rendo conto, ma avevo qualche risparmio e gli ultimi sei anni li ho considerati un investimento."

"Capisco." Capisce. "Sarò sincera, Vittoria. È difficile trovare lavoro a qualcuno come lei, è fuori skill per quasi tutte le nostre offerte. A quarantasei anni, è brutto dirlo, si è vecchi per cercare lavoro, le aziende non investono su di lei. Dovrebbe fare le quattro mosse: valorizzare la sua esperienza, aggiornarsi, reinventarsi, essere flessibile."

Allargo le braccia, eccomi, sono pronta.

"Farò le quattro mosse," dico.

"Ha figli o marito?"

"No."

"Perché non va via da Genova, allora? In altre città forse avrebbe più possibilità. Meglio ancora all'estero."

Lo so, Genova è in ginocchio, ha perso le grandi industrie e il mondo imprenditoriale fatica a sopravvivere, a meno che non guardi oltre confine. Abbiamo le navi da crociera, certo, ma persino la Costa adesso attracca a Savona perché qui non le conviene più. La Fiera la liquidano, Euroflora la rimandano e stanno mettendo in dubbio anche il Salone Nautico. Non c'è visione, in questa città, nessuna visione. Sta morendo. Ma è la mia città, e per qualche folle e assurdo motivo la amo, anche quando lei non sembra corrispondere.

"Perché qui, almeno, ho una casa dove vivere," le rispondo, e anche questa è la verità.

"Allora vada al Centro per l'Impiego," dice lei, archiviando il mio modulo in un raccoglitore. "Ci sono progetti ministeriali per aiutare i disoccupati over quaranta, in particolare le donne. Fanno fare corsi di formazione e poi stage in aziende e negozi."

"Stage? Ma gli stage non sono per i giovani che devono imparare un lavoro?"

Gabriella mi spiega paziente che i tempi sono cambiati. Scusandosi per la schiettezza, mi dice che lo devo imparare anch'io, un lavoro, se non trovo un'agenzia di grafica che mi assuma. "I corsi e gli stage li fanno per diverse mansioni, dalla commessa alla cassiera," specifica.

Scoppio a ridere, e chi se ne frega dell'arroganza.

"Corsi di formazione e stage per fare la commessa o la cassiera? E la gente viene inchiodata per mesi, a spese del ministero, per imparare a fare un lavoro che in una settimana, massimo due a essere distratti, si impara? E poi per quanto tempo li sfruttano, e a quanto?"

Non mi risponde, credo che questo sia un addio: non siamo entrate in sintonia, io e Gabriella.

Torno a casa di Alice, metto a bollire la verdura per un minestrone e cerco informazioni su questi stage. Ci sono in effetti corsi tra le centoventi e le centottanta ore per andare a lavorare nella grande distribuzione, dalle catene di supermercati a quelle dei negozi di abbigliamento. Dopodiché, leggo nei forum dedicati, finisci incastrato per mesi a quaranta ore settimanali per un compenso – anzi, no, è importante non chiamarlo compenso perché si tratta di uno stage –, per un "rimborso spese" che va dai trecento ai quattrocento euro lordi al mese. Con la domenica di riposo. Renderlo legale impedisce di definirlo sfruttamento del lavoro e coercizione, ma a me pare ci assomigli molto.

Per fortuna, almeno, ho una casa dove vivere. Dovrei tornarci, tra l'altro.

Ehi

Oggi Federico è a Genova. Per il commercialista, mi ha scritto. Nessuna illusione che potesse, per una volta, farsi sessanta chilometri per vedere me, nessun rischio di sperare in un ripensamento.

La sua coscienza scalpita, lo leggo tra le righe. Vorrebbe sapere come sto, ma non osa chiedermelo; vorrebbe dirmi tante cose, ma chissà quali, non le dice. Eppure il messaggio è lungo, ponderato, conoscendolo ci ha messo almeno mezz'ora a scriverlo. Del resto, fino a un paio di settimane fa ero la persona più importante della sua vita e mi amava profondamente, ho conquistato sul campo il diritto a un sms ponderato.

Deve venire a Genova e ha già chiamato la banca per chiudere il conto in comune, serve la mia firma. Ha stampato la richiesta, ma se preferisco non vederlo lo capisce, può lasciarla a chi voglio io. Non è mai stato così solerte nello sbrigare una faccenda pratica.

Quindi è a Genova e gli preme tagliare l'ultimo legame rimasto, il nostro conto corrente. Quant'è facile separarsi, per le coppie di fatto. Niente avvocati, niente accordi scritti, niente burocrazia. Solo scatoloni, un furgone, la restituzione delle chiavi e la chiusura del conto.

Non me la sento di incontrarlo, di cercare nel suo sorriso qualche traccia di un futuro ancora possibile, e di non trovarla. Vedere me non gli serve, vedere lui non mi aiuta. Gli ho detto di lasciare tutto a Giorgio, l'unico tra i miei amici con cui sia andato a mangiare una pizza ogni tanto, con cui avesse un po' di confidenza indipendentemente da me.

Forte di aver lasciato prevalere l'istinto di autoconservazione sul desiderio di incontrarlo un'ultima volta, mi aggiro per il centro come un geco impaurito. Se non avessi avuto il dentista, mi sarei barricata a casa di Alice.

Vieni pure, se n'è andato, ho la lettera, mi scrive Giorgio.

Faccio una serie di tortuose deviazioni per evitare il percorso più sensato, quello che potrebbe fare Federico, sempre che non faccia a sua volta una serie di tortuose deviazioni per evitare il percorso più sensato. Per sicurezza tengo gli occhiali da sole e mi preservo dall'incrociare lo sguardo di chiunque finché non raggiungo Giorgio nel bar sotto il suo ufficio.

Mi bacia, mi abbraccia, mi dice "ehi" con quel suo "ehi" dentro cui mette un sacco di cose, dal "ti voglio bene" al "so come ti senti", dal "ce la farai" al "non sei sola, io ci sono, ci siamo tutti". Perché non sono sola, lo so. Ho intorno un esercito di amici discreti che spuntano nei modi più imprevedibili. Anche sotto forma di torta alle mandorle arrivata ieri da Modena col corriere espresso. Da chi sa che Federico è allergico alle mandorle.

"Ehi," rispondo a Giorgio.

Ordiniamo due spremute d'arancia e ci sediamo. Mi porge la lettera, io neanche la apro, la infilo in borsa e ricaccio indietro la lacrima che si stava formando.

"Come sta?"

Giorgio accende il suo tono protettivo ma severo.

"Vittoria, non me ne frega niente di come sta. Non gliel'ho chiesto, comunque spero male. Sono mesi che fa del gran teatro attorno al suo malessere, e nel frattempo ti prende a calci in faccia, mentre noi assistiamo senza poter fare niente e vorremmo spezzargli le dita di entrambe le mani a una a una. Così, almeno per un po' non usa la tastiera."

Ha ragione, lo so, ma stava male.

"Speravo che ti parlasse. Che tu riuscissi a parlargli."

"Per dirgli cosa? Che sta facendo la più grossa cazzata della sua vita e che tra qualche mese se ne renderà conto e se ne pentirà per quanti capelli ha in testa?"

Per esempio. Era un'idea.

"Pensi che succederà?"

Lui beve un sorso, si appoggia allo schienale e mi sorride con quel sorriso triste di chi non ha buone notizie.

"Esiste solo lui, Vittoria. Dimentica chi era, è un irrisolto che ha perso l'equilibrio, adesso c'è lui lui lui e ancora lui, non sente nessuno, non vede nessuno, il suo ego gigante deborda da tutte le parti. Se un giorno tornerà la persona a cui volevamo bene, forse sì, forse la mancanza di te e di quello che eravate lo strozzerà, lo spero, glielo auguro. Ma dovrà sentire quella forza che ti spinge ad affrontare qualunque ostacolo se ami davvero qualcuno. È l'inevitabilità che l'amore ti impone. Se la sentirà, magari quel giorno avrà il coraggio per tornare a cercarti. Ma spero anche che quel giorno tu stia volando in alto, dove lui non arriverà mai."

Questa volta la lacrima la lascio andare dove vuole, non mi importa. Sta parlando di un futuro che non riesco a vedere, invischiata come sono nel presente.

"Speravo che almeno con te parlasse."

Alza le spalle, si accende una sigaretta, tira una boccata.

"Non gliel'ho permesso."

Lo guardo. "Perché?"

"È arrivato dieci minuti in anticipo, l'ho fatto aspettare, sono sceso dopo dodici, ho preso la lettera, gli ho dato una pacca sulla spalla, gli ho detto 'ciao' e sono tornato in ufficio. Non meritava niente di più."

Mi si stringe lo stomaco a immaginarlo lì, da solo, sotto

l'ufficio di Giorgio, in anticipo, lui che è un ritardatario cronico. Forse voleva parlare, forse ne aveva bisogno, si sarà sentito rifiutato, ci sarà rimasto male, penserà che tutti lo odiano, che anch'io lo odio.

"Smettila di proteggerlo," mi ammonisce Giorgio. "Se voleva parlare con me mi chiamava cinque mesi fa, tre mesi fa, un mese fa, una settimana fa. Se voleva parlare con me oggi, mi chiedeva se avevo un po' di tempo. Non lo ha fatto, e se è vero che avrei voluto dirgli molte cose, quando l'ho visto mi è stato chiarissimo che sarebbe stato inutile. Ha preso la sua decisione e nessuno gli ha chiuso porte in faccia, le ha chiuse tutte lui. Se vuole aprirle, è lui che deve darsi da fare."

Ha ragione.

Guardo l'ora, sono le tre e mezzo.

"La banca è ancora aperta. Tanto vale andarci subito," dico, alzandomi.

Giorgio mi prende per una spalla, mi tira a sé e mi abbraccia. "Ehi."

Affondo il viso nel bavero della sua giacca e sussurro "ehi" lasciando che mi tenga stretta.

In banca, allo sportello, dispiego la lettera e ne leggo rapida le poche righe. Lui sottoscritto e io sottoscritta chiediamo di chiudere il nostro conto cointestato, firma sua, firma mia, tutto in fede.

Firmo, passo il foglio all'impiegato e cerco di tenere ferma la voce quando gli parlo.

Lui legge, annuisce, digita qualcosa al computer.

"Devo inserire una motivazione, signora."

Rispondo "separazione", mentre gli occhi fanno un po' quello che vogliono.

Lui alza i suoi su di me. "Mi spiace..."

"Anche a me," e gli sorrido, o almeno ci provo.

Gli spiace anche dirmi che devo per forza chiedere a Federico il bancomat e la carta di credito, che a quanto pare lui non ha consegnato alla banca e che solo i correntisti possono consegnare.

Lascio i miei e prometto di fargli avere gli altri. Ringrazio, saluto, esco e scrivo il messaggio più breve che posso:

Devi consegnare bancomat e carta di credito. O lo fai tu o me li spedisci a casa e lo faccio io.

Risponde subito, non glielo avevano detto quando ha chiamato, si scusa, gli dispiace, ci penserà lui a dicembre, quando tornerà in Italia.

Già, a dicembre, quando tornerà in Italia. Perché adesso è in partenza: due mesi a Zurigo per curare una mostra al Kunsthaus, gli hanno confermato l'incarico, mi aveva chiesto di andare con lui, pochi giorni prima di lasciarmi.

Almeno, fino a dicembre non rischierò di incrociarlo per strada, e il conto comune era l'unico sospeso tra noi. A parte tutto l'impalpabile.

Spera che io stia bene, mi scrive.

Starò bene, mi sto impegnando perché sia così. Senza i suoi paternalismi starei meglio, ma lui, più di questo, non sa fare.

E lui come sta? Non glielo chiedo, preferisco deciderlo io. E io decido che gli manco da impazzire.

Offerte lavoro Genova

Cara Vittoria,

i tempi per la realizzazione della campagna sugli alberghi si sono allungati, stiamo riconsiderando alcuni elementi. Al momento il progetto è sospeso, ti farò sapere se ci saranno nuovi sviluppi.

Un caro saluto

Andrea

Andrea dell'agenzia. Gli telefono, non risponde, gli lascio un messaggio in segreteria. "Ciao! Ho visto la mail, mi chiami quando hai tempo?" gli chiedo con il tono tranquillo, cordiale, della professionista che sa come vanno queste cose, nessun problema, tutto sotto controllo.

Se mi salta questo lavoro mi raggomitolo sotto il letto e ne esco a primavera. Sempre ammesso che ne esca.

Quali elementi stanno riconsiderando? Il progetto è sospeso nel senso che è rimandato o è sospeso nel senso che è saltato? La campagna pubblicitaria era stata stabilita, avevamo anche fatto il casting per i modelli, il mio preventivo era stato concordato, non ancora firmato, d'accordo, ma il progetto era stato definito in ogni dettaglio.

Mi alzo, chiudo il portatile, faccio un giro nella stanza, piego un plaid scivolato dal divano, abbasso la radio, tolgo delle briciole dal tavolino, lavo i piatti. Il lavandino si sta nuovamente ingorgando, bisogna chiamare l'idraulico – se solo Alice mi lasciasse il numero lo chiamerei io.

Prendo il cellulare e le mando un messaggio. *Chiama l'idraulico!*

Potrei fare le pulizie in casa. Come lavoro, intendo. Non da Alice, lei si rifiuterebbe e io da lei non mi farei mai pagare, ma magari, facendo girare la voce, c'è chi potrebbe preferire qualcuno di conosciuto a cui affidare le chiavi di casa.

Lavo i piatti, pulisco il piano e i fornelli, cambio il sacchetto della spazzatura.

Parliamoci chiaro, ho la nausea se solo mi avvicino alla macchina fotografica. Quel punto di vista che piace così tanto a tutti, l'ho perso. E forse se ne sono accorti anche quelli dell'agenzia, forse è per questo che hanno sospeso il progetto.

Torno a sedermi davanti al portatile, lo apro, vado su Google e cerco *Offerte lavoro Genova.*

Va bene tutto, basta che ci sia uno stipendio.

La schermata trilla decine di suggerimenti. Cerchi lavoro? Candidati su Adecco. Infojobs, mille nuove offerte del giorno. Cerca lavoro a Genova, Subito punto it. Sei in cerca di lavoro? Gazzetta Lavoro punto net. Offerte e annunci di lavoro su Kijiji punto it, che suona come l'ultimo squittio disperato di una cavia ma che in swahili significa "villaggio". Lo swahili, una lingua usatissima. E ancora annunci su Bakeca, Monster, Trovolavoro, Randstad, Match, Linkedin.

Dovrei fare un corso solo per capire come muovermi in questa giungla.

Apro un sito a caso e scorro le offerte.

Agente di commercio, aiuto-pizzaiolo, animatore turistico, addetto al web-marketing, istruttore di fitness, programmatore, operatore telefonico, istruttore di vela, autista, aiuto-cuoco, tanti agenti immobiliari, addetti alla vendita e promoter commerciali, personale per direct marketing, account servizi assicurativi, fattorino moto-munito, tirocinante tavola calda, tecnici suono per villaggi turistici.

Salvo poche eccezioni, o devono vendere o devono divertire. Massima resa al minimo costo.

Sono tutte "aziende leader", la maggior parte cerca "giovani talenti" tra i diciotto e i trent'anni, dunque io sono fuori gioco. Chiedono una laurea, disponibilità full time, buona predisposizione alla relazione col pubblico, determinazione a lavorare per obiettivi, doti di leadership e di problem solving, esperienza pregressa nel settore specifico di almeno sei mesi: le competenze di un professionista di lungo corso in qualcuno che ha appena lasciato, se l'ha lasciata, la cameretta in casa dei genitori.

Immagino che esista già un generatore automatico di presentazioni ad hoc, un'app dedicata: inserisci il lavoro per cui ti vuoi candidare e in trenta secondi hai un testo di venti righe da incollare sul tuo curriculum. Un fronte di resistenza dei disoccupati per vincere in questo circolo vizioso delle prese in giro.

Scopro che l'Energy Account "può contare su un percorso di crescita professionale fatto di step stabiliti" di ragguardevole interesse, che variano dall'assunzione diretta al piano di retribuzione con fisso, rimborsi, provvigioni e premi fino a raggiungere, come ultimo traguardo, "un sistema di lavoro che non prevede il porta a porta". Però, aspettative altissime.

Mentre per l'autista di container chiedono la conoscenza del rumeno – salto a malincuore anche questo annuncio.

Devo ricordarmi le quattro mosse: valorizzare la mia esperienza, aggiornarmi, reinventarmi, essere flessibile.

Mi soffermo sull'offerta per addetto al portierato e controllo accessi: sei ore al giorno, richiesta massima flessibilità, un giorno libero a settimana, milleduecento euro. Magari non valorizzo la mia esperienza e mi aggiorno giusto sul tempo, ma questo potrei farlo, speriamo ci sia il wi-fi in portineria. Invio il curriculum.

Ma non è così che troverò lavoro, lo so.

Dovrei tempestare di telefonate e visite a sorpresa le persone di una qualche influenza che ho conosciuto in questi anni, ma non ci riesco.

Ho passato oltre metà della mia vita a lavorare, ho fatto tutte le gavette necessarie, ho accumulato lavori precari e un paio di lustri in un'azienda, ogni giorno, cinque giorni alla settimana, crescendo, invecchiando, cambiando i sogni in corso d'opera, spostando gli obiettivi, convinta di costruire qualcosa, lasciando alla giovinezza l'energia per fare di più o osare di più. Capisco i giovani che escono dall'università e si aspettano di trovare l'occupazione ideale nel mondo del lavoro, ma già la mia generazione sapeva di essere la prima a non poter contare sul posto fisso e su una pensione assicurata, stupirsene adesso è più che ingenuo, è peregrino. E capisco cosa voglia dire essere precari a venticinque anni o a trenta, senza un terreno su cui costruire un futuro, con l'amarezza di quella meritocrazia mai applicata, la fatica di arrangiarsi. Siamo in milioni, a capirlo. Ma ci sono altre porte da aprire, a quell'età, che alla mia sono molto più difficili da raggiungere. E se non avere un lavoro a trent'anni è ancora socialmente accettabile, a quarantasei è umiliante, perché non è la sensazione di non avere ancora vinto, è quella, ormai, di avere perso.

Davanti a te c'è la vecchiaia che si avvicina con rapidità imprevista, c'è il corpo che cambia, la testa che rallenta e fatica a imparare cose nuove, il mondo che galoppa con nuove tecnologie che ti sembrano sempre più ostiche e lontane, il linguaggio che si trasforma, i bilanci personali che ti annientano, le speranze che si assottigliano, e sei estraneo e disorientato, con la spietata consapevolezza di ogni dettaglio, con quell'imbarazzante obbligo a comportarsi come un giovane aspirante e l'esperienza di vita che nel frattempo hai immagazzinato. Venire esaminati da consulenti che potrebbero essere tuoi figli, dover rispondere a indagini incalzanti sulle tue scelte, sul margine di abbassamento delle tue aspettative, con la sufficienza di chi è lì a spiegarti che forse non hai fatto abbastanza o abbastanza bene, se sei ancora senza un lavoro. L'enorme, incolmabile differenza tra il non ancora e il non più.

E se sei una donna sola senza figli, sei doppiamente perdente: se prima avevano paura che li facessi, dopo si insospettiscono perché non li hai fatti.

Giudizi, cumuli di giudizi che ti si appiccicano. E che a volte ti appiccichi da sola.

Se Alice avesse potuto aiutarmi lo avrebbe già fatto. Mando un messaggio a Monica. *Aiutami a inventarmi un lavoro*, le scrivo. Poi aggiungo: *Che non sia da abbraccia-alberi*, punto e virgola, parentesi chiusa, l'occhiolino anti-acido.

Scrivo una mail a una wedding planner conosciuta qualche mese fa, avevamo lavorato bene insieme, magari potrebbe aver bisogno di me. Per fotografare matrimoni non sono indispensabili il talento artistico o il punto di vista speciale, solo capienti schede di memoria, un paio di obiettivi, la creanza di un maggiordomo, la diplomazia di un ambasciatore e la pazienza di uno stercorario.

E forse sarà il caso di pensare a qualche taglio alle spese.

LUSSI A CUI RINUNCIARE

Libri
Cinema
Mostre e musei
Teatro
Cene fuori
Parrucchiera per tinta (farsela a casa)
Ceretta (farsela a casa)
Shopping (neanche con i saldi!)
Spostamenti in macchina (calcolare differenza tra benzina e bus da casa al centro)
Regali di compleanno e di Natale agli amici (magari ai bambini sì)
Invitare amici a cena da me
Crema Caffarel fondente
Viaggi
Netflix (farselo regalare per il compleanno)
E occhio alla spesa! (meno carne, niente sottolio, la spremuta fresca d'arancia solo ogni tanto. Girare alla larga da NaturaSì e dai reparti Bio dei supermercati!)

Risciacquo, strizzo, sbatto

Poso il borsone a terra, mi chiudo la porta alle spalle, prendo in braccio Sugo.

“Sono tornata,” gli dico, mentre lui si divincola per scendere.

Stamattina, appena sveglia, ho deciso che era arrivato il momento. Ho disfatto il letto degli ospiti di Alice, ho messo a lavare lenzuola e asciugamani, ho lasciato in ordine la cucina e un biglietto sul tavolo: *Grazie*. Poi la chiamerò, naturalmente, ma avevo paura di perdere l’attimo.

Ero da lei da due settimane, ogni giorno rientrare qui diventava più difficile, la casa era sempre più estranea, minacciosa col suo passato perduto, i balli in corridoio, le risate da una stanza all’altra, le cene di chiacchiere, i film sul divano, le domeniche a letto, i saluti dalla finestra per l’ultimo bacio da mandare al volo.

Ma questa prima era casa mia, e lo è ancora, è una delle poche sicurezze che ho, e mio nonno non me l’ha lasciata perché la riempissi di ricordi dolorosi.

Prima cosa da fare: pulirla.

Fuori c’è un sole di metà ottobre, c’è il caldo che il mare ci regala in autunno. Apro le finestre, tolgo le lenzuola, ci abbiamo dormito insieme, l’ultima volta, ci siamo amati tra queste lenzuola, l'ultima volta, per cui via, una bella centrifuga a sessanta gradi.

In giro per casa ci sono ancora tracce di lui, nonostante credessi di averle eliminate tutte continuano a spuntare. Una banana nel cassetto della frutta, un gel per capelli, un libro caduto dietro il divano, una presa multipla, una tastiera per computer infilata nell'armadio, il sacchetto di grucce che gli avevo preparato, i granuli omeopatici di non so cosa, una moneta da cinque centesimi e tutte le bottiglie d'acqua che lasciava in giro.

Tolgo tutto, ricordando tutto.

Cambio anche i cuscini del letto. Non potevo usare i miei, di piuma, erano pericolosi per la sua allergia. Li recupero dall'armadio, un giro di lavatrice anche per loro, poi sole e vento. Ci si ritrova, ragazzi.

Spolvero, lucido, riordino, lavo. Mi stanco, mi riapproprio.

E intanto gli parlo come se fosse davanti a me, legato a una sedia, costretto ad ascoltare, gli metto in bocca le frasi che voglio, poi gli rispondo, a volte mi infurio, a volte mi intenerisco, a volte gli faccio dire quel che vorrei mi dicesse, a volte rispondo alle sue tante critiche e accuse degli ultimi mesi, quelle a cui non potevo ribattere senza prima soppesare ogni parola, attenta al significato, davanti a qualcuno che non riconoscevo. Fanculo a lui e al politicamente corretto, uso le parole che mi vengono fuori, storte, stropicciate, imperfette, provocatorie, acuminate. E gli aggettivi, tanti aggettivi, una gragnola di aggettivi.

Strizzo il mocio nel secchio e lo sbatto sul pavimento. Gli aggettivi. Lo passo sotto il letto una, due, tre volte, che lì non si pulisce mai abbastanza. Gli aggettivi, deficiente. Alzo il tappeto dagli angoli, lo trasformo in una specie di raviolo cinese, risciacquo, strizzo e sbatto di nuovo il mocio.

Era l'ultima sera, il giorno dopo se ne sarebbe andato,

volevo riempirgli uno zaino di tutto l'amore che potevo ancora dargli, che non avrei più potuto dargli. Gli avevo detto che sì, eravamo due persone complesse, con le nostre zone di luce e di ombra, che io non ero facile, che lui non era facile, ma che non avrei voluto nulla di diverso. Trascino il secchio fuori dalla stanza e passo l'ultimo pezzo. Avevo elencato tutto ciò che di bello lui era e faceva, nonostante i suoi difetti, edulcorati e limati in parole piccole, affettuose, perché volevo che sapesse che amavo anche quelli, che lui mi andava bene così com'è, con gli splendori e gli angoli bui. Passo al corridoio, risciacquo, strizzo, sbatto.

"Dovresti smetterla di usare tutti questi aggettivi," mi ha detto alla fine, gli occhi freddi, la voce scocciata. "Gli aggettivi sono etichette, e tu li usi troppo, da te mi aspetterei maggiore attenzione alle parole. Ogni volta che usi quelle sbagliate, per me è una delusione."

La sua, di attenzione alle parole, era stata questa. Affogavo nel dolore e ancora cercavo di dirgli che lo amavo per quello che era, lui in perenne angoscia all'idea di deludere e di non essere accettato. Nella mia infinita idiozia, avevo voluto dargli un ultimo granello di rassicurazione. Ma avevo usato troppi aggettivi.

Mi fermo. Guardo il pavimento, è pulito.

Stendo il secondo carico.

La mia camicia da notte, le mie camicette, i miei jeans, la mia biancheria.

Quando facevo il bucato davo la precedenza alla sua roba. Lo facevo anche quando stendevo: prima le sue magliette, i suoi pantaloni, i suoi boxer. Per ultimi tenevo i calzini. Ho sempre odiato stendere i calzini.

Non ricordo perché il bucato lo facessi sempre io. Non sapeva come far andare la lavatrice, mi pare dicesse. Dopo tre anni. Una delle persone più intelligenti che conosco. Una lavatrice.

Chissà se si è accorto che, mentre riempiva gli scatoloni e si preparava a lasciarmi, io continuavo a mandare avanti la lavatrice per farlo partire con tutta la roba pulita. Ha spesso lamentato la mia tendenza a non occuparmi di lui, forse era distratto.

È questo che succede a tornare a casa, torna tutto su a conati. Spero che almeno serva, perché se deve solo fare male è davvero una fregatura.

Tolgo le nostre foto dal cellulare.

Elimino il suo profilo su Netflix.

Mangio le sette nocciole che ha lasciato.

Forse non ci siamo capite

Andrea dell'agenzia non ha ancora richiamato, la wedding planner mi ha risposto e un'associazione culturale di Busto Arsizio mi ha invitata come relatrice a un convegno sulla fotografia di ritratto.

Non devo certo controllare la mia agenda per sapere se sarò libera fra tre settimane e, anche se per questi interventi non sono previsti compensi, può farmi bene muovermi, partecipare a qualcosa, ricordarmi cosa faccio, o cosa dovrei fare.

Controllo su internet: da Genova a Busto Arsizio sono tre ore e tre treni con coincidenze impossibili, oppure due ore e la macchina con la Serravalle obbligata, molte curve e nessuna luce. Il convegno è di sera, finirà tardi, devo per forza dormire lì.

Li ringrazio, mi dichiaro lusingata e a disposizione, chiedo conferma sul rimborso delle spese di viaggio e albergo.

Apro la mail della wedding planner e vengo inondata di punti esclamativi, risentirmi l'ha riempita di gioia, e guarda tu la coincidenza, proprio ieri un importante atelier di abiti da sposa le ha chiesto il nome di un fotografo specializzato in ritratti per la fiera degli sposi, questo fine settimana, è una cosa da fare *tout de suite*, gli ha dato i miei recapiti, mi lascia i loro, sentitevi, sentiamoci!

Li chiamo, mi passano la Signora. Si sente la maiuscola

quando lo dicono. Viene al telefono una voce roca, da fumatrice, abituata alla pazienza energica, quella che a un certo punto finisce e diventa decisionista, pur mantenendo grazia e bon ton. Immagino che si raggiunga quel perfetto equilibrio dopo anni a lavorare con le spose, e soprattutto con le madri delle spose.

Mi ringrazia di averla chiamata, l'ho anticipata di poco, dice, hanno un grosso stand a ExpoSposi, avevano già l'accordo con un fotografo ritrattista ma lui ha pensato che fare una gita in montagna fosse una buona idea e cadere da un dirupo è stato un attimo, mi spiega tra l'ironico e l'irritato, così si è rotto un braccio e loro si ritrovano con un angolo per i ritratti da offrire ai futuri sposi potenziali clienti ma senza nessuno che scatti le foto.

Belle foto, s'intende, non foto ricordo, che non è Gardaland, vuole qualcosa di elegante, ricercato ma senza esagerare, qualcosa che possano incorniciare, un pensiero raffinato da portarsi a casa insieme al loro biglietto da visita.

"Le interessa?" mi chiede.

Mi interessa, rispondo. Due giorni di lavoro da gonfiarsi le gambe di acido lattico sono l'ideale, in questo momento. Testa vuota, stanchezza fisica, qualche soldo. Ci diamo appuntamento per il pomeriggio, direttamente in fiera. ExpoSposi. Un mulinello di desideri accartocciati.

C'è una cosa che non ho mai detto a nessuno. Io, ogni volta che passavo davanti a un negozio di abiti da sposa, li guardavo e provavo a immaginarmeli addosso. Non sono mai riuscita a spiegarmi perché, ho sempre detestato quei travestimenti da dama, quelle anacronistiche gonne lunghe e ampie, quelle stoffe così borghesi, quei modelli così conservatori che trasformano una donna del terzo millennio in una principessa Disney, eppure qualcosa di maledettamente atavico in me si agitava ogni volta che vedeva uno di quei manichini addobbati. Quando mi sono sposata avevo venticinque anni e un'amica costumista che non vedeva l'ora, per una volta, di vedermi con addosso qualcosa che non fosse nero. "Coco Chanel," aveva detto mentre mi prendeva le misure e mi proibiva di dire la mia. E una settimana prima della cerimonia era spuntata con un tubino color sabbia che Audrey Hepburn avrebbe invidiato.

Lo avevo immaginato nei particolari, il matrimonio con Federico. Lo desiderava lui, mentre io facevo la disincantata, ma nella mia testa avevo già stilato la lista degli invitati, sapevo chi sarebbero state le mie testimoni, che avremmo avuto i confetti al cioccolato e musica dal vivo per ballare fino all'alba.

Gli altri mi hanno sempre pensata come un'anticonformista perché non ho mai avuto occasione di non esserlo.

Avevo anche deciso il colore del vestito. Lui andava pazzo per un abitino rosso da pochi euro che avevo preso al mercato, lo usavo come copricostume (d'estate mi concedo qualche colore). Vedermelo addosso e togliermelo era un tutt'uno. Avrei cercato un abito rosso, elegante, indimenticabile e che gli accendesse gli occhi.

E adesso eccomi qui, a ExpoSposi, appena lasciata. Riderei, se non avessi una lama che mi trapassa lo stomaco.

Potrei fare qualche scatto per distrarmi, la gente sulle scale a imbullonare tubi o inginocchiata per terra a fissare moquette, chi corre, chi parla al telefono, chi porta bottiglie d'acqua, facce stanche, qualcuna ancora bruciata dal sole, altre stufe, molte concentrate, chi truccato, chi con le rughe, chi assorto. Visi, espressioni, vite di un pomeriggio infrasettimanale in orario di lavoro. Vedo ogni cosa, ma la mia macchina resta ferma, con l'obiettivo coperto. È come se avessi già raccontato tutto quello che potevo, come se da adesso in poi fosse solo un'eterna ripetizione. Non mi interessa niente, non ho nulla di nuovo da dire.

Forse ho poco da raccontare perché ho smesso di vivere in un mondo che si muove, che si alza al mattino e insulta la sveglia, che si veste ed esce col sole appena spuntato, che fa colazione al bar, tra il tintinnio dei cucchiaini e accrocchi di parole a riempire l'aria, che condivide un posto di lavoro con altra gente, che magari suo malgrado ne deve far parte, che fa una pausa pranzo cercando il silenzio o guardando le vetrine, che esce nel tardo pomeriggio e torna a una vita privata, un aperitivo, una cena, casa, un sorriso che ritrova, un profumo che riconosce dopo una giornata fuori. Qualcosa da raccontare, qualcosa da ascoltare.

Seguo una passatoia di moquette verde erba, supero una fila di stand in allestimento, controllo la numerazione e trovo il 50, davanti al palco delle sfilate.

La Signora è come me la immaginavo, minuta e tosta, sguardo deciso, imperiosa. Ai suoi ordini, quattro ragazze appendono pannelli, spostano manichini, allineano opuscoli.

Mi presento, mi stringe la mano, affetta un sorriso ma lo sguardo torna subito al suo alacre team.

"Mettilo sotto la luce, Chantal. Quelle stampe sono storte. Queste sarebbero le uniche sedie che abbiamo? Andate a procurarvene altre."

"È la mia postazione?" chiedo indicando un angolo lasciato libero e idealmente separato dal resto dello stand da una tenda di tulle guarnita di margherite di stoffa.

La Signora annuisce. "Sì, è quella. L'altro fotografo se lo sarebbe allestito da solo, ma se ha bisogno di qualcosa, viste le tempistiche, cercheremo di aiutarla."

Nessun problema per l'attrezzatura fotografica, ho la mia, posso trasformare qualunque angolo in uno studio di posa.

"Avete un'idea di massima sui numeri? Quante coppie potrebbero passare per le fotografie?" le chiedo.

Lei, che nel frattempo ha deciso di sistemare da sola i manichini sotto le luci giuste, risponde senza guardarmi.

"Consideri una cinquantina, circa, forse di più. Al giorno. Le foto gratis attirano quanto un buffet."

Saranno due giorni intensi.

"La stampante digitale e la carta fotografica le avete già qui? Vorrei fare un paio di prove prima dell'apertura."

Si ferma, ho attirato la sua attenzione.

"Quelle sono cose che deve avere lei."

Speravo se le fossero già procurate per l'altro fotografo, ma se non ci sono userò le mie, la rassicuro. Quello di cui non abbiamo ancora parlato, invece, è il compenso.

Mi avvicino. Preferirei parlarle in disparte, ma è evidente che da questo esercito di manichini non la schiodo finché non li ha sistemati tutti.

"Come si era accordata con il mio collega? Lo avrebbe pagato a foto, a ore o a forfait?"

L'ho sorpresa. Ho sorpreso anche le ragazze, che mi hanno sentita. Si fermano tutte, poi le piccole api operaie riprendono a ronzare mentre lei mi ficca lo sguardo negli occhi e alza il mento con evidente biasimo.

"Forse non ci siamo capite. È lei che paga me."

Io che pago cosa? Tento un sorriso che, lo sento, mi viene malissimo.

"Mi scusi, è lei che mi sta chiedendo di fotografare i vostri clienti per due giorni. Perché dovrei pagarla io?"

Lo sconcerto, ormai reciproco, si sta trasformando in un cumulonembo.

Ride stridula, la risata forzata dell'indignato.

"Sa quanto ci costa questo stand? Sa quanta gente attira questa fiera? Sa quante spose attira il mio nome? Ha anche solo una vaga idea di quanta pubblicità lei si può fare per due giorni? Sta lì, in uno degli spazi migliori della fiera, scatta le sue foto, lascia il suo biglietto da visita e magari quelle coppie la chiameranno per il loro matrimonio. E per lasciarglielo fare io non le chiedo alcun compenso, non voglio certo lucrare sul suo lavoro, le chiedo solo una parte dell'affitto dello stand. Hanno ragione i miei colleghi quando dicono che sono troppo generosa, troppo disponibile, troppo buona a chiedere solo quella cifra. Ma io sono fatta così, non approfitto del lavoro degli altri... Però non ho neanche scritto in fronte 'sale e tabacchi'."

Mai capita quest'espressione. Si vede che un tempo i tabaccai erano i più facili da abbindolare, chissà se si usa solo a Genova. Comunque, io un tabaccaio sprovveduto devo ancora trovarlo.

Distrarmi mi aiuta a compensare il disagio.

"Per curiosità, quanto dovrei pagarla per lavorare qui?"

Mille euro, mi dice. Ed è solo un terzo di quello che paga lei, sottolinea.

Più di quanto speravo mi desse, e sarei stata pure disposta ad andarle incontro. Invece dovrei darglieli io, dei soldi.

Non investo una cifra del genere su qualcosa che non mi interessa, non è una garanzia di lavoro futuro, andrebbe già bene se fra sei mesi mi portasse un cliente per guadagnare più o meno quello che dovrei spendere adesso, lavorando il doppio. E non mi piace lavorare con gente così.

Guardo lo stand, le ragazze stanno sistemando due tavolini. "Avrà un catering per l'inaugurazione?"

La Signora alza le spalle e allarga leggermente le braccia. "Certo che avrò un catering. Solo spumante, niente cibo, che se la gente tocca i vestiti con le mani unte me li rovina."

Annuisco. "Offrirà spumante tutto il giorno?"

Sì, mi conferma col fastidio di chi sta perdendo tempo.

"E lo paga?"

"Ovvio che lo pago! Mica me lo regalano!"

Il sospetto mi era venuto.

Le sorrido. "Quello che non capisco è perché non fa pagare una quota per lo spazio anche a chi le fa il catering."

Adesso è decisamente irritata. "Ma cosa sta dicendo? Ci sono due camerieri fissi e c'è lo spumante! È roba che costa e che io voglio offrire ai visitatori, mica vado a rubare casse di vino nelle enoteche."

"Anche il mio lavoro costa, e anch'io sono qualcosa che lei vuole offrire ai visitatori. Sono il suo buffet, e i buffet si pagano."

Le auguro buona giornata e me ne vado.

Nemmeno io ho scritto in fronte "sale e tabacchi".

IDEE PER SBLOCCARMI

Scattare foto, anche brutte
Camminare all'aria aperta
Uscire con amici, vedere gente, parlare con qualcuno
Fare qualcosa per me
Scrivere a mano (pare faccia miracoli)
Tenere un quaderno dove scrivere i pensieri (e i sogni del mattino)
Fare una lista di desideri
Disintossicarsi da internet (chiudere Facebook?)
Leggere
Niente profezie autoavveranti!
Ridere di più
Yoga?
Quasi quasi mi drogo

~~Domani~~
~~Entro la settimana~~
Nel prossimo mese fare almeno una di queste cose

Andateci voi a camminare all'aria aperta

Ho le scarpe da ginnastica, la tuta, l'iPod acceso e sto costeggiando il mare con passo da bersagliere a ritmo di AC/DC. Dicono di camminare all'aria aperta, lo consigliano tutti gli articoli sul blocco creativo, e io cammino all'aria aperta, il mare alla mia destra, discretamente furioso per il vento, un tramonto prepotente giallo-arancio, lo slalom tra gli anziani che, molto più in forma di me, la loro passeggiata di iodio se la fanno ogni giorno, e io cammino verso Nervi e la sua passeggiata di mattonelle rosse. Quasi quasi immortalo il momento e lo pubblico su Facebook, dove mantengo la rassicurante apparenza di una donna che sta bene, benissimo a tratti, silenziosa ogni tanto.

Tra pochi metri c'è la terrazza dove io e Federico ci siamo visti la prima volta. Avevamo un rito: quando ci passavamo davanti ci davamo un bacio dedicato a quei due che si stavano innamorando ma non lo sapevano ancora.

Era stato buffo, quel primo incontro. Aveva visto le mie fotografie, aveva voluto conoscermi: era cominciata così, con il pretesto del lavoro, ma erano bastati i primi scambi di battute per scoprirci anime affini, con la voglia di ridere e di bellezza. Cinque anni meno di me, una dozzina di traslochi in varie città tra Italia ed Europa, per studio o per lavoro, nessun figlio, nessun matrimonio alle spalle ma un paio di convivenze, l'ultima di tre anni.

"Tutte le mie storie sono state belle, non ho alcun rammarico," mi aveva detto, e io avevo visto in lui un uomo saldo nei propri sentimenti, senza timore di viverli e di condividere l'esistenza con qualcuno.

"Ho paura di non essere capace di costruire all'interno di una coppia," gli avevo confessato un mese dopo, quando una coppia lo eravamo appena diventati.

"Ti insegnerò io," mi aveva promesso. E io avevo imparato. O forse avevo solo scoperto di esserne capace.

Ma quel tardo pomeriggio, su quella terrazza, davanti a due bicchieri di vino, ci eravamo esplosi addosso. Era come se ci fossimo riconosciuti e avessimo dato finalmente un senso a quella nostalgia sottotraccia che ci avvinghiava da una vita.

Ero io, era lui.

I suoi occhi verdi, le sue mani calde, il sorriso imperfetto, tutto mi era stato familiare fin dall'inizio. E come sapeva abbracciarmi... Ci sprofondavo, tra quelle braccia.

I suoi gesti gentili, le nostre parole buffe, abbiamo creato subito un linguaggio privato, sorprendendoci con l'attenzione e la presenza.

"Sono forte ma fragile," mi aveva detto, avvisandomi dei suoi buchi emotivi, una collezione di irrisolti che si portava dietro dall'infanzia.

"Non mi sono mai piaciuti gli uomini troppo semplici," avevo risposto pronta.

Poi avevo aperto anch'io il mio bagaglio di insicurezze e le avevamo confrontate, come figurine di un album.

Ci saremmo stati l'uno per l'altra, ci eravamo promessi. E quella promessa l'abbiamo mantenuta a lungo. Riposte in un baule le nostre paure, ci siamo presi per mano e ci siamo resi speciali e straordinari.

Così, aveva fatto un ennesimo trasloco e scelto Genova come sua nuova città.

Non avevo mai trovato uno come lui, esattamente la persona che desideravo. Lui, di me, diceva lo stesso.

Fanculo. Spostatevi, devo andare avanti, andare avanti, solo avanti, non vedete che non posso fermarmi davanti a questa terrazza? Devo andare avanti, devo stare bene, vi prego, fatemi passare, per favore, e arrivo al porticciolo di Nervi, ma lì vedo le canoe su cui andava, le onde che sfidava, le papere buffe, i gabbiani bastardi, lo scoglio piatto dove quella volta abbiamo preso la pioggia pur di non alzarci, e fanculo a quegli articoli, andateci voi a camminare sui cocci, io torno indietro, odio camminare, odio i ricordi, odio essere costretta a vivere nel qui e ora, perché il qui e ora, parliamoci chiaro, fa schifo, e vorrei la cura del sonno, dormire per un po', magari un anno, su un materasso ad acqua, che limita le piaghe da decubito, quindi torno indietro e non ce la faccio più, ce la sto mettendo tutta, lo giuro, ma non ce la faccio più, sto solo facendo finta ma non ci riesco, credevo di aver già avuto la mia dose di fallimenti e dolori, macerie e ricostruzioni, a forza di incrinarsi per i colpi ci si spacca, e intanto cammino sempre più veloce verso casa, apro il portone, salgo le scale, entro, vado in camera, tiro fuori la scatola dei gioielli e lo prendo, quell'anello di gomma azzurro – c'è sopra un topo con una margherita in testa –, era uscito da un ovetto di cioccolato comprato in un bar in centro, lui si era inginocchiato davanti a me in galleria Mazzini e me lo aveva infilato al dito, quell'anello buffo, azzurro, di gomma, col topo dalle orecchie tonde, e io avevo riso, lui aveva riso, mi aveva baciata, gli avevo detto che era bellissimo ed era bellissimo, era in attesa di quello vero, aveva detto, ed è lì, tra i miei anelli, lo prendo, me lo infilo all'anulare e poi esco di nuovo, chiudo la porta, scendo le scale, lascio che il portone si richiuda da solo e corro verso la spiaggia dove una sera avevamo mangiato quel terribile cinese da asporto, scendo le scalette di pietra, non c'è nessuno, chi vuoi che ci sia in spiaggia a quest'ora, e l'iPod continua a riempirmi la testa di musica, lo spengo, mi tolgo le cuffie, guardo il mare, lui impazziva per il mare, ci sguazzava come un bambino mentre io stavo sul bagnasciuga, il mare che oggi è innervosito dal vento, siamo dello stesso umore, amico mio, e ora ti affido qualcosa di grandissimo che non posso più tenere, per cui tieni, mare. Mi sfilo l'anello di gomma azzurra, gli do un bacio, a quel topo con la margherita in testa, e lo lancio il più lontano possibile, in un'onda furiosa che sta andando a spaccarsi su uno scoglio, e piango che mi fa male lo stomaco.

Andateci voi a camminare all'aria aperta, che fa bene.

Chiamo Alice, magari stanotte torno a dormire da lei. Solo per stanotte.

Ferma nella stessa casella

Apro gli occhi e controllo l'ora. Sono le nove, fuori la giornata è già cominciata per un sacco di gente e io mi sono imposta di alzarmi ogni mattina, lavarmi e vestirmi come se dovessi andare a lavorare, prepararmi la colazione, sedermi davanti al computer, aprire la mia finestra sul mondo e setacciarlo alla ricerca di qualcosa che nemmeno io so definire. Qualcosa da fare, qualcosa da essere.

A casa di Alice ho dormito solo la Notte dell'Anello. L'abbiamo chiamata così, è stata una ricaduta. Lei ha lasciato il letto fatto, nel caso cambiassi idea, ma io ho bisogno di essere contenta di dormire nel mio letto. Pian piano ci sto riuscendo. Mi manca il "buonanotte tesoro" che io e Federico ci dicevamo ogni sera con un bacio, qualche volta mi aspetto di sentirlo avvicinarsi per abbracciarmi da dietro e stare stretti così, nel sonno, ed è dura la mattina, quando mi sveglio e l'altra metà del letto è intatta. Anche se diventa ogni volta più normale. In fondo, prima che lo incontrassi, è stato così per anni.

Ottobre è quasi finito e io mi sento sempre ferma nella stessa casella. Se ho tirato i dadi, devono essere caduti in qualche tombino.

Poso la tisana sulla scrivania, accendo il computer e controllo le mail.

L'associazione di Busto Arsizio ci ha messo sei giorni prima di rispondermi che non coprono le spese dei relatori, se mi fa piacere intervenire al loro convegno sulla fotografia di ritratto devo farlo a mie spese. Saranno comunque lieti di offrirmi il buffet prima del convegno.

Con la cifra che spenderei per mangiare al loro buffet mi potrei pagare una cena al Pitosforo di Portofino. Li ringrazio per aver pensato a me, sarà per un'altra volta.

Monica mi scrive di una serata in una villa di Albaro: a sentir lei, un tripudio di potenziali contatti utili, ma soprattutto una serata magica. Sarà il 31 ottobre, si festeggia Halloween ma non all'americana, non devo preoccuparmi, scrive, ma alla celtica, con lo spirito delle nostre terre, dei nostri avi. E questo, secondo lei, non dovrebbe preoccuparmi.

Suona il cellulare, è Andrea dell'agenzia. Non rispondo al primo squillo, devo prima fare un respiro profondo. Magari due. Facciamo tre. Chiedo a qualunque Dio in ascolto di far partire questo progetto, di farmi tornare a lavorare, di ridarmi ossigeno.

Quando rispondo riesco ad avere una voce naturale, contenta di sentirlo.

La sua, invece, suona imbarazzata già dal "ciao Vittoria".

Mi siedo sul divano, Sugo mi salta accanto portando con sé il topo di peluche ripieno di erba gatta. Glielo lancio, lui gli corre dietro, intanto gestisco i convenevoli. Come stai, tutto bene, ti disturbo, figurati, com'è il tempo a Milano, com'è a Genova, e la pioggia, e l'umidità, e il vento, e Sugo torna col topo, glielo lancio di nuovo, e Andrea sta ancora parlando di un progetto appena concluso, è molto soddisfatto, mi racconta, sono contenta per lui ma direi che basta, abbiamo capito che non siamo nemici, però questo è uno stillicidio, quindi chiudo gli occhi e lo interrompo.

"Andrea, che succede con gli alberghi?"

Succede che gli spiace, mi dice, ma c'era qualcosa che

non li convinceva, ne hanno parlato, hanno fatto riunioni, si sono consultati e ci hanno riflettuto molto: alla fine hanno deciso di cambiare strategia e di fare qualcosa di diverso.

Apro gli occhi, lancio il topo a Sugo per la terza volta. Cambiare strategia è fattibile.

"Diverso in che senso?"

Mi risponde con moltissime parole attaccate l'una all'altra da fumosi collanti, in un susseguirsi di esempi e analogie intervallati da anglicismi in pieno linguaggio di marketing che fatico a rincorrere, finché mi arrendo e lascio che finisca l'incomprensibile monologo agghindato di professionalità e competenza.

Spera che io finga di capire, lo so, ma no, non lascio che si chiuda così questa telefonata, ho bisogno di chiarezza, ho bisogno di una sintesi inequivocabile.

"Quindi, al netto di qualunque modifica, si fa, questo progetto, o non si fa?"

Ci mette un po', prima di rispondere.

"Lo facciamo."

Non ce la fa proprio a essere diretto, 'sto ragazzo.

"Lo facciamo nel senso che ci sono anch'io o lo facciamo nel senso che lo fate voi senza di me?"

Ci mette un po' di più, prima di rispondere.

"Lo facciamo senza di te."

Mi rannicchio sul divano. La botta è arrivata. Sono fuori dal progetto.

Questa volta il silenzio è mio.

"Vittoria, sei una fotografa straordinaria, eravamo tutti felici di lavorare con te, credimi. Per questo ci abbiamo messo così tanto prima di decidere."

Calibro la voce, deve uscire intera, anche solo per una parola.

"Però?"

"Però abbiamo capito di volere qualcosa di diverso, di

più spontaneo, anche più impuro in un certo senso, ma con un dinamismo più giovanile che raffinato."

Capisco. Spontaneo, giovanile, diverso.

"Quindi avete cambiato anche regista?"

No, il regista è lo stesso, mi dice, lui può adattarsi, copre diversi generi. Io, a quanto pare, no. Neanche me lo hanno chiesto, ci hanno messo così tanto per decidere ma nel frattempo a nessuno è venuto in mente di chiedermelo.

"Avete già scelto il fotografo?"

Lo hanno scelto, è un giovane esordiente che hanno notato su Instagram, ha molto seguito e permette al prodotto di ammiccare al mondo social.

È importante che un prodotto ammicchi al mondo social, oggi. E anni di studi, di esperienze, di competenza maturata sul campo non possono battere il dilettante seguito su Instagram. L'impuro fa verità, oggi, non più imperizia.

"Bene, Andrea. Allora in bocca al lupo."

"Mi dispiace, Vittoria. Vedrai che ci saranno altre occasioni per lavorare insieme."

"Sarebbe bello, sì."

"Allora a presto, dai. E auguri. Tra una settimana è il tuo compleanno, se non ricordo male."

Sì, tra una settimana sono quarantasei. Lo ringrazio, lo saluto, chiudo la telefonata.

Sugo spinge il topo verso di me, glielo lancio ancora una volta.

Felice Samhain

Mi ha mandato un messaggio perentorio, è venuta a prendermi e non ha accettato scuse. Monica vuole portarmi a tutti i costi a questa benedetta festa di Halloween.

"Puoi rintanarti un'altra sera," mi ha detto, mentre salivo in macchina bofonchiando dissenso, che io gli amici li vedo volentieri, ma uno alla volta, al massimo due. In luoghi familiari, meglio a casa. Per me, una festa piena di gente sconosciuta sta tra la minaccia e la tortura, eppure sono qui, nella Smart di Monica, sballottata dalla sua guida a scatti, distratta dalle sue mani agitate che lasciano il volante più spesso di quanto dovrebbero, travolta dai suoi racconti sull'ennesimo amante pusillanime. Sposato anche questo, come l'ultimo. In crisi matrimoniale anche questo, va da sé. Ma questa volta è quello giusto, se lo sente. Come tutte le altre volte.

"Monica, non è un problema se sei l'amante. È un problema se pensi di non esserlo," provo a dirle mentre prende respiro.

Lei scrolla la testa, la faccio sempre troppo semplice, dice. Poi curva di colpo a destra, taglia la strada a un'auto che le suona un lungo insulto, e inchioda davanti a un cancello che non avevo mai notato. L'insulto strombazzato si allontana, io recupero il respiro perduto, lei sorride.

"Siamo arrivate."

Neanche sapevo che ci fosse una villa, in mezzo a questi palazzi tra Albaro e Sturla. Lei, dal finestrino del guidatore, digita sulla centralina il codice che le è stato mandato e il cancello si apre, lasciandoci salire su per una stradina costeggiata da alberi, cespugli e altra vegetazione mista.

Un paio di curve in salita e un piazzale di ghiaia. Ci sono già diverse macchine posteggiate e ad aspettarci c'è un palazzetto di tre piani in stile neo-gotico, un paio di torrette ai lati, un portone di legno scolpito con decorazioni in ferro battuto e, davanti, un domestico che accoglie gli ospiti.

"Monica, è un filippino in livrea, quello. Siamo cadute in un romanzo di Salgari?"

Lei spegne l'auto, la radio, toglie le chiavi e apre la portiera.

"Vittoria, non cominciare. È un cameriere stipendiato. Andiamo."

Scende e chiude la portiera, io faccio lo stesso. Magari è un ospite mascherato per Halloween.

Non lo è. Il cameriere stipendiato di evidenti origini filippine che indossa come da contratto una giacca amaranto con spalline e bottoni dorati ci accoglie nell'androne con un leggero inchino e ci indica le scale di marmo con la mano guantata di bianco.

Saliamo. Alla fine della prima rampa, in un angolo, un enorme levriero di ceramica: un tocco di sobrietà, vista la coppia di giaguari impagliati che ci aspetta alla fine della seconda rampa, a presidiare una porta aperta.

Guardo Monica che, inspiegabilmente, sembra a proprio agio.

"Sono eccentrici, d'accordo," mi dice, "ma sono carini, vedrai, ti piaceranno. Cerca di goderti la serata, potrebbe anche esserci qualcuno di utile per il lavoro."

Godermi la serata, come no. Non me l'ha permesso, di

godermi la serata come avrei voluto io, in posizione fetale sul divano, avvoltolata in un plaid.

Due cameriere – grembiule bianco su vestito amaranto – ci prendono i cappotti e li fanno scomparire dietro una porticina mimetizzata nella tappezzeria damascata. I tendaggi sono di velluto pesante e nascondono vetrate immense, l'illuminazione è di sole candele, tante, tantissime, ovunque, fanno anche da riscaldamento, ma soprattutto mi chiedo cosa rimarrebbe in piedi se solo una di loro cadesse accanto a una parete. Bisogna muoversi con cautela, niente gesti goffi, niente movimenti sguaiati. Leggiadri.

Seguiamo il suono di un'arpa costeggiando tavole imbandite decorate con zucche, foglie secche, candele nere e arancioni, pannocchie di granturco. In giro, cesti di mele e di noci.

Scenografia a parte, mi sembra giusto l'occasione per dare una festa, non sono circondata da sacerdotesse e druidi e nessun cosplayer di *Game of Thrones* si aggira con pezzi di focaccia in mano. Indovino qualche wiccan sparso, ma per lo più c'è gente che si gode una serata mondana, probabilmente parlando di lavoro, vacanze e chat di mamme su Whatsapp.

Una donna dai capelli lunghi, sciolti, un tempo neri e ora striati di bianco, ci viene incontro e ci sorride.

"Felice Samhain," dice, e abbraccia Monica.

"Felice Samhain," le risponde la mia amica.

Io annuisco, lasciando che l'augurio resti implicito, non saprei pronunciarla, quella parola, mi resterebbero delle lettere sotto la lingua.

Lei mi guarda dritto negli occhi e mi posa una mano sulla spalla.

"Sono Celeste. E tu hai il cuore pesantissimo, ragazza mia."

Un groppo in gola mi aggredisce. Lo ingoio. Accenno un sorriso che esce stortignaccolo.

Lei continua, la mano sempre sulla mia spalla, gli occhi sempre nei miei.

"Ma hai una bella luce, dentro. Ora è in fondo, nascosta nell'ombra, ma c'è, la vedo. Ed è molto forte. Sei antica, tu." Poi guarda Monica. "La tua amica è una strega," le dice, quasi complimentandosi.

Monica ghigna. "Ah, lo so bene," risponde con un tono decisamente diverso da quello di Celeste.

Ghigno anch'io, grata per l'appiglio della battuta, ma Celeste resta seria. "Forse lei deve ancora capirlo, ma lo è."

Poi mi prende per un gomito, con delicatezza, e mi accompagna nel salone successivo.

"Sentiti a casa. Questa è una notte speciale, la si festeggia da secoli: si ringrazia per l'ultimo raccolto, si fanno i bilanci di fine anno e i propositi per l'anno nuovo. È il Capodanno celtico."

Le poso una mano sul braccio e la ringrazio per l'ospitalità.

"Per i ringraziamenti e i bilanci ci metto un attimo. Ma se posso esprimere desideri, non so se mi basterà una notte."

Bugia. È da un po' che non riesco a esprimere desideri, e ho la sensazione che Celeste, questo, lo intuisca: sul suo viso è passata un'ombra di sarcasmo. O forse cro io.

"Più tardi faccio le carte, passa."

E se ne va ad accogliere altri ospiti.

Resto immersa nella penombra delle candele, nel profumo d'incenso e nella musica dell'arpa. Se vedo un drago non mi scompongo.

"Vittoria!" prorompe una voce dietro di me. Una donna dai capelli rossi, abiti color sabbia, tintinnante di ciondoli e braccialetti, sorridente di quel sorriso che ti riconosce felice di riconoscerti mentre tu non riesci a inquadrare chi sia.

"Ciao," rispondo.

"Sono Camilla, la Cami. Ti seguo sempre su Facebook." Poi si gira verso la donna che è con lei, caschetto nero, occhiali viola, due grossi anelli d'oro alle orecchie, e mi indica. "Lei è Vittoria, la fotografa... quella della gente in bottiglia."

L'altra si apre in un sorriso. "Ma dai, è vero! Finalmente ti conosco, ti leggo sempre anch'io, mi piacciono un sacco i tuoi trucchi di fotografia. Anch'io faccio foto, ogni tanto, ma così, solo per divertirmi. Usare un sacchetto pieno di sabbia come cavalletto mi ha fatto risparmiare un sacco di soldi." E ride.

Sorrido, ringrazio, sono contenta di essere stata utile, e sembrano anche due amabili persone, ma in questo periodo il mio livello di tolleranza è minimo, e qualunque chiacchiera mi affatica. Setaccio la stanza con lo sguardo in cerca di un traghetto che mi porti via, Monica c'è ma è finita dall'altra parte della sala e chiacchiera con una tipa in caffetano bianco. Forse sto meglio qui. Provo ad avvicinarmi al buffet, le due donne mi seguono.

"Pensavo che fossi in giro per il mondo per qualche pubblicità," continua Camilla, la Cami.

Prendo una manciata di noci sgusciate e la guardo. "Perché?"

Lei alza le spalle. Perché con la vita che faccio io, dice, mi pensa sempre in giro, tra gente pazzesca, in un mondo che a Genova neanche ci sogniamo. L'amica annuisce.

Interessante, questo immaginario. Anche comprensibile, per chi mi osserva dallo spiraglio dei social, ma è curioso come abbiniamo una vita appagante a un barlume di notorietà, come l'apparenza determini l'identità.

"E poi Sugo è un gatto incredibile. Ma dove lo hai trovato? Sembra un cartone animato." Ridono. Rido anch'io. In effetti Sugo sembra uscito dagli studi della Pixar, ogni tanto lo fotografo in posizioni veramente assurde.

Il passaggio da conoscenti virtuali a colleghe gattare è così veloce che non lo colgo finché non mi ritrovo a guardare sui loro cellulari le foto di Isidoro, Nemo e Briciola. Sul divano, sul frigo, sul letto, sul bracciolo di una poltrona, sul tavolo della cucina, sul balcone, persino nel bidet. Col flash sparato negli occhi, sfocate, buie, sbilanciate, storte, inquadrate male o semplicemente brutte. Sapere che la capienza di uno smartphone regge centinaia di foto è un'imprevista idea di inferno. Simulo interesse e immagino lo sguardo che ci saremmo scambiati io e Federico se lui fosse qui. Ci saremmo parlati col pensiero, stretti le mani di nascosto.

Dopo una trentina di foto fingo di aver visto qualcuno che conosco, mi scuso con loro, le saluto e cambio stanza. Chiedo del bagno e mi ci chiudo.

Troppa socialità tutta insieme, ho bisogno di arrivarci per gradi. E mi fa male dover ricominciare a viverla da sola. Vorrei che Federico fosse qui a esplorare con me questa villa assurda, ad assaggiare le noci, a lasciare le giacche a camerieri in livrea, ad ascoltare l'arpa, a ridere dei giaguari impagliati, a cercare un drago, ad ascoltare frammenti di discorsi e a inventare insieme il resto. Mi manca.

Esco dal bagno. Il vociare è aumentato, comincia a esserci molta gente, qualcuno fuma erba – l'odore sembra quello –, o forse è solo l'incenso.

Riconosco il titolare di uno studio grafico, non mi ha mai pagata per un lavoro che ho fatto anni fa, ha tergiversato finché non mi sono arresa. Mi vede, ci sorridiamo, mi viene incontro.

"Vittoria, quanto tempo! Neanche ti chiedo come stai, si vede che sei in gran forma... Ti seguo, sai? Ora sei una fotografa di successo, fai la bella vita, tu."

"Cerco lavoro, ne hai?" gli chiedo. Così. A bruciapelo. Tanto non me l'ha chiesto come sto, possiamo passare direttamente alla bella vita che faccio.

L'ho messo in imbarazzo. Apre la bocca, increspa la fronte, mi fissa.

"Cerchi lavoro? Tu? Non lo sapevo."

Certo che non lo sapeva, per questo glielo sto dicendo. È stupito: non lo aveva capito dal mio profilo Facebook, dice. Ancora Facebook. Non metto in vetrina i miei problemi, non confondo i social con il divano di casa, un'arringa pubblica con uno sfogo privato o gli sconosciuti con gli amici. Non piango su un palcoscenico né mi mostro senza pelle. Certo che non lo sapeva, e va bene che pensino tutti alla mia vita come a un perpetuo party con l'open bar, va bene che si fermino alla superficie, alla foto del mio uovo al tegamino, della mia serata con l'amica, al mio gatto acciambellato, alla mia unica risata della settimana immortalata lì, per lui, per gli altri, per tutti. Vera, come l'uovo al tegamino, l'amica e il gatto, nulla di falso ma nulla di più. Non mi do in pasto alla gente, non sono un rinfresco.

"Già. Se senti in giro fammi sapere, ok?" gli dico, e punto al parmigiano.

Ho bisogno di un posto tranquillo.

Vagando da un salone all'altro incrocio lo sguardo di Celeste. È seduta davanti a un tavolino rotondo, mi fa cenno di raggiungerla. Attorno a lei due donne sedute e un altro paio in piedi. Sta leggendo i tarocchi.

"Vieni, mettiti vicino a me," mi dice quando sono lì, e dà un colpetto sulla sedia vuota accanto alla sua. Le altre mi sorridono, io ricambio sperando che il mio disagio non sia troppo evidente.

Celeste mi indica le carte sul tavolo.

"Cosa vedi?"

La donna seduta di fronte a noi mi guarda, in attesa.

Carte, io vedo delle carte, dei disegni, nient'altro. Non c'è il futuro, su questo tavolino, c'è l'aggrapparsi disperato a un oracolo che ci salvi dalla paura del domani e dell'ignoto. Mi spiace deludere questa donna che vede in me la luce, ma posso solo guardare chi mi sta di fronte. Trucco pesante, fede al dito, tacco dodici, palestrata, cinquant'anni, abbronzatura da lampada.

Sorrido a cercare complicità, fingo di esaminare le carte, ne indico una con un uomo e una donna nudi e una specie di satiro che li osserva, sembra il diavolo. "Problemi con l'amante?"

Le amiche ridacchiano, lei conferma sbuffando.

Picchietto con l'unghia su un cavaliere, avevo proprio bisogno di un'immagine del genere, che i numeri non saprei come usarli. "È giovane, eh?" aggiungo.

Si guardano tra loro, stupite. Celeste annuisce. La donna si sporge in avanti, la scollatura è generosa. "Ha un'altra?" mi chiede. Poi guarda Celeste. "Si può chiedere alle carte se ha un'altra?" Per lei è la prima volta, spiega.

Celeste annuisce, si può chiedere tutto, dice, anche se non è detto che rispondano. Poi si volta verso di me e mi chiede cosa vedo.

Trovo una regina di bastoni in mezzo a quel marasma e la indico. La regina va bene, è quello che mi serve.

"Sì, ha un'altra, ma ha paura a dirtelo."

"Bastardo," sibila lei. "Lo sapevo," poi si accascia contro lo schienale.

Celeste raccoglie le carte e le mischia.

"Vuoi sapere qualcos'altro?" le chiede.

Vuole sapere se lui la ama, se lascerà quella lì o se è meglio che smetta di vederlo.

Celeste risponde con grazia e delicatezza, decisamente meno diretta di me. Controlla le carte, le indica alla donna, vede la fine di quella storia ma vede anche una bella rinascita dopo, non con lui. Del resto, l'invidiabile capacità di recupero della nostra pimpante palestrata è evidente, non credo che faccia passare più di due mesi tra un amante e l'altro. Chissà se il marito fa altrettanto, chissà se si fonda su questo il loro equilibrio coniugale.

Soddisfatta, la donna ringrazia e si allontana, lasciando il posto a una ragazza che si siede rapida. C'è la coda per il consulto, quasi tutte alla prima esperienza – sono lì per curiosità, lo capisco. L'esoterismo affascina da millenni, figurarsi se lo si trova tra un salatino e una lasagna al pesto.

Celeste sorride alla ragazza, mischia le carte, le fa tagliare il mazzo, le dispone davanti a sé a formare una piramide e comincia a descriverle il quadro generale.

Si avvicina Monica, un bicchiere di rosso in mano, un piattino nell'altra. Mi alzo e le rubo un grissino.

"È brava," mi fa, indicando Celeste.

"Anche lei!" dice la consultante – camicetta beige e pullover beige legato al collo – indicando me.

Monica mi guarda, io alzo le spalle e le bisbiglio "non servono le carte".

Ci mettiamo ad ascoltare Celeste che racconta sicura, descrive paure e stati d'animo, intuisce, riconosce, restituisce in altre parole, fa scorrere immagini, fa notare piccoli dettagli su cui costruisce interpretazioni affascinanti, il rosso diventa accoglienza, il blu freddezza, e la donna davanti a lei si trasforma in una pagina scritta che è sufficiente leggere a voce alta.

Sì, è brava Celeste. Non so se ci creda davvero o se anche lei giochi sull'istinto, l'empatia e il buonsenso, ma mi sembra sincera.

Congeda la ragazza lasciandole belle speranze e garanzie di benedizioni dall'alto, poi si scusa con tutte ma deve fare una pausa. Raccoglie il mazzo, si alza, mi guarda.

Oh, no. No, no, no. Lo riconosco quello sguardo.

"Vuoi continuare tu?" mi dice, rimettendo le carte sul tavolo e indicandomi la sua sedia. E non capisco se mi stia sfidando o dando fiducia. Immeritatissima, nel caso.

Monica non mi lascia il tempo di rifiutare e accetta per me.

"Certo che continua lei, lo sanno in pochi, ma è proprio

brava con le carte," e mi spinge al posto di Celeste, che sorride a entrambe e si allontana.

La guardo andare via, poi fisso Monica – ride. Una donna si siede e aspetta che lo faccia anch'io, le altre si avvicinano al tavolo.

"No, ragazze, stava scherzando. Io non le so leggere le carte."

Ma vengo smentita. "Non è vero. Prima hai visto tutto."

Monica mi invita a sedermi. "Infatti, Vittoria. Tu sei bravissima, neanche ti servirebbero le carte da quanto sei brava."

Le amiche perfide.

Davanti a me, una giovane donna timida, piuttosto in carne, sui trentacinque anni, non molto alta, anonima come una comparsa, non certo una che colleziona corteggiatori, niente fede al dito, poco trucco, messa in piega casalinga, crocifisso al collo, non del tutto devota se è qui stasera, ma comunque credente.

Faccio quello che ho visto fare a Celeste, mischio, le faccio tagliare il mazzo, giro un po' di carte e la osservo.

Sul tavolo c'è un re, parto da quello.

"C'è un uomo." Sufficientemente vaga, ma a quell'età un uomo c'è di sicuro, almeno impigliato nelle speranze.

Le sfugge un sospiro e uno sguardo all'amica. "Eh, c'è un uomo."

Da come lo dice, deduco che non sia ricambiata.

"C'è qualcosa che lo frena."

È imbarazzata tra un sì e un no. Perfetto. Individuo una regina, la indico.

"Lui ha un'altra."

Me lo conferma. È sposato.

"Lo vedo. È una regina di coppe, il legame è forte," invento andando a logica.

A questo punto ho sufficiente credibilità per mascherare le domande in affermazioni. Lui è più vecchio, ha due figli, la moglie non sospetta niente, solite cose. Le faccio dire dalle carte che dovrebbe liberarsene, che potrebbe trovare di meglio ma finché non chiude con lui non lo troverà.

Sono pronta a scommettere che, nel giro di qualche mese, andrà a impelagarsi con un ex compagno di scuola che la userà come ripiego e sfogo dopo aver chiuso con la donna che amava, lei si infilerà in quello spazio di disperazione e bisogno d'affetto sperando di essere speciale, ma appena lui starà meglio la lascerà, magari per tornare dall'altra o per correre dietro a una bella, magra e con l'eye-liner preciso.

Ci sono gli imponderabili e ci sono i classici. Lei è un classico. Sono anni che osservo le persone e le fisso nelle mie fotografie, altro che tarocchi.

Un paio d'ore dopo, Monica mi lascia sotto casa. Per tutto il tragitto ha ciarlato della festa, dei rituali celtici e della serendipità, in cui crede moltissimo. Finalmente scendo, e mentre apro il portone lei tira giù il finestrino, ha ancora qualcosa da dire.

"Potresti fare la cartomante!"

Al supermercato

La bolletta del gas che ieri notte, rientrando, ho preso dalla cassetta della posta, non la apro neanche. La metto insieme alle altre buste chiuse che sto ignorando, confidando nella domiciliazione bancaria e in un miracolo che mi salvi dal conto in rosso.

Mi alzo dalla scrivania, Sugo si stira e mi segue. Vado in cucina, accendo il bollitore e intanto apro le ante per controllare cosa c'è. Pasta di kamut, pasta di mais, riso Venere, tonno al naturale, olive denocciolate.

Due terzi della nostra spesa erano per lui, aveva una passione per i prodotti più costosi e insapori disponibili al supermercato.

Però anche quello era un momento nostro. Avevamo le nostre tovagliette, i nostri piatti, i nostri piccoli rituali: lui dimenticava i tovaglioli, io i bicchieri, entrambi l'acqua. A tavola niente cellulare, la pausa era per noi, i piedi intrecciati sotto il tavolo, il gatto da far scendere, i consigli, i ricordi, le risate, gli aggiornamenti, i progetti. Volevamo una data speciale per sposarci: un 10, un 15 o un 28, i nostri numeri simbolici. Anche se a me sono sempre piaciuti l'1, l'8 e il 12. Così, senza un motivo preciso.

Comunque, se non altro, risparmierò sul cibo. E sui detersivi, ora che non dovrò più fare un bucato al giorno.

Preparo la tisana, torno alla scrivania. Nessuna mail in arrivo, solo nuove richieste di amicizia su Facebook. Tutte donne, le accetto senza neanche controllare chi siano.

Scrivo una battuta, rispondo a due commenti, qualcuno vuole comprare un diffusore per flash e mi chiede consiglio. Non è una grossa spesa, ma se non è un professionista può cavarsela con un sacchetto di plastica bianco e mangiarsi una pizza in più: certa attrezzatura è come l'imbottitura nel reggiseno, fa solo scena.

Non ho molto da fare. Rifaccio il letto, pulisco il bagno, cambio la sabbia a Sugo, controllo le crocchette – sono finite, decido di scendere a fare la spesa.

Lo sto evitando il più possibile, un po' per risparmiare, un po' per rimandare, ma in quel dannato supermercato devo abituarmi a entrare senza il groppo in gola. Sarà il caso che mi sforzi.

Metto il cappotto, prendo la borsa ed esco. Davanti al Carrefour c'è il ragazzo che chiede cibo o qualche moneta, Federico sa come si chiama, gli compravamo spesso da mangiare, "come va?" mi domanda sempre.

Accelero il passo, gli faccio un cenno di saluto ed entro.

Mi aggiro tra gli scaffali e mi volto d'istinto a cercare Federico che pesa le banane, prende l'insalata o sceglie la carne. Mi sembra incredibile che non sia qui con me.

Mi piaceva guardarlo quando non se ne accorgeva, aveva gli occhi pensanti, che scegliesse un melone o che parlasse con qualcuno. E quando notava che lo stavo osservando gli si apriva un sorriso complice. Ispirava fiducia, una bella fregatura per uno come lui, che avrebbe preferito stare col naso sui libri, e invece tutti – gli sconosciuti sul treno, i miei amici, mia madre – avevano l'irresistibile bisogno di raccontargli i fatti loro. Dai problemi di cuore all'ultimo romanzo letto, fino alle magagne del computer.

"Ti vanno i fagiolini?" mi viene da chiedergli, e mi trattengo dal prendere i succhi, tanto piacevano solo a lui.

Mi mancano i nostri biscotti, la nostra tavoletta di cioccolato con le nocciole, l'avocado condito con olio e sale che mi preparava a pranzo, lo spezzatino alla genovese che gli cucinavo io, il chinotto, la centrifuga di sedano, mela e zenzero, l'Ovomaltina, le fajitas, le milanesi impanate doppie, e la devo smettere.

La devo *smettere.*

Mi asciugo gli occhi, prendo delle gallette di riso e una confezione di arrosto di tacchino. In questo periodo mangio come i randagi, direttamente dalla carta.

Per fortuna vedo anche le barrette di semi di assurdità con granelli di schifezze, la pasta senza glutine ai piselli, il seitan sottovuoto, le bioidiozie, e qualche lacrima torna dentro. Non è vero che mi manca tutto di lui. Molto, non tutto.

Prendo le crocchette, un sacco di sabbia pulita e mi metto in coda.

Davanti a me, una vecchina con la sua sporta di stoffa lisa ha già messo sul tapis roulant della cassa mezzo litro di latte, un pacchetto di biscotti e una scatoletta di cibo per gatti, poi c'è un ragazzo sporco di calcestruzzo con una bottiglia di birra e una confezione di speck, due ragazze con sei lattine di Coca-Cola, un sacchetto di patatine e dei Bounty. Quella con i Bounty in mano ha una lunghissima treccia di capelli rosa e una pelle che non deve aver mai visto il sole, una Raperonzolo del ventunesimo secolo, e piange anche se fa finta di no. L'amica la ascolta, le toglie i Bounty di mano e li sostituisce con un pacchetto di fazzoletti di carta.

"Capisci? Sono i miei amici, non i suoi... I miei amici, cazzo!" E il kajal comincia a cedere. "Con me, tutti a dire quant'è stronzo e quant'è coglione, poi non lo cancellano e magari lo riempiono pure di like, oppure lo commentano come se niente fosse... che è pure peggio!" E un fazzoletto finisce appallottolato.

L'amica aspetta che lei si soffi il naso in un altro fazzoletto e faccia scempio anche del mascara, poi con tono da maestrina le spiega che sono liberi di farlo.

"E io sono libera di mandarli affanculo!" sbotta Raperonzolo.

Sorrido e fingo di controllare il cellulare. Vorrei posarle una mano sulla spalla e dirle di mandare affanculo anche l'amica, che non sa capire la differenza tra libertà e ipocrisia, tra educazione e indelicatezza, tra arbitrio e superficialità, tra schiettezza e pusillanimità. Che non sa capire cosa la ferisce.

Sono ignavi, vorrei dirle, se possono evitare di prendere posizione lo fanno volentieri, visto che sono liberi di farlo, che a essere amici di tutti ci si sente più a posto, quasi più maturi. Per Dante non erano degni nemmeno dell'Inferno. Fregatene, Raperonzolo, e scegli con attenzione chi far rimanere nella tua cerchia stretta.

Ma non le dico niente, lo capirà da sola. Intanto l'altra sta facendo la giocoliera per tenere in equilibrio lattine, barrette di cioccolato e cocco e sacchetto di patatine.

Arriva il mio turno, c'è la cassiera simpatica, quella che sorride sempre e mi dà del tu.

"Ciao! È un po' che non ti vedo. Non ho più visto neanche il tuo fidanzato. Tutto bene?"

Eh, però questa è una gomitata nello sterno. Tento di sorriderle ma gli occhi mi tradiscono, lei si blocca e si scusa.

"Oh, cavolo, parlo sempre troppo, accidenti. Mi dispiace."

Non sa cosa dire, siamo così in imbarazzo che un po' mi viene da ridere, la rassicuro, è vivo – che di questi tempi è una precisazione da fare –, e la ringrazio, è stata gentile a chiedere, e siccome dietro di me non c'è nessuno si concede una domanda in più, sottovoce.

"Cos'è successo?"

Come se fosse una domanda da nulla, poco impegnativa, dalla risposta facile, e mentre metto nel sacchetto il tacchino, le gallette e le crocchette per Sugo, balbetto la sintesi più banale.

"Se n'è andato, mi ha lasciata." Perché dire "lo ha morso una crisi esistenziale e si è trasformato in uno sconosciuto che di me non sa cosa farsene" imporrebbe approfondimenti in cui non mi va di addentrarmi davanti all'espositore dei tictac, mentre la gente svuota il carrello.

Apre la bocca, la richiude, scuote la testa come a scacciare incredulità, io minimizzo. "Succede," dico, e vorrei rannicchiarmi qui in attesa che passi l'ondata di tristezza. Succede, è una cosa normale, è la vita.

"Certo, succede," risponde lei per nulla convinta. "Però non dovrebbe." Mi passa lo scontrino. "Senti, so che non ci conosciamo, ma se qualche volta vuoi fare due chiacchiere... Io sono sempre qui."

E questo non me l'aspettavo, non so se impietosisco persino gli sconosciuti o se in questi anni ho conquistato senza saperlo gente come lei, spettatori di spese quotidiane e di vite. Fatico a guardarla negli occhi, sono commossa e a disagio, ringrazio, prendo il sacchetto, ora devo proprio andare, devo uscire da qui, devo tornare a casa.

La saluto ed esco.

Ci sono momenti che sembrano insormontabili.

A casa trovo una notifica su Messenger, mi ha scritto uno dei nuovi contatti.

Ciao, ci siamo conosciute l'altra sera alla festa da Celeste. Hai fatto le carte alla mia amica, volevo sapere se le fai anche privatamente.

Posso almeno dirti che è ingrassato?

Alice ride da quando ha messo le patate in forno. Svolazza tra i fornelli e il frigo e ride, getta i pezzi di pollo nella farina e ride, scioglie il burro in padella e ride.

"Vittoria, è geniale." E ride.

Quando le dico che non è geniale, è demenziale, lei si volta e mi punta contro la forchetta. "Cos'hai da perdere?"

"La reputazione?" azzardo.

Alza le spalle, torna a occuparsi del pollo.

"Che sciocchezza. Perché mai la tua reputazione dovrebbe essere a rischio?"

"Per esempio, perché ruberei soldi alla gente."

Apre il forno, controlla le patate, le gira col cucchiaio di legno, *tric tric*, richiude il forno.

"Gente che ti cerca per darteli, quei soldi. E che li darebbe comunque a qualcun altro. Perché li ruberesti?"

Alice è pragmatica. Se ci sono persone desiderose di pagare per farsi leggere le carte e avere pillole di buonsenso, perché deluderle?

"Perché non sono una cartomante, tanto per dirne una," le ricordo, inutilmente.

"Credi nei cartomanti?"

No, direi di no. Immagino che ce ne siano di bravi, capaci più di altri di intuire, di dedurre, insomma sono possibilista un po' su tutto, ma alla fine vince lo scetticismo.

Alice tira fuori dal forno la teglia delle patate. "Allora che ti frega? Se non ci credi, cosa cambia se vengono da te o vanno da un altro?"

Ci sediamo e cominciamo a mangiare.

"Be', magari l'altro ci crede e gliele legge convinto."

"Quindi ne fai una questione etica?"

Lei non ama un granché le questioni etiche. Ci ho messo un anno a convincerla a differenziare almeno la plastica. Cerco di spiegarle che ne faccio una questione di onestà.

Annuisce e mastica. Sta pensando, la vedo che cerca il compromesso. Inghiotte il boccone, beve un sorso di vino e prima di posare il bicchiere sembra averlo trovato.

"E allora credici."

Come non averci pensato prima. Se il mio problema è non crederci, basta cambiare idea, ovvio. Neanche le rispondo.

Mi guarda, sempre più convinta della propria teoria.

"No, sul serio Vittoria. Sono secoli che la gente legge le carte, ci sarà pure qualcosa di vero. Ti piacciono le immagini, ti piacciono i simboli, ti piace osservare gli altri. Sei nata per fare la cartomante."

E io che, ingenua, volevo fare la fotografa. "Lo fai sembrare un complimento."

Scuote la testa piena di disappunto.

"Prova almeno a studiarle un po'. Fai delle prove, leggile a me, a qualcun altro che conosci, leggile a quella che ti ha scritto... Se vuoi senza farti pagare, almeno all'inizio."

Io pensavo di riderne con lei, di archiviare anche questa tra le assurdità della mia vita, non di ritrovarmi incoraggiata a trasformarmi nella Sibilla Cumana.

Prende il cellulare e digita qualcosa.

"A chi stai scrivendo?"

"Niente, chiedo solo un'informazione a Monica."

Non ricordavo che avesse il numero di Monica, si sono incontrate solo a qualche mio compleanno e a un altro paio di serate con molta altra gente.

"Da quando hai il numero di Monica?"

Lei continua a digitare e mi risponde con noncuranza. "Mmm, ce lo siamo scambiato qualche mese fa. Così, è capitato, non ricordo neanche più perché."

Lo so io il perché.

"Da quando Federico ha cominciato a dare di matto?"

Lei, *tric*, invia il messaggio. Poi posa il cellulare sul tavolo.

"Può darsi, non ricordo. Secondo me aveva bisogno di un'informazione per un viaggio."

Monica non fa un viaggio da più di un anno.

"Vi sentite tra voi per monitorarmi?" E il pensiero, confesso, mi commuove. So che i miei amici mi vogliono bene, sono la mia salvezza, i miei moschettieri: che si sentano tra loro per essere discreti e allo stesso tempo informati lo trovo bello.

"Be', sì. Ma non monitoriamo solo te."

Poso la forchetta sul piatto, la fisso.

Lei alza gli occhi al cielo e sbuffa.

"Oh, senti, Vittoria. Hai chiesto a tutti di non dirti niente su Federico e noi rispettiamo la tua richiesta, ma non puoi impedirci di controllare quello che scrive e che fa. Sono mesi che lo teniamo d'occhio e..."

La blocco. "Noi chi? Quanti siete? Cosa state combinando?"

Un po', mi dice. Non tanti, i miei amici più stretti, anche se alcuni si conoscono solo via Facebook. Sono inoffensivi, si scambiano aggiornamenti su di me e seguono Federico per capire, per trovare una spiegazione, se dà segni di rinsavimento. E per sapere dov'è, se è a distanza di sicurezza.

"Anche per parlarne," sbotta. "Con te non possiamo, ma tra noi, Vittoria, qualche considerazione ce la scambiamo.

Non sei l'unica a essere rimasta sconcertata dalla sua trasformazione."

Infilzo una patata e la tengo lì, nella forchetta, fissandola.

"Continua a nutrire la sua corte dei miracoli?" chiedo dopo un po'.

Alice annuisce e tra le due non si sa chi sia più amareggiata.

Il suo pubblico dal consenso facile è ancora lì, dunque. Uno dei motivi per cui ho chiesto di non raccontarmi più niente.

Fatico a collegare quel personaggio da social alla persona che mi manca.

"Ieri ho svuotato il sacco del vetro e c'era una bottiglietta del suo profumo," confesso. Ce n'era ancora qualche goccia, sufficiente per farlo sembrare lì accanto a me, e questo non serve che lo dica, Alice me lo legge in faccia. Anche a lei hanno spezzato il cuore un paio di volte, per questo ora è felice di vivere da sola e di concedersi ogni tanto qualche notte appagante con un amico di vecchia data. "L'importante è che ci sia l'affetto," dice sempre, "ma nessun impegno." Sono anni che si protegge dai profumi che aggrediscono a tradimento.

"Spero che tu l'abbia buttata via."

Continuo a fissare la forchetta con la sua preda. "La bottiglietta l'ho tenuta, ma l'ho lasciata nel sacco del vetro."

Alice mi guarda un po' di sbieco, poi le sbuca un sorriso.

"Posso almeno dirti che è ingrassato?"

Vorrei restare seria ma non ci riesco, mi scappa una risata. Noi amiche sappiamo essere stupide nel modo giusto al momento giusto.

"Se mi dici che è ingrassato e che sta male non mi dispiace."

Lei fa un respiro di sollievo e squittisce.

"Non hai idea! Se lo vedessi ora, ti passerebbe tutto in un soffio."

Ne dubito, però...

"Grasso?"

"Grasso," conferma.

È liberatorio, lo ammetto. Anche se mi fa comunque male sapere che le persone che gli volevano bene e lo stimavano ora lo osservano perplesse e deluse. E certo non per qualche chilo di troppo.

"Pensi che abbia un'altra?"

Ma in verità non lo voglio sapere.

"Secondo me no," mi risponde Alice, sicura. "Non si comporta come uno che ha un'altra, parla solo di sé. Non è più il nostro Federico, quello a cui abbiamo voluto bene, l'amico a cui scrivevo anche alle sei del mattino per chiedere consigli, quello con cui parlavo di tutto, quello che ti rendeva felice. L'amico che mi manca. A vederlo adesso, viene da chiedersi qual è, il vero Federico."

Mi rifiuto di pensare di essere stata con un Federico finto. Era vero lui, era vero tutto, eravamo veri noi, questo lo difenderò anche a costo di restare l'unica a pensarlo. Fragile, sì, problematico, lo so, ma io l'ho conosciuto, ho vissuto con lui, con me si confidava, a me si appoggiava, e non era questo personaggio che ha creato per una conventicola da tastiera.

Scrollo la testa. "Sta male, si è perso, ha incasinato tutto. Ma io l'ho visto felice e so che lui non è così, lui vale tantissimo."

Alice non lo sa, dice. Teme che il vero Federico sia proprio questo, un egocentrico narcisista sempre in cerca di complimenti e approvazione. Non crede che sappia essere felice, secondo lei l'ho protetto in una bolla di serenità e di equilibrio dove si è nutrito fino a sentirsi abbastanza forte da farla scoppiare per poter uscire. "Credimi, a parte la rabbia per il male che ti ha fatto, sapendo di fartelo, se solo alzasse un dito correremmo in tanti ad aiutarlo. Ma temo che si piaccia da matti, così."

Un suo amico lo aveva definito "irreparabile". Non gli

avevo creduto. D'altra parte anche adesso mi ostino, pervicace, a non crederci.

Il cellulare di Alice si accende con un trillo. Lei legge il nuovo messaggio e sgrana gli occhi.

"Vittoria, fregatene delle questioni di principio. Sai quanto prende una cartomante per una lettura? Dai venticinque ai cinquanta euro."

È questo che ha chiesto a Monica: quanto guadagna una cartomante.

Non ci vuole molto a fare il calcolo, se venissero anche solo due persone al giorno dal lunedì al venerdì, coprirei le spese di casa.

"Esentasse," precisa Alice.

"Ecco, non farmi venire un altro dilemma etico, per favore."

Sbuffa, la annoio con i miei princìpi.

"Non hai entrate, in questo momento. Vale tutto."

Non vale mai tutto. È vero che la necessità non si può ignorare, ma la correttezza non consente eccezioni.

"Posso sempre devolvere in beneficenza quello che pagherei di tasse," dico un po' esitante.

Lei si alza e comincia a sparecchiare.

"Ecco, questo è lo spirito giusto. Poi ai dettagli ci pensiamo, prima vediamo quanto riesci a guadagnare."

Il potere dell'immaginazione

Ho davanti a me il mazzo di tarocchi che mi ha regalato Monica, un paio di manuali comprati dalla ventenne curiosa e sperimentalista che ero, e ho internet.

La quantità di tutorial di cartomanzia che si trova su YouTube è impressionante, viene da chiedersi perché uno i tarocchi non se li legga da sé, anziché pagare qualcun altro per farlo. Ci sono anche cartomanti virtuali: un clic per mescolare, un altro per tagliare, et voilà... ecco il tuo responso! Ma ci sono anche maghi che spiegano, mostrano, divulgano quella che definiscono con convinzione "un'antichissima arte divinatoria".

Da pedante diplomata al classico, tifosa degli dèi greci e romani e ammiratrice degli antichi Egizi, non ricordo nulla che riguardi le carte. Tante viscere di animali, tanti voli di uccelli, sacrifici umani, perigliose consultazioni di oracoli in diretto contatto con le divinità, posizione delle stelle, direzione delle acque, fulmini, stupefacenti assortiti e qualche crisi epilettica scambiata per possessione, ma nessuna memoria di antichi eroi che si facevano leggere i tarocchi. Fatico a immaginare Ulisse dalla cartomante, ma immagino benissimo la sua perplessità davanti all'arcano del Papa, in anticipo di qualche millennio.

Mi torna in mente una signora genovese semianalfabeta

che riceveva in casa, a Bolzaneto, in un tugurio umido che puzzava di gatto ma con un impianto d'allarme che neanche il caveau della Carige. Mi ci aveva portato una compagna di classe: avevamo quindici anni ed eravamo preoccupatissime di essere rimandate in greco, Clementina era famosa per vedere tutto, ma proprio tutto. Svegliate all'alba, eravamo arrivate alle sei, trovando già cinque persone davanti a noi, appollaiate sulle scale. La mia compagna era entusiasta: "Che fortuna! Non c'è praticamente nessuno". Sette persone in attesa alle sei del mattino erano nessuno.

Intorno a mezzogiorno era arrivato il mio turno. Clementina mi aveva dato udienza per circa un'ora, mentre gatti di vari colori si acciambellavano sulle mie gambe, sul mio zaino o direttamente sulle carte. Sarei stata promossa nella materia che temevo, ma sarei stata rimandata in una sulla quale invece mi sentivo molto sicura, era stato il responso. Comunque sarebbe andato tutto bene, avrei passato facilmente l'esame di settembre.

Ero uscita di lì sentendomi derubata delle mie ventimila lire, e quando avevo visto sul quadro esposto in bacheca 6 in greco e 5 in francese ci avevo messo giorni prima di accettare che non era stato un errore: il mio sarcasmo con la prof di francese mi era davvero costato una materia. Clementina ci aveva visto giusto.

Oggi mi chiedo quanto ne sapesse, Clementina, dei personaggi che la tradizione ha di volta in volta indicato come padri e interpreti dei tarocchi: da Antoine Court de Gébelin – che sarebbe stato il primo a parlarne, alla fine del Settecento, dopo aver visto un mazzo di carte simili in uso tra i butteri della Camargue – a Jung e ai suoi discepoli, per i quali i tarocchi incarnano archetipi e diventano icone. Mi sentirei di dire che non ne sapeva un bel niente, eppure...

Monica non mi ha regalato le classiche marsigliesi, ma un mazzo dalle figure ibride, con forti riferimenti all'Egitto, caratteri ebraici, simboli astrologici e qualche lettera greca. Un paciugo, insomma. Osservo a uno a uno i cosiddetti arcani maggiori.

Il Matto mi sembra un isterico esibizionista; il Magio mi è già più simpatico, fa volteggiare i quattro semi delle carte e pare un tipo pratico; la Papessa ha scritto Iside sul trono ma ha una croce cristiana appuntata sul petto, mi sa che è un po' confusa – comunque sta leggendo un libro, del tutto sciroccata forse non è; l'Imperatrice la si inquadra subito, è la diva della compagnia, quella bellissima e irraggiungibile, uno scettro in mano e due tori alle spalle, prova tu ad avvicinarti; l'Imperatore sta su un piede solo come un fenicottero; il Papa su un trono, me lo terrei amico; l'Innamorato vale per due, abbracciati e trafitti da Cupido; il Carro è una biga bondage, la trainano due sfingi dal seno nudo e prosperoso, con un uomo a guidarle, una carta che sarà anche propizia ma di certo è discutibile; la Giustizia ricorda Atena e sento che sarà una delle mie preferite, l'Eremita invece assomiglia a Obi-Wan Kenobi, mentre la Ruota della Fortuna sembra un party lisergico dove una sfinge tiene una spada, un uomo lupo si arrampica e un drago a tre teste cazzeggia.

La Forza se la prende con un leone; l'Appeso pende; la Morte sfoggia la falce; la Temperanza fa un numero tanto apprezzabile quanto insensato passando l'acqua da un'anfora all'altra mentre cammina; il Demonio è un satiro guardone che spia una coppia nuda legata con un doppio guinzaglio; la Torre è tremenda, un muro che crolla, due che precipitano; le Stelle, eh, le Stelle me le ricordo, Angela la Cartomante aveva detto che erano in squadra con me, e c'è sempre la biondina nuda, perfettamente depilata, che rovescia due anfore d'acqua – certo che con queste anfore si danno tutti un gran da fare.

Poi c'è la Luna con le sue ombre, il Sole con i suoi due putti nudi, il Giudizio con tombe che si scoperchiano, e infine c'è il Mondo, un'altra donna nuda e perfettamente depilata, inserita in un ovale creato da un serpente, dall'espressione poco convinta e con due orecchini orrendi.

Eppure questi ventidue personaggi hanno mantenuto intatta la propria magia per tre secoli, circondati da semplici carte da gioco trasformate in arcani minori per dare man forte a loro, i cugini più importanti. Il potere dell'immaginazione è enorme e affascinante.

Ora devo leggere i significati di ciascuno e impararli, quanto basta per essere credibile mentre interpreto e creo collegamenti, anche se – per quello che ricordo – meno filtri culturali si hanno, più facilmente si può giocare all'indovino. Bisogna usare soprattutto l'istinto, il buonsenso e l'esperienza.

Hai detto niente.

Sono convinta che tanta gente legge i tarocchi con impegno e convinzione, ma c'è anche un gran contorno di cialtroni. Cerco su YouTube i video dei cartomanti che rispondono in diretta tv e ne faccio una scorpacciata. Molti si dichiarano anche sensitivi, si limitano a risposte brevi ed evasive invitando i consultanti a chiamarli in privato, si innervosiscono se non capiscono la domanda, chiedono sempre il nome di battesimo e la data di nascita, dopo la quale annunciano il segno astrologico del cliente come fosse la prima divinazione, chiamano tutti "amore" o "gioia".

"Claudio. Dodici giugno 1974."

"Claudio, amore, tu sei un Gemelli."

Claudio conferma e la cartomante annuisce soddisfatta, nulla le sfugge.

E poi ci sono quelli che carpiscono informazioni. "Patrizia, sei sola?"

"In questo momento sì."

"Ma no, gioia, dicevo se vivi sola."

Pausa. Poi, con voce leggermente tremula: "Vivo con mia figlia".

La cartomante annuisce e mischia le carte. "Ma sei vedova?"

"No, separata."

La cartomante si illumina. "Eh, infatti ti vedo sola." Poi guarda nella telecamera. "Perché io sono una sensitiva, è inutile che non mi dite le cose: tanto le vedo lo stesso."

Ma cribbio, gliel'hai chiesto tre volte!

È un mondo fantastico. Ma, tutto sommato, anche i ciarlatani – quelli di buon cuore – a modo loro fanno del bene.

Persone in crisi, spaventate, piene di dubbi e di paure, di speranze appese a un filo, cuore spezzato e futuro incerto, si affidano a qualcuno perché dia una sbirciata all'ignoto. E quando quel qualcuno lo fa, nella maggior parte dei casi li rassicura: forse ci sarà qualche ostacolo ma alla fine andrà tutto bene, lei tornerà se ti darai da fare per riconquistarla, lui nasconde qualche marachella però ti ama e la vostra è una storia solida, tua figlia troverà lavoro se si darà da fare per ottenere qualche colloquio, tuo marito risolverà i problemi in ufficio se parlerà con i superiori, vedo per te la benedizione degli angeli, non hai niente di grave ma vai da un medico, c'è una rottura nel tuo matrimonio ma vedo che tra qualche tempo starai meglio... E avanti così, domanda dopo domanda, più donne che uomini, problemi d'amore al primo posto, soldi e lavoro al secondo, qualche dilemma sui figli, e sulla salute tutti i maghi stanno molto attenti. "Non sono un medico," ricordano, saggiamente.

Monica mi ha lasciato il numero di Celeste, la chiamo.

Si ricorda benissimo di me. "La donna dalla bella luce," dice, e sì, ogni tanto fa le carte a qualcuno, ma lei è più interessata ad altro, mi parla di reiki, è un'operatrice olistica diplomata, un altro mondo a me sconosciuto. Le prometto che approfondirò, sono scettica ma possibilista, e lei mi sembra intelligente e assennata. Comunque adesso è dei tarocchi che vorrei chiedere, parlare, capire.

Sono chiavi di lettura, mi spiega, simboli, significati da leggere come una fiaba, seguendo l'ispirazione e ciò che si intuisce di chi si ha davanti. Se si fa amicizia con i tarocchi, se si dà loro fiducia, i tarocchi ci parlano, ci raccontano, ci svelano. "Però il futuro non è scritto," si affretta a precisare Celeste. "Le carte indicano dei futuribili, descrivono la situazione in un particolare momento e dicono in quale direzione potrebbe evolvere. Sta poi al consultante decidere cosa vuole. Sbaglia chi pensa di leggere il futuro nelle carte: le carte fotografano il presente e suggeriscono ipotesi."

Mi piace, questo approccio. Funziona anche come alibi nel caso uno non ci azzeccasse, ma non è assolutista.

Do per scontato che a farsele leggere siano soprattutto donne e per questioni di cuore, ma Celeste mi svela che ci sono parecchi uomini, molti del mondo dello spettacolo, teatro soprattutto, e qualche scrittore, ma anche del mondo politico e imprenditoriale.

"Politico?!"

"Non sai quanti! E parlo anche di politici famosi. Quando devono prendere decisioni importanti, una domanda alle carte la fanno sempre."

Una plausibile spiegazione alla situazione politica italiana, in effetti.

"Sai," aggiunge, "all'estero hanno gli psicologi, noi abbiamo i cartomanti. In fondo, alla fine il risultato è abbastanza simile."

Ed ecco invalidate con una sola frase una ventina di facoltà universitarie sparse in Italia. Celeste è un architetto che ha lasciato la professione per dedicarsi alle sue passioni, una donna colta, con una sensibilità avvolgente, amante dell'arte, della bellezza, dell'eleganza, una donna che conosce il mondo e l'animo umano. Eppure riconosce ai cartomanti le stesse competenze di un dottore in Psicologia, e chi se ne frega degli anni di studi, degli esami e dei corsi di specializzazione di chi, sciocco, ha perso tempo a laurearsi.

Devo imparare ad adeguarmi, se sarò all'altezza.

LA BRAVA CARTOMANTE

Chiede la data di nascita
Mischia da destra verso sinistra
Usa nomignoli affettuosi con chiunque
Fa tagliare rigorosamente con la sinistra per non indisporre gli arcani
Si concentra sulle figure uscite (sperando che escano)
Fa differenza tra dritto e rovescio
Cerca di far parlare il consultante
Dilata le elucubrazioni per carpire maggiori indizi
Picchietta ogni tanto le carte sul tavolo con fare confidenziale (lei può)
Indica alcune carte per rafforzare la propria divinazione
Rassicura sempre ma può anche rimproverare, prima
Non ride di fronte a richieste assurde
Prende tutto molto sul serio
Non ha dubbi, mai

Credo di essere appena diventata una cartomante

Sono agitata come a un primo appuntamento. Sto facendo una pazzia, tutto questo è assurdo, e la faccio persino venire a casa mia, il mio nome è sul citofono, ora tutti sapranno che Vittoria Conti, la fotografa, fa la cartomante.

Cosa diavolo sto facendo? Anche se il diavolo, qui, è meglio lasciarlo stare.

Controllo la casa, ho fatto le pulizie, ho persino svuotato i sacchi della carta e della plastica – quello del vetro aspetto ancora un po', c'è ancora il profumo di Federico e in fondo è mezzo vuoto. È tutto in ordine, sul tavolo è già pronto il mazzo di carte.

"Ricevono quasi sempre in casa," mi ha detto Monica. "E usano il loro vero nome. Il nome d'arte fa subito ciarlatano e loro non sono caricature, sono cartomanti," mi ha spiegato quando le ho chiesto se dovevo trovarmi un nome.

Ed è normale ricevere in casa propria. Con quello che si legge sui giornali – gente ammazzata per un posteggio o per una collana –, è normale ricevere sconosciuti nella propria cucina.

"Mi raccomando, non dire mai una tariffa precisa, non è legale," ha aggiunto.

"Niente di tutto questo mi sembra legale, Monica."

Ha sbuffato come solo io riesco a farla sbuffare.

"Non è vero. Si possono fare regali, su quelli c'è poco da ridire, anche perché se non dai qualcosa in cambio a chi ti legge il futuro potresti attirarti la malasorte. I cartomanti non si fanno mai pagare, è sempre un'offerta libera, un dono volontario del consultante... Un regalo, appunto."

"Bel trucco."

"Bel trucco, sì, e funziona da decenni."

Una magia come un'altra. Ma non mi era chiaro come venisse stabilito il prezzo: l'offerta libera potrebbe essere anche di un euro o di una caramella, in fondo.

Monica ha ridacchiato, adora quando pecco di ingenuità, la rilassa, e mi ha rivelato il meccanismo.

Il passaparola è tutto. Il passaparola ti fa arrivare i clienti, clienti che oltre al tuo nome fanno girare la tua "tariffa", per cui non dovrai dirla. Certo, può capitare quello che non lo sa e in quel caso, se te la senti, puoi sempre buttare lì una frase del tipo "di solito lasciano trenta euro, ma l'offerta è libera".

Da buona italiana avevo ipotizzato diversi modi di eludere questa regola, ma Monica era preparatissima. Intanto, fregare una cartomante non è mai una buona idea. Se vai da lei, si suppone che tu ci creda abbastanza da temere il malocchio, e allora non correrai certo il rischio di aumentare la minaccia di sventura più di quanto non garantisca la vita stessa.

Se un'offerta libera si rivela essere pochi spiccioli, delle due l'una: o la persona si scusa per non poter dare di più, o sarà molto difficile che tu abbia ancora spazio per lei in futuro. Niente più appuntamenti, oppure orari assurdi e tempi di attesa degni di una prenotazione al CUP per una colonscopia.

Se il furbetto si ripresenta, la lettura può anche durare solo dieci minuti, arrivederci e grazie.

"Sennò potrei divertirmi a predirgli eventi funestissimi," ho detto ridendo, e sbagliando.

Monica ha spalancato gli occhi, orripilata.

"Non si scherza con le carte. Gli arcani vanno sempre rispettati."

Giusto. Sciocca io a non prendere tutto questo sul serio.

Così, debitamente istruita, ho accettato la mia prima cliente e ho invitato a casa mia Francesca, la donna che mi ha scritto su Facebook e che arriva puntualissima.

Quando le apro, finalmente me la ricordo: è l'amica della trentacinquenne scialba con la messa in piega casalinga e il crocifisso al collo. Aveva fatto un paio di domande a Celeste, vive da anni col fidanzato, non si sono ancora sposati e secondo me il problema non è quello. Ha lo sguardo infelice e una trentina di chili di troppo che non sembra portarsi addosso con disinvoltura.

Ci salutiamo, la invito a entrare, è a disagio. Riconosco quell'imbarazzo, l'ho notato molte volte nelle donne che mi chiedevano qualche foto per vedersi belle ma non erano abituate a stare davanti alla macchina fotografica.

Per fortuna arriva Sugo, che salta su una mensola e le piazza il naso umido in faccia. Lei ride e lo saluta. Sa già come si chiama, ha visto le foto sul mio profilo.

Due carezze, qualche fusa, l'invadenza tipica di quel disgraziato del mio gatto che comincia a rovistarle nella borsa, e l'atmosfera si ammorbidisce.

"Ti va una tisana?"

Le va.

Mi faccio seguire in soggiorno, diviso dalla cucina solo da un bancone di legno, e riempio il bollitore mentre lei si toglie il cappotto e lo posa su una sedia. Sugo salta sul tavolo e continua la sua esplorazione di tutti quegli odori nuovi.

Francesca si guarda intorno, mi fa i complimenti per la casa, le piacciono molto gli open space, poi osserva le foto alle pareti. Alcuni primi piani, un'attrice in bottiglia, un ballerino sugli spilli.

"Che belle," dice.

La ringrazio, prendo le tazze, metto i filtri della tisana e verso l'acqua bollente.

"Mi piacerebbe avere una foto così," aggiunge, davanti al ritratto in bianco e nero di Irene.

Irene è l'unica eredità affettiva del liceo. Romagnola, era capitata a Genova al seguito del padre – dirigente alla Piaggio quando la Piaggio era ancora un vanto genovese – per tornare poi in terra emiliana, laurearsi a Bologna e seguire il cuore a Ravenna: si è innamorata di un ingegnere informatico che la fa ridere e che ha saputo diventare il suo migliore amico. Lo ha sposato un paio d'anni dopo la laurea e ha realizzato quasi tutto il programma di vita che avevamo stabilito al liceo.

Perché noi, su quel banco in comune, zona di confidenze e risate soffocate, avevamo cominciato a disegnare i nostri sogni, a immaginare il futuro. Io con i rullini a colori e in bianco e nero, lei con la penna: il mondo non era ancora digitale, a quei tempi. Tempi in cui tutto ci sembrava possibile e impossibile.

"È una scrittrice," dico a Francesca posando le tazze sul tavolo. "Ma quella foto gliel'ho fatta prima che lo diventasse. Le avevo detto che l'avrebbe usata per il suo primo libro, non ci credeva." E sorrido ricordando quando io le dicevo che doveva scrivere, quando lei mi diceva che dovevo fotografare.

Francesca si volta verso di me.

"Glielo avevi predetto?"

Mi siedo e la invito a fare lo stesso.

"Sì, avevo il privilegio di leggerla già allora."

"Quindi non leggi solo le carte, tu. Leggi le persone."

Oddio, che equivoco. Vorrei chiarirlo, ma lei guarda me e la foto di Irene come un bambino guarda il camino a Natale, non me la sento di spezzarle l'incanto. Resto sul vago.

"Be', fare foto è un modo di leggere le persone. Si vedono molte cose di loro, da dietro un obiettivo."

Comincio a mischiare le carte.

"E allora perché usi le carte, se puoi usare le foto?"

Bella domanda. La preferivo quando era a disagio.

Mi scappa una risata.

"Le carte sono più conosciute, mi chiedono queste. Dai, racconta, cosa vuoi sapere?"

E lo domando con un'ansia che mi sovrasta. Ho fatto pratica con Monica e con Alice, ma con loro è facile, conosco tutto, avrei potuto leggere tovaglioli sporchi. Ho imparato a fingere bene, a trattare i tarocchi con una certa sicumera, come se li maneggiassi da sempre, l'Imperatore, il Matto, la Temperanza e tutta la band, ma questo resta il mio primo consulto ufficiale. Ho scritto a Francesca che il primo è gratuito, non la sto davvero imbrogliando, ma la sto prendendo in giro.

"La stai salvando da ciarlatani senza scrupoli," mi direbbe Alice, ed è questo che mi ripeto mentre Francesca, occhi lucidi, mi racconta del suo fidanzato, sempre impegnato con la sua enoteca, mentre lei gestisce un piccolo alimentari. È venuta di lunedì mattina perché il negozio è chiuso, a lui ha raccontato che andava a trovare un'amica in ospedale. L'impressione che mi ero fatta già alla festa di Celeste, e che ora le sue parole mi confermano, è quella di uno che, più che una compagna, vuole una sguattera, utile anche – la sera – per sostituire un cameriere all'ultimo minuto e – di giorno – abbastanza incastrata tra affettati e formaggi da lasciargli un gran margine di movimento altrove.

Mischio, le faccio tagliare il mazzo, metto in tavola le carte, tre file da tre, come ho imparato su internet. Passato in alto, presente al centro, futuro in basso.

Il Papa, la Papessa al contrario, molte spade, una regina, la Luna.

A prescindere dalle carte, secondo me lui ha un'altra. Ma è il caso di dirlo? E se mi sbagliassi?

"Hai paura che ti tradisca?" le chiedo.

Lei scuote la testa. "No, no, quello no. Lo ha fatto in passato, ma ora mi è fedele. Il punto è che non fa progetti per il futuro, per lui c'è solo e sempre il lavoro."

D'accordo, non vuole sapere, non vuole vedere, lasciamo stare la questione del tradimento, potrei anche sbagliarmi. Resta il fatto che questo la tratta come un vecchio strofinaccio e 'sta ragazza è infelice.

Tiro giù qualche altra carta, esce un re di coppe, lo ringrazio mentalmente.

"Senti, non è che per caso c'è un uomo che ti piace?"

Lei arrossisce e nega. Bene, c'è.

"Mmm, strano... Perché vedo un uomo vicino a te che non ti considera solo un'amica."

Il suo sguardo si abbassa, poi si sposta sulla carta del re.

"Ti sembra innamorato di me?"

Non ne ho idea, ma vorrei tanto che lo pensasse. Chissà che non sia d'aiuto per liberarsi di quel pessimo fidanzato.

"Eh, cara," dico picchiettando sulla carta. "È dritto, è un re di coppe, si parla di sentimenti profondi. Secondo me sì, è innamorato di te."

Le sfugge un sorriso che subito ritira.

"Però non lo dice," borbotta.

Ma stella del Signore, guardati: da quanto tempo non ti fidi dello specchio? Ti nascondi al mondo, ti strafoghi di carboidrati e ti vesti di beige. In più, ti professi innamorata di un fidanzato bastardo con cui vivi da anni, in attesa che si decida a sposarti.

Diplomazia. "Non te lo dice perché pensa che tu non sia interessata."

Proseguiamo scandagliando ipotesi, frugando in cerca di felicità future, di conferme. Al secondo giro di carte ammette di non essere felice, al terzo di non sentirsi amata, al quarto di detestare il lavoro al negozio di alimentari.

Quando finiamo la vedo più confusa ma anche più serena. Se non altro, si è liberata di un peso e adesso ha in testa un imprevisto re di coppe.

Ci alziamo, si mette il cappotto, prende la borsa e tira fuori il portafogli.

"No, Francesca, ti avevo detto che il primo consulto è un regalo."

Ma lei prende trenta euro e li lascia sulla mensola nell'ingresso.

"Non ci si possono far leggere le carte senza pagare, porta sfortuna."

Mi ringrazia e se ne va.

Credo di essere appena diventata una cartomante. Di professione.

La nostra finestra

È quasi mezzanotte e sto facendo finta di niente. Tra pochi minuti compio quarantasei anni e sono qui, da sola, nel mio letto.

Apro il computer, cerco Netflix e scelgo una nuova puntata di *White Collar*, il serial che seguo senza Alice. Non potrei tradirla guardando *The Good Wife*.

La puntata dura tre quarti d'ora, perfetto. Mi impongo di non controllare il cellulare finché non sarà finita.

Dopo cinque minuti ho già dato una sbirciata.

Avevamo i nostri rituali, per i compleanni. Cominciavamo a festeggiarli dalla mezzanotte, per il suo organizzavo cacce al tesoro alla ricerca del regalo, per il mio andavamo via un paio di giorni. "Buon compleanno, amore" era la prima frase di quella giornata, allo scoccare del primo secondo.

Mi concentro sulla puntata. Controllo il cellulare. Torno alla puntata. Sbircio di nuovo il cellulare e tolgo la suoneria per non distrarmi, ma è peggio, mi viene da controllarlo più spesso. Rimetto la suoneria. Torno alla puntata. Un messaggio. Il cuore si improvvisa batterista heavy metal, fermo il video, prendo il cellulare. È Alice. Un altro messaggio, mia madre. Un altro messaggio, Irene. Sono le mie persone, ma in questo momento le preferirei in silenzio. Schiaccio di nuovo PLAY sul computer. Un altro messaggio, è Giorgio. Torno a quella meraviglia di Neal Caffrey e alle spalle larghe di Peter Burke, ma il cellulare trilla ancora. Monica, mia zia, un'amica, due ex. Mezzanotte e dieci. Mezzanotte e venti. Mezzanotte e mezzo. L'una meno un quarto. La puntata finisce senza che io ci abbia capito niente, ma l'ennesimo ladro di opere d'arte è stato assicurato alla giustizia americana. Niente auguri da Federico.

Alle sette mi sveglia un bip, tasto il letto in cerca del telefonino, controllo il messaggio. È lui.

Vorrei dirgli un semplice grazie, ma sappiamo entrambi che in questo momento le ricorrenze sono le uniche finestre concesse per sentirci.

"Non chiedermi di restare amici," gli ho detto quando ha preso la sua decisione. "Non sono una tua amica, sono la donna che stai lasciando, quella che credeva che tu fossi la sua Persona. Tu, per me, da adesso, rappresenterai il dolore. E se ti dovesse venire in mente di scrivermi *ciao, come stai?* sappi che in quel *ciao, come stai?* io leggerò che mi pensi, che ti manco e che mi ami ancora. Quindi, se non sarà questo il tuo tra le righe, non cercarmi."

Un gesto con cui ho tentato di proteggermi e di cui pago le conseguenze con questo tremendo silenzio che gli ho imposto. Tranne che alle ricorrenze.

Non gli dico un semplice grazie, quindi, perché è la nostra finestra, questa, e vorrei tenerla aperta il più possibile, come se fosse un lungo abbraccio da cui non voglio staccarmi. Così glielo dico, che aspettavo i suoi auguri a mezzanotte, che mi sono mancati, e lui risponde che a mezzanotte è stato a lungo col cellulare in mano e il desiderio di scrivermi, ma non era giusto che anche quest'anno fosse lui il primo a farmi gli auguri, non ne ha più diritto, però lo ha pensato, lo ha desiderato. Allora mi pensa ancora, sono ancora importante per lui, e scivolo con le dita sui tasti, dove scivola anche lui, ci parliamo per due ore così, su Whatsapp, come due adolescenti, due ore su Whatsapp a dire e non dire, a lasciar intendere il vuoto, la mancanza, la nostalgia, il dolore, ma non basta, non è abbastanza da farlo tornare indietro, non glielo chiedo, non me lo dice, se bastasse me lo direbbe, se volesse tornare indietro lo farebbe. E mi chiede scusa, più volte, per il male che sa di avermi fatto.

Stai piangendo anche tu?, gli chiedo.

Da più di un'ora, mi risponde.

Continuiamo a piangere, ognuno davanti al proprio cellulare, ognuno da solo.

Ma perché?

DOMANDE A FEDERICO (CHE NON FARÒ MAI)

Hai ancora il campioncino del mio profumo?
Cosa mi avresti regalato per il mio compleanno?
Ci sono cose che ti ricordano me?
Quando hai capito di non volermi più?
~~C'è stata un'altra?~~ (non lo voglio sapere)
~~C'è già un'altra?~~ (non lo voglio sapere)
Stai meglio senza di me?
Ti manco?
Pensi ancora che io sia la persona più importante della tua vita?
Mi ami ancora?
Vorresti tornare indietro?
Se sì, perché non lo fai?

Le streghe in offerta sono le migliori

Infilo la chiave nella porta, apro, entro in casa di Alice e mi assale una festa a sorpresa.

"Buon compleanno!" dice Giorgio che, in piedi su una sedia, sta finendo di annodare un festone al lampadario.

"Buon compleanno!" dice Irene che sta sistemando piatti e tovaglioli sulla tavola.

"Buon compleanno!" sento urlare dal bagno, e la voce è quella di Monica.

"Tu e la tua mania di arrivare sempre in anticipo!" Alice è spuntata dalla cucina con un coltello in mano e un grembiule legato in vita.

Doveva essere una serata tra me e lei, maratona di serial e giapponese a domicilio, ma hanno deciso che quest'anno c'era bisogno dei rinforzi e il mio regalo è Irene, arrivata dalla Romagna senza dirmi niente con la complicità di Alice.

Ci abbracciamo con la goffaggine di chi ama mantenere distanze fisiche ma con rare eccezioni, e le eccezioni siamo noi, ci manca solo la pratica.

Faccio due battute che mi si ingolfano in gola e poi scoppio a piangere. Ma proprio adesso dovevo compiere gli anni? Vorrei trattenermi ma sono una cascata, una cascata imbarazzata. I miei amici mi circondano, chi mi distrae, chi mi passa un pezzo di focaccia, chi prova a farmi ridere, chi aspetta semplicemente che smetta. Sorridono tutti, siamo grandi, siamo adulti, ci siamo passati più volte, sappiamo che si va avanti, siamo ancora tutti qui a preparare compleanni a sorpresa.

"Scusate," dico mentre mi asciugo gli occhi con la manica del maglione. "Non è che sono commossa, è che sto proprio da cani."

Per fortuna scoppiamo tutti a ridere.

Spunta un tovagliolo di carta arancione con i pipistrelli. Lo prendo, mi soffio il naso, lo appallottolo, poi guardo in giro.

"Avanzi di Halloween? Un modo sottile per dirmi che ormai sono un saldo?"

Alice risponde che l'alternativa erano decorazioni natalizie, ma le piaceva pensare che a Natale ci sarei arrivata.

"E poi le streghe in offerta sono le migliori," dice Monica.

In tavola arrivano torte di zucca e di porri, verdure ripiene e polpettone di patate e fagiolini. In cucina vedo un vassoio di pansoti pronti a essere buttati nell'acqua e un barattolo di sugo di noci già aperto. So che la cena genovese è dedicata a Irene. Buffo, è la prima volta che viene a casa di Alice, forse è anche la prima volta che si vedono, ma io parlo sempre ai miei amici della sua passione per la cucina ligure e il resto devono averlo fatto Facebook e il gruppo carbonaro che si è creato per tenere d'occhio me e Federico.

Giorgio mi si avvicina e mi abbraccia.

"Ehi."

"Ehi."

"Tutto bene?"

Annuisco.

"Allora siediti e mangia, che sei troppo magra."

Sua moglie non c'è, ma mi manda un abbraccio. La vedo di rado, è pediatra al Gaslini, con quegli orari che ti costringono a pianificare la vita sociale di mese in mese, quando ti assegnano i turni.

"Ha promesso che recupereremo con una cena da noi," dice lui.

E io ci conto, non solo perché lei mi piace e da quando è entrata nella vita di Giorgio lo vedo felice, ma perché è una cuoca fantastica.

Irene si siede vicino a me e mi passa il polpettone.

"Stasera vieni a dormire da me, vero?" le chiedo.

"Se non è un problema."

La guardo storta. Dopo vent'anni siamo ancora quelle che temono di disturbare.

"Sei il mio regalo di compleanno, figuriamoci se ti lascio qui."

Alice ci raggiunge e stappa una bottiglia di Nebbiolo.

Si piacciono, mi piace che si piacciano, sono le mie persone e ognuno di loro lo vivo sempre in un contesto esclusivo, ma Facebook ha anche dei lati positivi, uno è questo: crea connessioni e dà spazio per mantenerle.

Giorgio elogia il Nebbiolo e parla del corso da sommelier per cui l'ho preso in giro tutto l'anno scorso.

Monica ci parla del suo fidanzato, lo chiama così, non importa se tre quartieri più in là c'è una donna che lo chiama marito. Solite cose, sono innamorati, la passione li travolge, fanno sesso continuamente, lui lascerà la moglie.

Irene scoppia a ridere, poi si scusa, non voleva ferirla, le è scappato, ma Monica non si scompone, è abituata a me che neanche mi scuso.

"È andato da un avvocato per farsi dare consigli," annuncia.

Le chiedo se ci sono andati insieme.

Certo che no, sono questioni delicate, mi spiega. Certo, lo so, ma conosco la tendenza di Monica a credere a qualunque fandonia, per cui, d'istinto, metto in dubbio tutto quello che i suoi uomini le dicono. Irene coglie le mie perplessità e si concede la confidenza da amiche di riflesso: "Vi siete dati dei tempi? Avete stabilito dove andrà a stare quando se ne andrà di casa?".

Lei va sempre dritta al punto, è così che ti frega. All'inizio pensi che stia facendo semplici domande, dopo un po' ti rendi conto di essere stata messa in un angolo con vista panoramica sulla realtà.

"Nessuna scadenza," risponde Monica, ed è implicito che andrà a stare da lei, ma ne parleranno quando accadrà.

Se accadrà, ma questo lo pensiamo senza dirlo.

"Parliamo di Capodanno!" irrompe Alice facendo circolare il polpettone per un secondo giro. "Mi sono arrivate le offerte per la Transiberiana, è un viaggio meraviglioso. Dobbiamo assolutamente farlo, Vittoria, ti immagini noi con il colbacco e la vodka?"

No, non ci immagino con il colbacco e la vodka, né voglio immaginarci.

"Alice, non voglio andare da nessuna parte a Capodanno, non ho soldi."

Lei si stringe nelle spalle. "Che importa? Dirigo un'agenzia di viaggi, ho sconti fantastici su tutto, risparmiamo la metà come minimo."

"La metà di qualcosa che non ho," preciso.

Ha cominciato da alcune settimane con questo tormentone e non sembra intenzionata a cedere: ha deciso che io, a Capodanno, non resterò a Genova.

Irene cerca di mediare. "Magari la Transiberiana è un po' impegnativa, forse basterebbero pochi giorni da qualche parte... Potreste venire a Ravenna da noi." Lei e Marco, suo marito, quest'anno riempiranno la taverna di amici, metteranno musica anni ottanta e fermeranno il tempo così, riesumando spalline imbottite, capelli cotonati e ballando sui Frankie Goes to Hollywood e i Duran Duran. Per ridere, sentirsi giovani e ricordarsi che, tutto sommato, ci vestiamo meglio ora.

Ma Alice non considera veri viaggi le ospitate dalle amiche ed è convinta che un vero viaggio sia quello di cui ho bisogno in questo momento.

"Verremo anche lì, ma per Capodanno bisogna fare qualcosa che distragga moltissimo, che sia completamente nuovo e che preveda almeno un volo aereo."

Monica e Giorgio cominciano a elencare idee strampalate, dal ritiro spirituale a Bali con due settimane di yoga alla clinica ayurvedica in Kerala, da un tour in barca nella giungla malese alla crociera tra i fiordi norvegesi.

Li imploro di smetterla, un po' ridendo e un po' no. Dare corda ad Alice significa impormi questa ossessione per un altro mese e mezzo.

"Come sei ostile, Vittoria. Tanto lo sai che ti porterò da qualche parte."

Scrollo la testa. Perché devo ricordarle che non saprò come mantenermi da gennaio in poi?

"Alice, provo a dirtelo lentamente, scandendo bene le parole. Non. Ho. Soldi. E quei pochi che ho non li spendo certo per andare in vacanza in uno dei periodi più costosi dell'anno."

Lei non demorde. È abituata ai clienti in agenzia, iniziano sempre con quel problema e poi finiscono per scegliere i pacchetti più dispendiosi. Devono solo essere incoraggiati, dice sempre.

"Vittoria, non è l'approccio giusto. La vita bisogna godersela, domani potremmo non esserci più."

"Se mi garantisci che domani non ci sono più, vengo anche in Patagonia. Il problema è se domani ci siamo ancora e io ho speso tutto."

Finge di arrendersi, raccoglie i piatti e, *tric tric*, va a buttare i pansoti nell'acqua che bolle.

Che poi a me, parliamoci chiaro, questa storia di vivere ogni giorno come se fosse l'ultimo mette addosso un'angoscia tremenda. Sapere di morire il giorno dopo, col cavolo che mi farebbe godere all'impazzata le ultime ventiquattr'ore, me le rovinerebbe proprio.

Irene mi aiuta a cambiare discorso.

"Non ci hai ancora detto niente della tua prima cliente."

Aspettiamo che torni Alice con la pasta, ci serviamo a turno, facciamo un nuovo giro di vino e poi racconto.

Monica si concentra sul re di coppe, vuole capire se ho davvero visto un altro uomo per Francesca o se è stato solo un augurio; Giorgio cerca sul suo iPhone per scoprire qual è l'enoteca del fidanzato che, all'unanimità, odiamo; Alice batte le mani per i trenta euro – già li vede investiti in un colbacco – e Irene torna sulla questione della foto.

"Guarda che è un equivoco bellissimo," mi dice.

Sono d'accordo.

"Dovresti sfruttarlo," insiste.

Giorgio scoppia a ridere. "Ha ragione, dovresti proprio."

Guardo lui e guardo Irene, senza capire.

"Tu leggi le persone," prova a chiarire lui, come se questa fosse una spiegazione esaustiva.

"Quanto hai bevuto?" gli chiedo.

"Sono lucidissimo, e Irene ha ragione. Le tue carte sono le tue foto."

Io, Monica e Alice non stiamo capendo un granché, mentre quei due si confermano a vicenda di essere sulla stessa linea di pensiero.

Irene batte una mano sul tavolo e scoppia a ridere. Le è venuta un'idea. L'idea.

"Fotomanzia!" esclama, mentre Giorgio urla "grande!" e si battono il cinque. Poi si voltano verso di me e ripetono in coro "fotomanzia!".

L'idea mi arriva finalmente addosso. Rido, abbandono la fronte su una mano, scrollo la testa, la rialzo. "Voi siete matti."

Giorgio e Irene brindano, Alice e Monica continuano a non capire.

"Fotomanzia," ripeto alle uniche due con ancora un briciolo di cervello aggrappato alla realtà.

Alice corruccia la fronte, poi la distende e comincia a ridere anche lei. "Geniale!"

Monica borbotta. "Quando siete comodi, magari spiegatelo anche a me."

Chi ti ama c'è

La mattina dopo, trovo Irene sul divano che legge. È sempre così. Si alza presto, va a correre, poi si mette lì e legge, con Sugo acciambellato sulle gambe, e insieme aspettano che io mi svegli. Mi piace uscire dalla camera e sapere che la troverò lì.

"Buongiorno!"

"Buongiorno!"

Metto su il caffè, scaldo un po' di latte e apparecchio per la colazione. Non sapendo del suo arrivo, in casa ho poco da offrirle ma sul tavolo vedo un sacchetto con della focaccia.

Irene è una dei pochissimi non genovesi che ho convinto a pucciare la focaccia nel caffellatte.

E ci mettiamo a pucciare.

"Allora, cos'è 'sta storia che non riesci più a fare foto?"

Ne abbiamo parlato via mail e su Skype, ma è la prima volta che lo facciamo guardandoci negli occhi, dal vivo.

"Non sono più capace. Ci ho provato, vengono una schifezza, ho perso l'ispirazione."

Capisce. Le succede alla fine di ogni romanzo che scrive: si convince che quella era l'ultima storia che aveva da raccontare e ne resta convinta per mesi. Finché non ne arriva un'altra.

Conosco quelle crisi, me ne ha parlato e le sento mie, ne ho vissute di simili. Ma ora è diverso.

"Non è la stessa cosa. Non è solo un problema di idee, è

come se fossi stata amputata. Sono come una cantante diventata muta."

Posa la tazza e mi fissa. "Non è che sei convinta di non poter più essere una fotografa senza Federico?"

Gli occhi mi annegano in faccia. Forse sì, forse è così, era il mio punto di riferimento, con lui mi sentivo sicura del mio sguardo sul mondo, senza di lui ho perso il senso dell'orientamento.

"È possibile," ammetto. "Ma sono stati gli ultimi due progetti saltati a farmi sentire una fallita."

Non devo aggiungere altro, Irene ci è passata, quando le hanno rifiutato un romanzo non ha scritto un rigo per un anno. L'hanno salvata gli allievi dei suoi laboratori di scrittura, le hanno dato una fiducia che ha nutrito la sua autostima ammaccata e lavorare con loro le ha fatto tornare la voglia di raccontare storie, di divertirsi e di rimettersi in gioco.

Mi fa notare che ero una fotografa già prima di conoscere Federico. "Avevi vinto un concorso importante, fatto la prima pubblicità nazionale, ottenuto il contratto per la seconda... Non hai mai avuto bisogno di lui per quello."

D'accordo, ma con lui sono cresciuta e ora, da sola, non riesco più a ritrovare ciò che ero prima.

"Genova è sempre bella," dice, guardando lo spicchio di orizzonte che si vede dalla finestra.

Genova è sempre bella, è vero. Mangio l'ultimo pezzo di focaccia e finisco di bere il caffellatte.

"Quanti progetti di successo e di cui vai fiera hai realizzato, negli ultimi tre anni?" mi chiede Irene. "I ballerini sugli spilli non contano, erano già in cantiere. Voi stavate insieme da pochi mesi, lui faceva il tifo dagli spalti e tutti lo amavamo per questo."

Quanto ero felice. "Nessuno. Ma non è colpa di Federico."

"Non dico che sia una colpa, ma secondo me a un certo

punto lui ha cominciato a entrare con prepotenza nel tuo lavoro."

"Forse, ma glielo chiedevo io," insisto, testarda.

"Voglio dire che tu non hai bisogno di lui per essere quello che sei, non devi corrispondere a ciò che lui sogna di essere, ma a ciò che tu sei già. Tutta questa tecnica che hai studiato, questa teoria di cui hai avvertito il bisogno, come per sentirti autorizzata a definirti fotografa, ecco, secondo me ti ha inibita."

Irene è convinta che io non abbia perso niente, che debba solo rimettere insieme i pezzi, con calma, e soprattutto risolvere la questione del lavoro. "Non per coprire il dolore, Vittoria, quello non si copre. Passa un po' alla volta, con i suoi tempi, ma devi dargli il giusto spazio e smettere di alimentarlo, in modo che non cannibalizzi tutto il resto."

Tutto il resto, già. Non un granché, al momento.

"Comunque, ora sono una cartomante," le ricordo con un entusiasmo convincente come un'anguria a dicembre.

Tra l'altro, mi hanno contattato due amiche della mia prima cliente, vengono domani.

"Fotomante," rilancia lei. Scema.

C'è ancora tempo prima che riparta e, anche se a volte quando parlo di Federico ormai mi capita di annoiarmi da sola – oltre che di approfittare della pazienza e dell'affetto dei miei amici –, non resisto.

"Non riesco a credere che sia finita così," mormoro, "è tutto assurdo. Se non mi riguardasse, non avrei dubbi: c'è un'altra. È statistica: quando un uomo ostenta crolli psico-emotivi è perché si è infilato nelle mutande di un'altra o sta per farlo."

Irene lancia il topo a Sugo e aspetta che lui glielo riporti. "Può darsi che un'altra ci sia stata," risponde, "lo sospettano in molti, qualcuno ne è convinto. Ma se c'è stata, Vittoria, ha avuto un ruolo minore, e se c'è non sembra renderlo molto felice, né più equilibrato. Di certo, la tiene ben nascosta."

Se mi ha fatto passare cinque mesi d'inferno per qualche

lusinghiera smanceria, merita che la malora lo stringa tra le braccia fino alla fine dei suoi giorni, con buona pace di chi mi dice di mandargli tanta luce. La massima luce che gli augurerei è una cometa in testa.

"Ma non è detto che ci siano state ragioni concrete," mi fa notare con tatto Irene.

A lei sembra che, per quanto doloroso da accettare, dietro i dubbi, le crisi e i drammi di Federico ci sia un sostanziale disinteresse per gli altri – per chiunque, anche per me, che diceva di amare. È immaturo, completamente concentrato su se stesso, viziato e incapace di costruire, di amare davvero, un bambino che pretende ammirazione e sostegno incondizionati, pronto a buttare tutto per aria quando il giocattolo nuovo ha perso il fascino della novità.

Gli occhi dei miei amici mi stanno restituendo qualcuno che non mi renderebbe felice né serena, ma purtroppo non mi basta.

"Se la sua fosse stata una vera crisi esistenziale," continua Irene, "avrebbe perso le coordinate di tutto, anche del lavoro, della sua famiglia, del suo posto nel mondo."

Invece ha distrutto solo me e noi. Il resto ha saputo mantenerlo, gestirlo, controllarlo.

"Non ha mai condiviso volentieri il centro dell'universo, Vittoria. Non dev'essere stato facile avere te vicino, che magari non hai il suo dottorato e non hai letto tanta saggistica quanto lui ma agisci, crei e pensi con estensione, tridimensione e consapevolezza."

Sposto lo sguardo verso la finestra, fisso due foglie tenaci ancora attaccate a un ramo. "Chi sta zitto sembra più intelligente, è un gran trucco."

Irene alza gli occhi al cielo, poi sorride.

"Quello che comunichi lo elabori bene, prima, per quello è solido e pronto ad affrontare le intemperie. E sei sempre disposta a imparare. Lui sembra riprodurre ogni volta lo stesso meccanismo, mentre tu impari, evolvi, cresci. Sei sempre stata così."

Ora questa cosa me la scrivo sull'agenda per poterla rileggere, anzi, la metto nel curriculum tra le competenze personali.

Tant'è, continuo a difenderlo. "Non ha mai provato a farmi sentire intellettualmente inferiore."

"D'accordo, non dico che abbia provato a schiacciarti, però tu le cose le fai. Piano, con cadute e rimonte, ma vai avanti inesorabile, con le persone che fanno il tifo per te e senza che tu debba passare le giornate a pubblicizzare le tue attività o le tue afflizioni. Lui no."

Ci metterò un po' a metabolizzare questa visione di me.

"Grazie."

Ride. "Figurati, non lo faccio per te. Io voglio altre foto."

Mi sembra giusto. Le prometto di fargliene presto.

"Ti ha mandato gli auguri?"

"Sì. Tra le righe mi ha detto che gli manco e mi ha chiesto scusa."

Le scappa una smorfia.

"Ci accontentiamo di un paio di scuse scritte su Whatsapp?"

Alzo le spalle. "Non ho altro." Non è stato molto generoso con me, in effetti. Una lacrima scappa, maledetta. "Non riesco a credere che non mi ami più."

Irene fa una carezza a Sugo, poi mi fissa e raccoglie in un gesto lo spazio attorno a noi. "Lo vedi qui accanto a te, Vittoria? Ieri sera era accanto a te per festeggiarti?"

"No, ovviamente no."

"No, esatto. Chi ti ama c'è."

MEMO

Ero già una fotografa prima di lui
Con lui, meno
Chi mi ama c'è
Non ci accontentiamo di un paio di scuse scritte su Whatsapp

Ha vent'anni, ed è a Madrid

Ha salutato senza guardarmi negli occhi, si è seduta senza togliersi la giacca, sento che la sua gamba non riesce a star ferma. Ha rifiutato la tisana e alle undici del mattino non mi pare il caso di offrirle una birra.

"Sandra, giusto?"

Soffia un "sì" e mette entrambe le mani sul tavolo. "Non accendi l'incenso e una candela?" mi chiede con un leggero tono di rimprovero. Immagino che incenso e candela le diano maggiori garanzie di qualità.

"Non ne ho bisogno, ma se vuoi li accendo," le dico, scandagliando mentalmente la casa per ricordare dove potrei aver messo i bastoncini d'incenso che mia zia mi ha portato dall'India.

"No, no, non importa."

Meno male. Mi ricorderò di tenerne a tiro.

"Quella da cui andavo prima li accendeva sempre," spiega.

Perfetto. Questa ragazza ne sa molto più di me, di carte. Non che ci voglia molto, ma la vedo particolarmente meticolosa.

Le sorrido e provo una grande solidarietà per quella da cui andava prima. "Ognuno ha il proprio metodo," dico, e comincio a mischiare le carte, mentre lei controlla che lo faccia sempre da destra verso sinistra.

"Sì," risponde senza perdere di vista il mazzo, "Francesca me l'ha detto che tu in realtà hai un metodo diverso. Anzi, se vuoi, per me va bene."

Se per metodo diverso intende andare completamente a casaccio e tirare a indovinare, non sarebbe qui a darmi dei soldi. Smetto di mischiare e la guardo.

"Che cosa, ti va bene?"

Lei indica il primo piano di Irene. "Quello. Se vuoi farmi una foto per me va bene, basta che non la veda nessun altro."

Noto solo ora che è truccata, ha i capelli appena lavati e da sotto la giacca spunta una maglia scollata.

Mi sforzo di non pensare a Giorgio e Irene che ridono al mio compleanno battendosi il cinque, ma non ci riesco. Li immagino qui, che seguono la scena e mi incitano a dirlo. Non posso, ragazzi, era una battuta tra di noi. Ma lo sguardo di Sandra mi chiede quello, vuole una conferma. Per lei, se voglio, va bene.

Mi volto verso la foto di Irene, faccio un respiro e mi impongo di restare seria, tanto è solo una battuta, non faccio male a nessuno.

"Non pratico più la fotomanzia, al momento."

Che poi, in un certo senso, è anche vero.

Sandra annuisce e forse si rilassa pure un po', le spalle le scendono, si toglie la giacca.

Torno a mischiare le carte e lei a controllarmi. Quando le metto il mazzo sul tavolo, lei ci posa sopra la mano sinistra, concentrandosi a occhi chiusi, poi taglia stando molto attenta a prendere le carte con precisione, senza farne cadere nessuna, appoggia il mazzetto esattamente al centro tra me e lei e mi guarda.

Mi inquieta, quello sguardo.

"Cosa vuoi sapere, Sandra? C'è qualcosa in particolare che ti preoccupa?" le chiedo, mettendo le carte in posizione.

Lei se le sta già leggendo da sola, vedo un accenno di sollievo quando scendono le Stelle, poi si corruccia davanti al

Matto, le spade la infastidiscono, e ce ne sono, poche coppe, pochi denari, una regina, un re. Non è soddisfatta, è evidente.

"L'ho conosciuto nel bar dove lavoro," attacca. "È un cliente. Ultimamente ho notato che mi guarda. Ogni tanto fa qualche battuta per farmi ridere."

Sono un sacco di informazioni, e dal tono che usa mi sento di fare un azzardo.

"È sposato," dichiaro.

"Fidanzato," mi corregge, come se insinuarsi in una coppia di fidanzati desse qualche attenuante o speranza in più.

"Molto fidanzato, mi dicono le carte. Convivono?"

Sandra abbassa lo sguardo. Convivono, conferma. Da cinque anni. E lui si limita a fare delle battute quando va a prendere un caffè al solito bar.

Non so se per solidarietà verso Sandra o verso la compagna di lui, seguo il buonsenso.

"Non vedo una rottura tra di loro."

Già, riconosce. Non la vede neanche lei. Meno male, va'.

"Ma è felice con lei?" chiede.

E chi siamo noi per stabilire cosa sia la felicità, vorrei risponderle, però sono una cartomante, non una sua amica, quindi giro altre tre carte e le metto sul re. Nessun arcano maggiore, solo numeri di coppe, bastoni e spade. I numeri non mi aiutano, non le ho memorizzate le differenze di significato tra il cinque e il sei o il sette e il nove. Sono numeri, perdio! Continuo a inventare.

"Vedo il senso di casa e il sentimento che li lega. Fossi in te lo lascerei perdere."

Raccolgo le carte mentre lei fa un profondo respiro. Ci è rimasta male, mi spiace.

"Vuoi fare qualche domanda precisa su altro?"

Ho scoperto da un tutorial su internet che le domande precise sono fondamentali, dopo il primo giro generale, e posso anche fare sfoggio dello schema che ho imparato: cinque carte messe a croce.

Di domande precise ne fa sei, alla fine sono spossata.

Fare la cameriera a tempo pieno offre un'ampia casistica di incontri, scopro, e tra l'osteopata che ordina ogni mattina caffè e brioche col miele, l'avvocato che prende un caffè macchiato prima di andare in tribunale, il geometra del catasto che pranza solo a toast, l'amica che non le ha detto di aver prenotato alle terme senza di lei e il titolare che non sa se le darà ferie tra Natale e Capodanno, direi che Sandra non si annoia e avrà modo di dimenticare il battutista con una certa facilità.

Tornerà tra un mese per l'osteopata, l'avvocato o il geometra. Io punto sul geometra senza neanche guardare le carte.

Nel pomeriggio mi si presenta alla porta Mariella, a occhio cinquant'anni di lunghe abbronzature, con quella pelle un po' incartapecorita dal troppo sole. Mi saluta con una stretta di mano che tintinna, braccialetti ricchi di ciondoli le adornano entrambi i polsi e tra loro spunta un orologino d'oro continuamente coperto dai vicini invadenti.

"Sono in anticipo, mi scusi," dice lei. "Posso aspettare da qualche parte?"

Non ho una sala d'attesa come dal dentista, ma neanche così tanti clienti da doverle fare attendere il turno.

"Non si preoccupi," le dico mantenendo il lei, e la faccio accomodare al tavolo.

Si leva il cappotto color panna che mi pare di aver visto in una vetrina di Max Mara e non mi sento di lasciarlo piegato su una sedia a coprirsi di peli di gatto. Le offro una gruccia e spazio nell'appendiabiti dell'ingresso.

Ringrazia, accetta anche la tisana, si muove lasciando nell'aria il profumo della sua crema idratante, parla, si guarda in giro, mi fa i complimenti per la casa, saluta Sugo ma ne sta a distanza – o non ama i gatti, o non ama i fili tirati dalle unghie di gatto, comprensibile. Per sicurezza lo chiudo nello studio, anche se lei insiste perché lo lasci libero.

Lo farei se avessi un gatto come quelli dei luoghi comuni: indifferenti, asociali, anaffettivi. Mai avuti, mai visti.

Metto la tisana sul tavolo, mi sistemo al mio posto e la invito a sedersi.

"Fa anche servizi fotografici normali?" mi chiede, guardando le foto appese.

Oh bella. Scoppio a ridere.

"Non faccio saltare la gente su tappeti di spilli, sono montaggi, e quelli sono ballerini classici."

Lei si siede e mi sorride.

"No, certo. Intendo dire se, oltre alle pubblicità e alle foto per la divinazione, fa anche ritratti normali... a pagamento, s'intende. Perché sono molto belle, le sue foto."

La storia della fotomanzia mi sta sfuggendo di mano, Francesca ha un potere di diffusione peggiore dell'influenza.

"Grazie Mariella. Be', sì, sono una fotografa, faccio soprattutto ritratti normali."

Le fa piacere, dice, magari me ne commissionerà uno, poi apre la borsa e tira fuori la foto di un ragazzo sui vent'anni, seduto su una ringhiera affacciata sul mare, maglia di cotone blu sulle spalle, ciuffo davanti agli occhi.

La posa sul tavolo accanto alle carte e la indica.

"Mi dica come sta."

Sento la circolazione frenare di botto e arricciare le vene.

No, non tiratemi fuori i morti, per favore. Soprattutto giovani.

"Mariella, io..." comincio a dirle, ma lei, che nemmeno si è accorta della mia paralisi, ha cominciato a gesticolare e a raccontare di suo figlio che è a Madrid per l'Erasmus, che le dice di star bene, che si diverte, lo vede anche da Facebook che sta bene e si diverte, ma prima lo sentiva tutti i giorni, poi un giorno sì e uno no, adesso va già bene se lo sente una volta a settimana.

Ricomincio a respirare, mentre il sangue torna a circolarmi nelle solite modalità, e mi scappa da ridere.

"Ha vent'anni, Mariella, ed è a Madrid. Se si fa vivo una volta a settimana è già tantissimo."

Lei insiste, è una madre, le madri certe cose le sentono, vuole controllare.

Ora, io non sono una madre e certe cose non le posso sentire, ma se avessi un figlio a Madrid e temessi il peggio salirei su un aereo e andrei lì. La cartomante neanche mi verrebbe in mente. Comunque, mischio le carte.

"Quand'è l'ultima volta che lo ha sentito?" le chiedo intanto.

"Domenica."

Oggi è giovedì, per niente ansiosa, 'sta donna.

"E l'ultima volta che lui ha scritto qualcosa sulla sua bacheca?"

Alza gli occhi al cielo e sventola una mano nell'aria.

"Ah, che io sappia stamattina, ma magari mi ha messo in una lista ristretta e io posso vedere solo i post pubblici."

"Comunque, stamattina ha scritto su Facebook."

"Sì, ma non vuol dire."

Vuol dire che è vivo, ma questo dettaglio è irrilevante, per Mariella. La mia solidarietà va a suo figlio.

Per fortuna le carte sono comprensive e regalano soli splendenti, carri fortunati, angeli benedicenti, coppe e un sacco di gente con cui, secondo me, quel ragazzo si sta divertendo da matti.

Le predico che gli esami andranno bene, che tornerà a casa per Natale, tanta gioia, tanta soddisfazione.

Mi consiglierà alle sue amiche, dichiara prima di andare e lasciando quaranta euro sul tavolo. Non vuole il resto, sa di avermi chiesto più giri del solito, ma aveva bisogno di stare tranquilla.

Se ne va col cuore leggero e lascia me con l'imbarazzo di aver cominciato a guadagnare sulle fragilità altrui.

Sapersi dare un limite

La titolare di un negozio di alimentari, una cameriera e una signora della Genova bene valgono più di un annuncio a tutta pagina su un quotidiano, di uno spot radiofonico e di un passaggio televisivo. Nell'arco di pochi giorni, Messenger mi si è riempito di richieste d'appuntamento, qualcuna anche abbastanza strampalata da raccontarlo a Irene, nel caso volesse scriverci un libro.

Mi hanno parlato bene di lei, mi ha scritto Giuseppe, sessant'anni a giudicare dalla foto. *Volevo sapere se dà i numeri del Lotto.*

Certo, prevedo i numeri vincenti per trenta euro. Credibile. Giocarmeli e trasferirmi ai Caraibi sarebbe così banale.

Riesce a mettermi in contatto con i miei genitori morti?, mi ha chiesto Lucia, una signora che sorride dalla sua cucina, con molte mèches e un rossetto ciliegia. *Posso portarle le foto*, ha aggiunto, quando le ho risposto che non ho quel potere.

Questa storia che io con le foto faccio magie mi spaventa e mi fa ridere.

Sto molto attenta a non lasciar trapelare la mia nuova attività su Facebook, dove continuo a fare battute innocue e a dare consigli agli aspiranti fotografi, ma la mia copertura non è minata da indiscrezioni. La cartomanzia, sto scoprendo, prolifica in un sottobosco discreto, dove il pubblico silenzio dei clienti viene compensato dal loro incessante bisbiglio in privato.

Vittoria, sono disperata e mi hanno detto che tu potresti aiutarmi, mi scrive Anna, una manciata di caramelle al posto della foto del profilo. *Il mio gatto non è tornato, sono due giorni che è sparito. Puoi vedere dov'è o se tornerà?*

Guardo Sugo, sul cuscino accanto al mio computer. Dorme in una delle sue posizioni assurde, pancia all'aria, zampe allungate nel vuoto, sbracato come solo lui riesce a essere. Lo gratto sotto il mento e si arrotola su se stesso, richiudendosi a ciambella, senza aprire gli occhi. Sarei disperata anch'io se sparisse, ma purtroppo non posso aiutare Anna.

Questa settimana ho un paio di clienti al giorno, Francesca è tornata e le domande, stavolta, erano più sul corteggiatore di cui non si era accorta. Le ho anche visto un'ombra di trucco e una camicetta un po' sbottonata: se abbandona il beige è fatta e potremo brindare al tramonto del fidanzato con l'enoteca.

Mariella la Mamma Apprensiva mi ha scritto per dirmi che avevo ragione: suo figlio sta andando a un sacco di feste, sta bene e si diverte, ma lei tornerà da me perché ha paura delle droghe. Tranquillo, ragazzo, svieremo le indagini.

Sandra la Barista ha prenotato per la prossima settimana, sono curiosa di scoprire se ha vinto l'avvocato, l'osteopata o il geometra.

Qualcuno ha parlato ancora di fotomanzia, ma percepisco una resa sulla questione: mi sto consolidando come cartomante, quello delle foto me lo lascio avvolto attorno come un alone misterioso.

Suona il citofono, è l'appuntamento del pomeriggio, Andrea, che mi si presenta con un'espressione bastonata, mi dà la mano, smarca un sorriso e torna contrito, spalle leggermente curve. Posa il casco, la giacca e le chiavi su una sedia, si siede e confessa di essere imbarazzato.

"Non sono mai stato da una cartomante, sto davvero toccando il fondo."

Sogghigno e mi siedo di fronte a lui. "Grazie," dico, anche se in realtà vorrei dirgli che siamo in due.

Si rende conto della gaffe e tenta di aggiustarla con una sequenza di oddio, no, scusa, non intendevo, accidenti, mi spiace, ma lo fermo con una mano alzata a mo' di paletta del vigile.

"Tranquillo, va bene così. Parla liberamente."

E lui, purtroppo, lo fa.

Neanche aspetta il primo giro di carte, deve raccontare ogni cosa, ripeterla, ribadirla, assicurarsi che io abbia capito, prodigarsi in dettagli. Impossibile spegnerlo.

In sintesi, la fidanzata lo ha mollato perché lui faceva il cretino su Facebook. La mia solidarietà assoluta e totale va, manco a dirlo, alla fidanzata.

Lei lo ha lasciato un mese fa, e da quel momento si rifiuta di vederlo.

Stavano insieme da due anni e lui era convinto che fossero immensamente felici.

"Come può lasciarmi per Facebook?" mi chiede. "È da immaturi lasciare il fidanzato per una cosa del genere, no?" insiste.

"Stai chiedendo la mia opinione o è quello che vuoi chiedere alle carte?" gli domando.

Si ferma, guarda il mazzo, si passa con nervosismo la mano tra i capelli, poi batte le dita sul bordo del tavolo.

"Tutte e due. Posso, tutte e due? Tu sei una donna, magari mi puoi aiutare a capire meglio."

Oh, se posso.

Prende il cellulare e mi mostra la sua bacheca, non capisco se pudico o fiero. Ha trentanove anni, duemilaseicentosettantanove amici su Facebook, pubblica da uno a tre post al giorno e lo commentano quasi solo donne, risponde con cuori, emoticon, ringraziamenti profusi a qualunque ora. A volte anche gattini.

Ammiro la mia compostezza, e soprattutto la sua fidanzata per averlo piantato.

"Ti giuro, non l'ho tradita," insiste.

Sembra che voglia il mio perdono, o almeno la mia comprensione.

Prendo il mazzo, ci giochicchio e giro carte a caso.

"E non hai mai incontrato qualcuna delle donne conosciute su Facebook?"

"Mai. Una, forse due. Ma mai in quel senso, non ci ho fatto niente, solo una cena, così, per non mangiare da solo... ero nelle loro città per lavoro. E sapevano di lei, ovviamente, non ho fatto niente di nascosto."

Annuisco e giro altre carte, come distratta.

"Sì, lo vedo. Al massimo vi siete scritti in privato."

"Esatto!" Si sente capito, sorride.

"Più volte. A lungo. Ma vedo solo parole," gli dico.

"Sì, sì, infatti. Solo parole."

"Vi confidavate, parlavate dei vostri problemi, magari delle cose in comune tra voi... solo parole."

Uh, come si sente compreso.

"Esatto! Quello che ho detto a lei, ma non lo vuole capire!"

"Eh, certe cose non sono facili da capire. Per te erano soltanto amiche. È vero, le avevi conosciute su Facebook, mai viste prima, tutt'al più una volta, a cena voi due, poi solo parole, sì, vi siete scambiati i numeri di telefono, qualche chattata su Whatsapp, qualche telefonata, ma niente di più."

"Ma certo, soltanto quello, niente di più."

Trasparente come la pipì di un bambino.

"C'era solo sintonia, loro apprezzavano quello che scrivevi sulla tua bacheca e soprattutto via messaggio, vi sembrava di conoscervi da sempre, si sentivano capite, le ascoltavi, ti ascoltavano."

"Quello, infatti... Nient'altro, lo giuro."

"E tu le hai fatte sentire speciali, amiche intime, qualcuno di cui ti fidavi, a cui ti raccontavi, giusto? Non stavi facendo niente di male."

Mi guarda, un breve silenzio, un respiro. "Ma allora è vero che tu leggi dentro le persone."

Sì, è vero, soprattutto se sono complicate come un'addizione di prima elementare.

"Loro mi capivano," aggiunge. "Tutto qui."

"E la tua fidanzata no. Lei non dimostrava lo stesso entusiasmo per i tuoi post su Facebook."

"No, per niente. A volte non metteva neanche il like. Mi guardava come se fossi un deficiente."

"O come se volessi far colpo su altre donne."

"Sì, era quello che diceva, ma non è così. Per me c'era solo lei."

"E quelle con cui sei andato a cena e a cui offrivi ore di confidenze."

Comincia a sentirsi meno capito, lo vedo dall'espressione leggermente stupefatta. Eccolo impantanato nella sua melma morale, su cui pensava di veleggiare col vento a favore, quella vischiosa poltiglia di ipocrisia che gli assicura integrità se non c'è stato scambio di liquidi organici.

"Ma che c'entra, potevano anche essere uomini, era lo stesso."

"Però erano donne."

Silenzio. Comincio a mischiare il mazzo. Forse il messaggio sta arrivando, anche se il metodo più efficace è sempre quello empirico. Purtroppo, la ex fidanzata non ha pensato di flirtare a sua volta in chat e di uscire a cena con sconosciuti trovati in rete. Peccato.

"La ami?"

Alza gli occhi, che gli si inumidiscono.

"Moltissimo. Non voglio perderla."

"Facebook ti serve per lavoro?"

No, fa con la testa. "È solo un gioco," giura.

"Allora perché non disattivi il tuo account?"

Inorridisce. No, non può, non esiste, e poi perché. "Facebook è solo uno strumento, come il telefono!" dice.

Come no. Facebook è un luogo di una potenza inaudita, è la Circe che attira i marinai e li trasforma in porci, è il Paese dei Balocchi che tramuta i bambini in asini, è l'eden degli ego ipertrofici, è il palcoscenico di chi è sempre stato tappezzeria alle feste, sono i quindici minuti di celebrità dilatati a ore, giorni, settimane, mesi, anni, è l'impunità da bar sport che ti permette di dire qualunque cosa senza assumertene alcuna responsabilità, è il luogo dove si resta quattordicenni per sempre, dove si mostra ciò che si vorrebbe essere, dove si emettono sentenze in un eterno tribunale da balcone. È il luogo in cui la democrazia viene scalzata dall'anarchia più becera.

"Credere che Facebook sia solo uno strumento è come credere che la politica sia solo un concetto, che la cicuta sia solo una pianta e che la Apple faccia solo computer."

Devo averlo detto con particolare veemenza, a giudicare dal suo silenzio.

Niente perdono o comprensione nemmeno da me, poverino.

"Vabbè, dai, dipende da come lo si usa..." azzarda.

Eh, appunto. Restando immuni al canto delle sirene, capaci di limitare il tempo che gli si dedica e senza prendersi sul serio.

"Tutti sono convinti di sapersi dare un limite, pochi ci riescono."

Che poi, fosse solo Facebook. È quell'esigenza malata di essere sempre connessi che sta deformando la vita sociale e distruggendo le relazioni, quel bisogno spasmodico di essere perennemente in contatto con qualcos'altro e mai del tutto presenti.

"Quanto riesci a stare senza controllare il cellulare?" gli chiedo.

"Quanto voglio," risponde. Poi, con un guizzo di onestà, si corregge. "Poco."

Lo guardo. Appunto.

"Ma non l'ho tradita!" insiste.

"Punti di vista. Comunque l'hai delusa."

Le carte lo confermeranno, gli diranno che non c'è un altro, è stato proprio lui il problema. Le spade diranno che lei si è sentita ingannata, le coppe girate che aveva l'impressione che lui non la amasse più, la Giustizia al rovescio dirà che l'ha trattata ingiustamente, l'Imperatore gli dirà che è un prepotente, la Torre rafforzerà la fine della storia e le Stelle, be', una speranza non si nega a nessuno, chi lo sa che non sappia fare buon uso di questa sberla e tradurla in lezione. Se lei lo ama ancora e lui fa il bravo, magari riescono pure a ritrovarsi.

Forse non ho fatto un buon lavoro di cartomante, ma che soddisfazione.

Mi ha anche detto che tornerà.

Un sacchetto di sale grosso

Altro che V come Vittoria, mi sto trasformando nella versione con tisana di V come Vendetta, la paladina dei cuori spezzati: sbottono camicette a ragazze tradite, fustigo omiciattoli con la dipendenza da internet, salvo coppie da spasimanti agguerrite, proteggo briosi universitari da madri iperprotettive, casa mia è diventata il confessionale dell'ormone distratto, delle mutande allegre e dell'amore disperato.

Monica sostiene che in realtà so davvero leggere le carte, anche se mi ostino a negarlo, perché adesso, dopo un paio di settimane di esperienza sul campo, si stanno avverando le mie divinazioni. Puoi capire, certe cose è in grado di prevederle persino Sugo.

Giorgio è più interessato a conoscere l'identità dei miei clienti, sempre più numerosi, ma io sono integerrima e mantengo un encomiabile riserbo professionale, che Genova è un cassetto dove siamo tutti ammassati con non più di un grado di separazione gli uni dagli altri.

Irene segue le mie performance con diffidenza, ricordandomi che sono una fotografa, non una cartomante, e che i consigli tecnici che semino sulla mia bacheca sono più utili e interessanti delle chiaroveggenze sparate a caso nel mio salotto. Ma le mie priorità, adesso, sono avere una fonte di reddito, smettere di pensare costantemente a Federico e poi, in terza battuta, rivalutare l'ipotesi di riprendere in mano la macchina. Irene non è d'accordo sull'ordine, io però non ho scelta.

Chi invece approva con un entusiasmo che non le vedevo dai tempi dell'amante francese – un artista concettuale che sembrava uscito da un catalogo di modelli, bello come un Bronzo di Riace e superficiale come la schiuma del cappuccino, con quella parlata che faceva saltare i tappi di champagne a metri di distanza e frizzare le endorfine di tutte le donne presenti – è Alice.

Lei ritiene che la mia nuova attività sia geniale e corroborante, una vera panacea.

Io invece mi vergogno.

"Non capisco perché," dice aprendo le vaschette fumanti di edamame, ravioli al vapore, spaghettini di soia e zuppa di miso. Stasera take-away e quarta stagione di *The Good Wife*. Bacchette a me, bacchette a lei, una birra a me, una birra a lei, tovagliolini di carta: abbiamo tutto.

"Perché li sto ingannando, perché prendo soldi in nero, perché ho un diploma universitario: ho lavorato più di vent'anni, ho avviato un'attività e adesso leggo i tarocchi." Perché è una sconfitta che mi piomba addosso ogni mattina.

Alice le considera sciocchezze. Avevo bisogno di distrarmi e di guadagnare qualcosa, mi ricorda, e di certo mi sto distraendo e sto guadagnando qualcosa. Il resto verrà.

"Non li stai ingannando. Li ascolti, li incoraggi, li fai uscire con delle speranze, prevedi cose che accadono, anche perché hai saputo predisporli a far sì che accadano. Tornano felici di darti altri soldi e avere altri tuoi consigli. È tutto consensuale."

Certo, è tutto consensuale, il problema è il presupposto: sono convinti che io legga le carte. Ma per Alice questo è uno di quei futili cavilli su cui mi sono fissata. Io le carte le leggo, di fatto. A modo mio, certo, ma le mischio, le metto in tavola, le uso per dar loro risposte. Quindi le leggo.

"Quanto al nero, Vittoria, preferiresti farti pagare in voucher per pulire le scale o accettare uno di quegli stage a quattrocento euro lordi al mese per fare il lavoro di un dipendente a contratto?"

No, ovviamente no. Ma questo non mi assolve dal reato di frode fiscale.

"Stai cercando di sopravvivere come puoi. È chiaro che se capitasse un lavoro serio lo faresti con tutti i crismi legali, ma adesso meno male che hai questo."

Se non altro non lo considera un lavoro serio, quello che faccio adesso.

"Tu lo diresti che hai un'amica cartomante?" le chiedo.

"Senza alcun problema!"

Si vede che i problemi me li faccio solo io.

"Scusa, ma a te non sembra di aiutarle, queste persone?" mi chiede.

No. Forse. Magari qualcuno sì.

Le racconto che ieri si è presentata Rosa, una signora sui sessant'anni, sessanta che potevano essere dieci di più, non portati benissimo, insomma. Gonna marrone dritta sotto il ginocchio, camicetta azzurra ben stirata, cardigan con fiorellini ricamati, borsa appesa all'avambraccio e la richiesta di poter "appendere il paltò".

"Signora Vittoria," mi ha detto con espressione tra l'indignato e l'ansioso, "mi hanno fatto il malocchio. Me lo deve togliere."

Alice smette di sbucciare gli edamame e scoppia a ridere.

"Chi ha fatto il malocchio a questo campione di alta moda?"

"La Gina, vicina di casa," le rispondo. "La Gina è una prepotente che si comporta come se il condominio fosse suo, è quella che dice al giardiniere come fare le aiuole davanti al portone, che mica sono sue, che controlla la posta e decide lei a chi far avere i cataloghi dell'Ikea, che non ne lasciano mai abbastanza per tutti, che fa posteggiare l'auto agli amici davanti al cancello anche se non potrebbe, che quella è strada pubblica, ma lei se ne frega, e siccome una volta i vigili hanno dato la multa, lei ha incolpato la Rosa, che non li ha di certo chiamati, i vigili, anche se è contenta che qualcuno lo abbia fatto."

"Bisogna farlo alla Gina, il malocchio, altro che alla Rosa!" esclama Alice.

Il problema è che alla Rosa sono morti i gerani, poi le si è bucata una gomma mentre andava alla Coop a fare la spesa grossa, poi le sono cadute le chiavi di casa nella fessura dell'ascensore, poi le hanno rubato il cellulare mentre era in centro, poi a suo fratello sembrava che fosse venuto un infarto, che in realtà era indigestione ma si sono presi un bello spavento, e infine la banca ha fatto un errore e non le ha pagato la bolletta del gas, così le è arrivata la mora.

La Rosa era talmente certa di avere il malocchio che convincerla del contrario non mi è stato possibile. Era pronta a pagare anche mille euro per farselo togliere e io, per evitare che andasse a darli a qualcuno con meno scrupoli di me, ho cercato un sacchetto di quelli da bigiotteria, dove mettono i portachiavi che trovi nelle uova di Pasqua, l'ho riempito di sale grosso e gliel'ho dato, spiegandole che quel sale era stato esposto all'ultima luna nuova e che, se ne avesse messo un po' vicino a porte e finestre e avesse tenuto il resto accanto a sé, sul comodino, il malocchio sarebbe sparito.

Alice mi guarda con ammirazione. "Sei un genio! E lei ci ha creduto?"

"Sono stata molto convincente, piena di complicità sussurrata."

"E ti ha dato davvero mille euro?"

Le lancio un'occhiataccia. "Alice, ma sei scema? Le ho

dato una manciata di sale proprio per evitare che si bruciasse la pensione in superstizioni e truffe."

Sorride. "Visto? Stai facendo del bene."

È disarmante.

"Stai meglio, sai?" mi dice mentre liberiamo il tavolo dalle vaschette vuote. "Lo vedo che cominci a stare meglio. E a Capodanno ce ne andiamo da qualche parte."

Non intendo andare da nessuna parte, a Capodanno. Perché non ho i soldi e perché non ne ho voglia. Ma Alice si rifiuta di considerarle motivazioni valide.

"Tu e io a Capodanno non saremo a Genova, non si discute."

Manca più di un mese, sarà un mese lunghissimo.

Se questo significa stare meglio...

Secondo Alice sto meglio, penso tornando a casa e sperando, come ogni volta che guido, che qualcuno perda il controllo della sua auto e mi si schianti addosso in un frontale. Se questo significa stare meglio... Se non altro, non ho più paura della morte. Non la cerco, no, ma mi ritrovo spesso a desiderarla. Risolverebbe finalmente questa esistenza a cui non riesco più a dare un senso.

Mi chiedo se esista, un senso, perché a me sfugge e mi pare tutto un grande caos nel quale ci arrabattiamo per cercare di non farci troppo male. Non vedo giustizia, né logica, non ci sono cerchi che si chiudono, portoni che si aprono o mosaici che si ricompongono, i buoni non vincono e i sentimenti non bastano, non c'è nulla che ci premia o ci punisce, meritarsi qualcosa non significa averla in sorte, nessuna certezza, nessun disegno superiore, solo scelte, piccole o grandi. Che non bastano neanche.

Scelgo ogni giorno di alzarmi per le mie persone, è per loro che apro la finestra, rifaccio il letto, lancio il topino a Sugo, mi lavo i denti, mi spalmo la crema antirughe, mi faccio una tisana e inizio la giornata. L'unica cosa che per me ha ancora senso è non deluderle, non sprecare l'amore che hanno per me, ridere, farle ridere, ascoltarle, pensarle e tornare presto a dare qualcosa anch'io. Perché gli amici sono una famiglia che si tiene per mano.

Ma non mi sento più intera e mi manca una direzione, non so cosa posso ancora sperare, sognare, desiderare. Giusto cose piccole, come un bel film, il sole per stendere fuori o un po' di soldi che mi diano respiro e libertà. Ma poi?

Ho creduto in un grande amore ed è durato pochi anni. Crederci ancora, se incontrassi un altro uomo, non basterebbe – non è bastato.

Ho creduto di essere una fotografa ma non lo sono se non fotografo, né se le mie fotografie non vengono pubblicate. Ho perso il mio sguardo, non ho idee che bussano e anche se lo facessero non basterebbe – non è bastato.

Ho paura di non avere la vocazione per la felicità, quella di chi procede a testa alta con la certezza di meritare ciò che desidera.

Per un attimo, un attimo rispetto alla mia vita, tre anni su quarantasei, sono stata felice. Ho davvero pensato di avere esattamente ciò che desideravo, aveva il suo prezzo ma andava bene, era reale: per tre anni ho potuto chiudere gli occhi e addormentarmi amata e intera, con tutti i pezzi al posto giusto, e ho respirato come chi ha appena fatto una lunga doccia dopo aver corso una maratona. Io, per tre anni, ho creduto di aver finalmente avuto il mio riscatto. E invece.

Mi sembra tutto una follia forza nove in cui dobbiamo cercare di non annegare. Qualcuno si aggrappa a una fede religiosa, a una spiritualità ben salda. La mia zattera è l'amicizia. La vedo, la tocco, è dimostrabile e mi tiene a galla, con una mano sotto il mento e un braccio avvinghiato per portarmi in rada senza farmi affogare.

Ma in quel mare in tempesta ho perso i miei desideri, sono scivolati fuori dalle tasche e affondati.

Lo so che c'è chi sta peggio, saperlo fa la tara ai miei problemi ma non me li alleggerisce, mi fa solo sentire meno in diritto di lamentarmi. Del resto, io sono quella che sta dietro un obiettivo, che ha paura di disturbare e che si veste di nero, color dell'ombra.

Sì, sto meglio. Fuori, per i miei amici che meritano di vedermi stare meglio. Ma dentro è un abisso di cui non vedo il fondo.

Rientro a casa, controllo la cassetta della posta, neanche oggi c'è una lettera di Federico. Salgo al mio piano, l'ascensore si apre, controllo le scale davanti alla mia porta, neanche stasera Federico è lì che mi aspetta. Nessun sacchetto misterioso pende dalla maniglia della porta e, come ogni giorno, nessun messaggio, nessuna mail.

Anche per oggi nessun lieto fine, per me.

EHI, TU

Scrivimi una lettera di almeno quattro pagine, riempila di noi, dimmi che ci siamo ancora, che mi ami, che ti manco, sii generoso, occupa il vuoto con qualcosa di importante.

Aspettami una sera davanti alla mia porta, stai lì anche delle ore, con la paura che io non rientri o non rientri sola. Aspettami, anche solo per vedermi, anche solo per baciarmi.

Chiedimi di ritrovarci là, a quel tavolino, su quella terrazza, non importa se fa freddo, tremeremmo lo stesso.

Sii così forte da tornare. Ridammi l'uomo che eri, che sei stato, che sei, che puoi essere.

Chiedimi scusa per davvero, per tutte le cose di cui devi chiedermi scusa, una per una, dimmi che ora le vedi, che le riconosci.

Regalami quell'anello, voglio indossare qualcosa di prezioso che significhi "noi".

Dimmi che è solo un brutto sogno. Si potrebbe ricominciare da capo, per favore?

Questa sei tu

Quando apro la porta non la riconosco. Su Facebook è un'anonima quarantenne che immaginavo con le dita odoranti di amuchina e sempre lo stesso sorriso per tutto, sul mio pianerottolo è una donna bellissima che non sembra sapere di esserlo. Fisico asciutto e snello, mani e collo affusolati, capelli neri, leggermente mossi e lunghi fino alle spalle, occhi indefiniti, tra il castagna e il verde, dal taglio leggermente obliquo.

"Sono Valentina," mi dice, con una stretta di mano fioca.

La invito a entrare, mi ringrazia, le prendo il cappotto, mi ringrazia, le offro una tisana, mi ringrazia. Mi guarda negli occhi una sola volta, fugace, giusto per educazione, poi mi segue con un passo silenzioso, senza mai alzare davvero la testa. La vedo sbirciare le pareti, evidentemente le foto la incuriosiscono ma non osa avvicinarsi, come avesse paura di essere indiscreta.

Sugo, che dell'indiscrezione è un modello a vibrisse, sale sul bancone e le si pianta davanti. Valentina ride e si rilassa.

"Il tuo gatto è davvero buffo," dice, chiedendo il permesso di accarezzarlo.

Fingo indignazione per la maleducazione del mio amico e porto le tazze sul tavolo. Lei mi ringrazia per la quarta volta e si siede davanti a me.

"Hai animali?" le domando.

"Un cane. Un pastore tedesco." Lei avrebbe voluto un gatto, le piacciono quelli rossi, ma suo marito preferisce i cani, che per carità, sono belli, affettuosi, di compagnia. Certo, sono impegnativi, ma quando fanno parte della famiglia è naturale occuparsene.

"Però avresti voluto un gatto rosso."

Sì, annuisce schiva, come se si vergognasse di averlo ammesso. Sugo intanto le porta il suo topino, lei ringrazia e lo tiene tra le mani, torcendolo. Lascio che sia lui a spiegarle cosa si aspetta, mischio le carte e la osservo. Dopo un po' Sugo si stufa, le posa una zampa sulle mani e la fissa.

Lei smette di torcere il topo e lo posa sul tavolo, chiedendo scusa a Sugo che continua a fissarla, non capacitandosi di quell'inerzia.

Mi viene da ridere. "Vuole che glielo lanci," le dico.

Guarda me, Sugo, il topo. "Come un cane?"

Alzo le spalle, mi è toccato un cangatto, ammetto. Sorride, gli chiede di nuovo scusa e lancia il topino, finalmente, anche se questo dà inizio a un tormentone che non so se continuerà a divertirla dopo il settimo lancio. Conto sul fatto che ha un pastore tedesco.

"Cosa vuoi sapere?" le chiedo, continuando a mischiare le carte.

Posa una mano sul tavolo, come per far smettere di tremare se stessa o il mondo, le labbra si stringono. "Mio marito," dice.

Aspetto qualche parola in più, gliela vedo appesa al prossimo respiro.

"Ho paura che mi voglia lasciare."

Chiedo, risponde, la faccio parlare, lei lancia il topo a Sugo e si concede confidenza, sono una sconosciuta, so che in certi casi è più facile parlare con me che con gli amici. Lui esce più spesso la sera per lavoro, è insofferente, non la cerca più a letto se non di rado, la chiama ogni giorno alle solite ore, ma è sempre più sbrigativo e distaccato, e il cellulare è diventato una sua appendice, se lo porta anche in bagno.

È impacciata ma non stupida, le manca solo la traccia di rossetto sulla camicia e il corredo dell'amante è completo.

"Ne ha già avute altre, in passato, ma erano poco importanti."

Smetto di mischiare e la guardo. Lei continua a spostare gli occhi dal tavolo al gatto, alle mie mani.

"Ora è come se non ci fosse più, per me," aggiunge, e la voce le si spezza. Si scusa. Le avvicino la tazza, mi ringrazia, la prende, lascio che beva qualche sorso, poso il mazzo e aspetto che alzi gli occhi su di me per chiederglielo:

"Ma tu stai bene con lui?".

Gli occhi tornano bassi. "È mio marito," risponde, come se questo bastasse a spiegare tutto.

"E tu sei sua moglie," le ricordo. "Conti quanto lui."

No, fa con la testa, di questo ne sembra certa, no, affatto, come se solo l'idea fosse assurda, ridicola. Poi mi guarda di nuovo e sorride con tutta la tristezza di cui è piena.

"Guardami," dice alzando le spalle.

La guardo, e la vedo benissimo, io.

"Sono tutta qui," aggiunge, "chi vuoi che mi voglia? Mio marito me lo ricorda sempre, lo dice per scherzo ma ha ragione. Non sono certo una vamp."

Per questo capisce che lui abbia delle amanti, mi spiega, ma finora sono state storielle di poco conto, ora invece ha paura di perderlo. E senza di lui non ce la fa, non ce la farebbe.

Va bene, basta.

Mi alzo, vado nel mio studio, prendo la macchina fotografica e torno in sala.

"Posso fotografarti?" le chiedo.

Lei si agita, non è truccata, dice, poi si tocca i capelli, non ha neanche la testa in ordine, aggiunge, e non è una modella, e poi viene male nelle foto, anche questo suo marito glielo dice sempre.

Certo, capisco, ma non me ne frega niente di quello che dice suo marito, voglio solo controllare la luce e trovare il punto giusto che, eccolo, è sul divano, per cui le chiedo di alzarsi e di mettersi lì, così com'è, senza preoccuparsi di nulla, che queste foto non le vedrà nessuno, le prometto, solo lei, se vorrà le cancellerò subito dopo, credeva che non praticassi la fotomanzia, sussurra, ecco, perfetto, è fotomanzia, esatto, e decide lei quando essere praticata, le dico, come ora, ora sento che è uno di quei momenti, lei capisce, annuisce, chiede cosa fare, mi basta che si giri leggermente di tre quarti, così, non deve sorridere, non deve fare nessuna espressione, può continuare a parlare, a raccontarmi di lei, di suo marito, del gatto rosso che avrebbe voluto, di cosa sognava da bambina, del suo colore preferito o di quanti pinoli mette nel pesto, e lei comincia a parlare, a raccontare, prima con le mani ferme, una nell'altra, poi più libere fino a danzare nell'aria, e gli occhi si alzano, le labbra si distendono, il viso raccoglie la luce e le ombre.

Io ascolto e scatto, la guardo e scatto, la vedo e scatto.

Poi scelgo una foto, la invio alla stampante wi-fi, benedetto il periodo in cui ho avuto i soldi per comprarla, e gliela consegno.

"Questa sei tu. E sei bellissima."

Lei, finalmente, si vede. E scoppia a piangere.

L'ha lasciata

Chiudo la porta e lascio che i grazie di Valentina si posino nel silenzio.

Ho qualcosa dentro che grida per farsi sentire, che sta spezzando le catene, che sfonda una porta e dirompe. Mi accascio sul divano e aspetto che esca, aspetto di incontrarlo, di decifrarlo.

Ho la macchina fotografica in mano. La mia macchina fotografica, muta fino a poco fa. Ferma, abbandonata e rinnegata, fino a poco fa.

Guardare una persona, farle sapere che è bella, speciale, che può interessare a qualcuno, era anche questo che facevo.

Ho dato a Valentina i miei occhi per vedersi, e per farlo li ho dovuti aprire.

Fa male, fa bene, fa paura. Se si chiudono di nuovo?

Chiamo Irene.

"Ho scattato," le dico quando risponde, e non c'è bisogno di aggiungere altro.

"Finalmente," e la sento sorridere. "Chi è lei?"

Come faccia a indovinare che si tratta di una donna non lo so, sono le sue magie, quel passo avanti dove sta spesso.

"Si chiama Valentina, è convinta di essere insignificante, ha paura che il marito la lasci e pensa di non farcela senza di lui."

"Ti è capitato in casa un bello specchio, eh?"

Una lacrima rotola giù. "No, è un'altra cosa. Dovresti vederla, Irene. Ho aperto la porta e ho pensato quanto era bella, e quando ha detto di sentirsi brutta, dannazione, ho sentito il bisogno di farle capire che si sbaglia."

Irene non insiste, mi chiede come mi sento.

Strana. Sconquassata. Spossata. Serena. Sottovento.

"È stato bello," rispondo ascoltandomi mentre lo dico. È stato molte cose che arrivano adesso, bello è tra queste.

"Non significa che ora tu debba fotografare chiunque," fa lei, e sentirlo mi tranquillizza. Già, non significa questo, nessuna ansia da prestazione, nessuna aspettativa.

"No, certo," rispondo, "ho solo fatto qualche foto a Valentina perché è capitato."

"Infatti. Comunque sono contenta che sia capitato. Se ti va, mandamele."

Lo farò, le prometto prima di salutarla. Lei è l'unica persona che non invalida la riservatezza che assicuro.

Guardo l'ora, le sette e mezzo, tra poco arriva Monica, ha detto che deve raccontarmi una cosa; il tempo di mettere in ordine e suona il citofono.

"L'ha lasciata," dice prima ancora di entrare in casa con un pacchetto di pasta fresca in mano. Lo posa sul tavolo, si toglie il cappotto, saluta Sugo che le trotterella intorno, poi si volta di nuovo verso di me. "L'ha lasciata," ripete.

Dovrei esultare ma fatico un po'.

"E lei?"

Monica prende una birra dal frigo, la stappa e si appoggia al bancone mentre io riempio una pentola d'acqua e la metto sul fuoco.

"Lei cosa?"

Apro un cassetto, prendo le tovagliette, i tovaglioli, le posate e apparecchio. "Oh, signora karma di qua e karma di là e prima o poi tutto torna. Mentre noi brindiamo, c'è una donna a pezzi appena lasciata dal marito."

Monica mi scruta in attesa che io faccia la battuta finale e ripristini la complicità tra amiche. So che dovrei, forse vorrei anche farlo, ma non ci riesco.

"Intanto," attacca lei, "non mi pare che stiamo brindando. Al massimo, io mi sono aperta una birra mentre tu mi vomiti addosso un po' di moralismo."

Vero. Mi spiace.

"Scusa." Prendo una birra anch'io, la stappo e tocco la sua bottiglia con la mia. "Se sei felice, sono felice per te. È solo che i traditori mi danno ai nervi, ultimamente."

Sorride e beve un sorso. "Non sono tutti uguali."

Se iniziasse a fare la cartomante cambierebbe idea.

"E adesso?" le chiedo.

"Adesso starà per un po' dai suoi, il tempo che se ne facciano tutti una ragione, e poi verrà da me."

L'acqua bolle, getto una manciata di sale e i ravioli. "Delicatezza o paraculaggine?" chiedo.

Lei fa una smorfia. "Vorrei che gli dessi almeno il beneficio del dubbio."

"Gliel'ho dato, infatti ho chiesto." Carico il timer, tre minuti, e intanto apro il sugo di funghi.

"Delicatezza nei confronti della moglie. Non vuole fare quello che passa da un letto all'altro con la facilità di un gatto," spiega, grattando la testa a Sugo.

Il fatto che sia esattamente ciò che quest'uomo sta facendo non sembra rilevante.

"Da quanto erano sposati?"

"Vittoria, non me la vuoi proprio far godere questa birra, eh?"

Il timer suona, colo, metto il sugo nella pentola ancora calda e ci rovescio dentro i ravioli.

"Scusami. È che oggi è venuta una donna disperata perché temeva che il marito la lasciasse per l'amante."

Mescolo, riempio i piatti, li porto in tavola, Monica si siede.

"E tu tieni per lei anziché per me."

Due tifoserie distinte.

"Forse un po'," ammetto. "Forse mi sento più nella squadra delle lasciate che in quella delle scelte."

Sono stata amante, tradita, scelta e lasciata, ho tradito, ho lasciato, sono stata complice di amici e amiche, copertura divertita dei loro amori clandestini, conosco i trucchi dell'inganno, ho saputo essere fedele, so cosa vuol dire non esserlo, mi sono sposata, ho divorziato, sono stata chiunque, in questa giostra di ruoli, e non ho mai indossato la toga del moralismo. Finora.

Monica si pulisce la bocca col tovagliolo, poi mette i gomiti sul tavolo e mi guarda impassibile: "Se può aiutare la tua coscienza, la moglie ha già svuotato il conto in comune, ha detto ai bambini che il padre è un bastardo e sono sei mesi che si porta a letto il personal trainer. Ah, a proposito: si chiama Angelica".

Mio malgrado, scoppio a ridere. Be', sì, questo aiuta la mia coscienza, in effetti.

Alzo la bottiglia di birra.

"Allora brindiamo!"

Brindiamo, e mi parla di lui.

E così c'è un amore che sta nascendo davvero, che si è preso la libertà di esistere scavalcando gli ostacoli con quell'avidità che l'amore sa avere.

Chissà quanto durerà. Dopotutto – diceva Orson Welles –, il lieto fine dipende da dove si decide di interrompere la storia.

Sembra più una staffetta, questa rincorsa all'amore, un passaggio continuo di pieno e di vuoto, una sequenza di turni infinita, oggi sono felice io, poi Monica, poi magari toccherà ad Alice, poi, chi lo sa, forse di nuovo a me. O forse no.

Irene è quella che ha trovato stabilità con il marito e il loro progetto di vita comune mai abiurato, nella buona e nella cattiva sorte, migliori amici anche quando stanchi, distanti, ingarbugliati. Ma mai confusi.

Giorgio lo sta facendo da alcuni anni con sua moglie, con qualche oscillazione in più, ogni tanto, ma il timone stretto tra le mani, la barra dritta e la coerenza a nord.

Noi che non abbiamo saputo tenere fede a una promessa fatta prima dei quarant'anni sembriamo condannati. Forse, arrendersi una volta si trasforma in una maledizione, si converte il durevole in provvisorio, ci si abitua a gettare via ciò che si screpola e le difficoltà diventano insormontabili, i problemi segnali, l'abitudine insuccesso, le imperfezioni anomalie.

La chiamo "idealtà", e Federico ne è afflitto. Le sue passioni hanno sempre una precisa scadenza, niente e nessuno può sopravvivere oltre, resta solo il tempo che gli serve per demolire mentre si dispera. Speravo di salvarmi da questa sorte, sono stata presuntuosa.

Chissà se un giorno intingerà i piedi nel reale, in quell'esistenza che contiene meraviglia e normalità, in quel posto dove l'amore è fatto anche di mediazione, dove le persone e i rapporti sono imperfetti e magari per questo più solidi, dove i conflitti fanno parte della vita, dove ognuno ha le proprie ferite e ci fa i conti come chiunque altro, dove ci sono il nero e la luce, dove esiste anche la noia ed è molto simile a un respiro tranquillo, senza bisogno di essere intrattenuti, dove c'è meno spazio per gli eccessi e la bulimia, perché non è un palcoscenico ma la vita vera. Quella dove nessuno deve stare in bilico su un piedistallo, sapendo che quando dovrà scendere da lì, anche solo per andare un attimo in bagno, spariranno la magia, le farfalle ubriache, i balli in corridoio, i giochi, le risate, la leggerezza e lo sguardo che sorride, riempie e fa sentire speciali.

"Vittoria?"

Torno sulla terra, chissà da quanto ho smesso di ascoltare Monica.

"Scusa, ero distratta."

"Scusa tu, ti sto sbattendo in faccia la mia storia felice mentre sei ancora in lutto," dice.

No, non è quello. "Dovete farla funzionare, Monica."

Lei mi fissa e le scappa da ridere. "L'idea è quella."

"No, non dev'essere un'idea. Dovete farla funzionare, ho bisogno che la vostra storia funzioni."

Ho bisogno di sapere che può succedere.

Dicono che lei sia brava

C'è un alone di mistero attorno al cliente di stamattina. Ha fatto prenotare la lettura da Mariella, la mamma ansiosa, che si è raccomandata di mantenere assoluto riserbo.

Sa, è piuttosto conosciuto, mi ha scritto. *Chiede la massima riservatezza.*

Ci mancherebbe, io sono un po' come un avvocato, un medico, uno psicologo o un prete: c'è il segreto professionale, garantisco.

Niente foto. Niente foto.

Nessun cliente quando arriva né mentre va via. Nessuno.

Ho persino pulito i vetri, le maniglie e le fughe delle piastrelle. Non vorrei fare brutta figura col presidente della Repubblica, il papa o chi per loro.

Sugo è chiuso nel mio studio con una ciotola di crocchette a distrarlo.

Quando apro la porta mi trovo davanti un uomo sui quaranta, cappotto aperto, completo blu, camicia azzurra con le cifre ricamate ad altezza fegato, tipico genovese, cravatta blu regimental tono su tono. Sarà un banchiere famoso? Un senatore? Chi è?

Mi sorride e si infila in casa con un guizzo, chiudendo lui la porta.

"Scusi, preferisco che non mi veda nessuno," dice, stringendomi la mano.

Il mio appartamento è l'unico sul pianerottolo, la sola persona che poteva vederlo è quella che sta salutando.

"Sono Vittoria."

"Io..." Poi ride. "Stavo per dirle un nome inventato, ma ormai mi ha visto."

Ormai l'ho visto, già, e ancora non ho la più pallida idea di chi sia, ma sembra che la manchevolezza sia solo mia. Anche un nome inventato mi andrebbe bene, pur di sapere come chiamarlo.

Gli sorrido un po' complice, quell'ammiccamento da io so chi sei e tu sai che io so chi sei ma non lo diciamo perché ufficialmente non so chi tu sia.

Si siede, mi chiede se può fumare, preferirei di no, rimette le sigarette in tasca, tamburella sul tavolo, guarda il mazzo dei tarocchi, li prende, li osserva, me li restituisce.

"Dicono che lei sia brava."

"Speriamo che abbiano ragione," rispondo, prendendo il mazzo e cominciando a mischiare.

Ride nervoso. "Se qualcuno sapesse che sono qui, sarei finito."

Adesso, che esagerazione. "Non si sta mica facendo di cocaina davanti a un parco giochi."

Ride di nuovo. "Certo, ma uno nella mia posizione, capisce, può perdere tutta la credibilità guadagnata finora."

"Capisco," mento. "Allora, mi dica: perché è venuto da me?"

Si passa le mani tra i capelli, si sbottona la giacca. "Giusto, giusto," dice, poi tamburella di nuovo sul tavolo e infine ci batte sopra una mano. "Giusto."

Eh.

"Posso fidarmi?"

Santo cielo, è paranoico.

“Il suo istinto cosa le dice?”

Mi fissa, ci pensa, decide. “Mi fido.”

“Bene. Cosa vuole sapere?” gli chiedo, mettendo il mazzo davanti a lui e invitandolo a tagliare con la mano sinistra.

Lo fa con la destra. “Niente di sinistra, per me,” mi spiega con una piccola risata catarrosa.

“Chissà come si diverte il suo cardiologo,” dico, girando le carte.

Non capisce la battuta, ma fa finta.

“Devo prendere una decisione importante e non posso fare passi falsi,” comincia. E finisce. Questa, per lui, è una domanda.

Giusto un po’ generico e parecchio pleonastico. “Le tocca dirmi qualcosa di più.”

Si agita. Deve proprio parlare, non lo aveva messo in conto.

“Senta, Vittoria. Deve garantirmi che non dirà a nessuno quello che sto per rivelarle.”

Ancora. Ma chi pensa di essere, la Madonna di Fatima?

Lo tranquillizzo, e finalmente mi confida di avere un problema con una grossa azienda di cui non può fare il nome, ovviamente, costruita su un terreno che parrebbe intriso di scorie, probabilmente radioattive. Una bonifica comporterebbe milioni di euro e qualche anno di chiusura, ma si perderebbero quasi trecento posti di lavoro: l’azienda dovrebbe trasferirsi fuori dalla Liguria, o forse addirittura fuori dall’Italia. Sarebbe la rovina per centinaia di famiglie, un danno che avrebbe conseguenze gravissime sul territorio, l’indotto e la città.

Lo ascolto inorridita. Questo deficiente vuole far decidere ai tarocchi.

Tra una spiegazione e l’altra, deduco che è un assessore. Snobbo sempre la politica locale, e guarda invece quanto ci sarebbe da sapere.

"Ci saranno studi tecnici, relazioni, analisi, consigli degli esperti, qualcosa di certo e oggettivo su cui ragionare, no?" chiedo.

Ci sono, certo che ci sono, mi assicura. Infatti l'azienda si sta organizzando per andarsene e i sindacati hanno già dato l'allarme, la rogna è scoppiata, ma si può ancora gestire la notizia riguardo al rischio per l'ambiente. In fondo, è vero che il tasso di mortalità di quella zona è il più alto a Genova, però non è stato provato il collegamento con la contaminazione del terreno, lo si può minimizzare. Salvare quei posti di lavoro, ora, è una mossa politica che può permettergli di candidarsi a sindaco.

"Fino a quando l'azienda non sprofonda nel putridume della morte," dico.

Non registra il sarcasmo, sembra anzi ammirato dalla mia perspicacia.

"Sì," mi conferma, "ma quello potrebbe non avvenire mai. O avvenire tra dieci anni."

Giusto in tempo per farsi due mandati e lasciare al successore i funerali da gestire.

Vediamo cosa dicono le carte, dunque.

Non ci sono dubbi, hanno le idee chiare sulla faccenda: grande successo, carriera e benedizione se avrà il coraggio di fare la cosa giusta, futuro nefasto e sconfitte se non lo farà. Si consiglia una comunicazione pubblica efficace, faccio aggiungere da una carta a caso.

Alla fine mi ringrazia, di cosa lo sa solo lui, e mi lascia il doppio, come stabilito: nessun cliente prima e nessuno dopo avranno pure un prezzo. Prezzo che pensavo di non fargli pagare, prima di conoscerlo.

E comunque, questo qui, non lo avrei fotografato neanche se me lo avesse chiesto.

Nel pomeriggio conosco la Margherita. Così, con l'articolo. La Margherita è amica della Rosa, la signora del malocchio che il malocchio non ha più da quando le ho dato un po' di sale grosso del Carrefour. La Margherita ha settantasei anni e quattro galline, mi ha portato un po' di uova fresche avvolte nella carta del "Secolo XIX".

"Ho pensato che le facessero piacere," mi dice, prima ancora di entrare in casa.

Io, la Margherita, sento di averla già nel cuore.

È qui perché non vede mai i nipotini e vorrebbe capire se per caso ha fatto qualcosa di sbagliato con la nuora. Enrico, suo figlio, le dice di no, ma sono due mesi che non la vanno a trovare e lei ci andrebbe anche, da loro, ma le fa fatica prendere l'autobus e arrivare fino ad Arenzano, che ora abitano laggiù e per lei sono lontani. E poi non è sicura che alla nuora faccia piacere.

Gli occhi sono di un azzurro liquido, slavato dalla vita, i capelli raccolti e appuntati con le forcine, niente trucco, solo un velo di cipria e un leggero tremolio del viso e del collo, appena percettibile.

"E così sono due mesi che non vede suo figlio e i suoi nipoti?" le chiedo mentre mischio le carte.

"No, Enrico passa una volta alla settimana, ma i bambini sono sempre impegnati. Hanno scuola, nuoto, ginnastica artistica, i compiti, le feste, e quando mio figlio e mia nuora hanno bisogno di una mano li portano dai nonni materni, che abitano più vicino a loro. Da me non li portano più."

Dalla finestra le casca addosso un raggio di sole perfetto, le leggo le carte, la rassicuro, le vogliono bene, ma forse lei dovrebbe chiamare la nuora e dirle le cose che ha detto a me, la convinco, si convince, e quel raggio di sole continua a riflettersi sui suoi capelli, nel suo sguardo, se solo avessi la macchina a portata di mano le farei una foto così, adesso, ma sarebbe invadente da parte mia, non è come con Valentina, non è la stessa cosa. Però.

"Margherita, posso farle una foto?"

Lei si tira indietro, le spalle si stringono. "A me? Per carità, io sono vecchia."

"Magari ai suoi nipoti farebbe piacere avere una sua foto."

Si illumina. "Dice?"

Poi nota le fotografie appese. "Ma le ha fatte lei?"

"Sì, io."

Sorride. "Oh, ma io sono solo una vecchia," però lo è meno di prima, adesso sembra più una ragazza che si schermisce.

Mi alzo e vado a prendere la macchina prima che quel raggio di sole scompaia.

"Ma ha ben quattro galline che fanno le uova fresche, Margherita. Mi permetta di darle almeno una foto in cambio."

Taglierini all'astice

Giorgio, al telefono, è inflessibile.

"Sono passati due mesi, Vittoria."

"Lo so."

"E in due mesi quante volte sei uscita?"

Escludendo le cene da Alice, un paio di aperitivi con Monica, un altro paio con lui, il dentista, la banca, la spesa e l'indimenticabile festa della zucca wicca, nessuna. Se avessi un lavoro uscirei ogni mattina per andare in ufficio, salirei su un autobus, camminerei per la città, poi andrei al cinema, a teatro o a cena con amici, passerei qualche fine settimana fuori Genova, magari due giorni alle terme, magari a Ravenna da Irene... Ma quando non hai un impegno fisso che ti obblighi a muoverti, né soldi sufficienti a goderti una serata fuori senza eliminare mentalmente altre voci dalle spese future, la vita si complica e fare il paguro diventa un'opzione seducente.

E poi, non ne ho voglia.

"Stasera ti porto in un bel ristorante, quindi ti vesti bene, ti trucchi e ti fai trattare da donna."

"Giorgio, da te non vale."

"Preferiresti uscire a cena con uno sconosciuto?"

"Neanche se mi minaccia." Solo l'idea mi angoscia, ho il cuore e gli ormoni in prognosi riservata, esco soltanto con gli amici, il mondo oltre loro è un oceano in piena notte infestato da squali.

"Appunto. Quindi esci con me, resti in zona protetta ma rispolveri il mascara e ricominci a fare quella cosa impegnativa che si chiama vita sociale."

Sono già stanca.

Ma è Giorgio, quindi mi faccio una doccia, mi infilo un vestito un po' attillato e un po' scollato apprezzando i chili persi che mi hanno asciugata – l'unico effetto collaterale positivo della sofferenza –, calze velate, tacchi, trucco, profumo, e quando citofona sono pronta a scendere.

Mi aspetta in piedi, appoggiato alla macchina, braccia incrociate, sorriso obliquo.

"Ehi."

"Ehi."

"Sei bellissima." E mi apre la portiera.

"E tu sei sposato," gli ricordo, sedendomi e agganciando la cintura di sicurezza.

"Sei anche cretina," risponde, chiudendo e passando al suo lato.

Si siede, mette in moto, mi guarda. "Pronta?"

"Pronta."

Ci siamo amati molto, anni fa, ma a volte certe persone sono dei "per sempre" diversi da ciò che pensavamo. Bruciata la passione in un paio d'anni, ne abbiamo dedicati una dozzina a costruire la nostra amicizia, fianco a fianco, giorno dopo giorno, dolore dopo dolore, gioia dopo gioia, tendendoci la mano a vicenda ogni volta che uno dei due cadeva nel vuoto.

Lungo la strada telefona a sua moglie, la mette in vivavoce così ci salutiamo, ci ripromettiamo di vederci per quella cena da loro, sempre in sospeso, prima o poi ce la faremo, e "mi raccomando," dice lei, "fatti trattare bene".

Glielo prometto, glielo promette anche lui.

"Un giorno verrò in ospedale per verificare che non ci

siano davvero tuoi colleghi liberi e interessanti da presentare a Vittoria."

Lei ride. "Tesoro, magari ci sono e li voglio tenere per me."

Rido anch'io. "E fai bene! Non ci si può fidare degli uomini, neanche di quelli perfetti come il tuo."

"Ridete, ridete," Giorgio scuote la testa. "Tanto il prossimo fidanzato di Vittoria lo scegliamo noi."

Non ha tutti i torti. Forse l'usanza del matrimonio combinato, magari dagli amici più stretti, potrebbe essere la soluzione giusta. Perché se è vero che Federico è stato un grande amore, è altrettanto vero che scegliere i grandi amori non è la mia specialità.

Dal vivavoce, la moglie di Giorgio approva la mozione di suo marito.

"Io ce l'avrei anche, uno perfetto per te. Ma è troppo presto. Se nel frattempo non si sarà fidanzato, tra sei o sette mesi ne riparliamo."

Giorgio raddrizza la schiena e si avvicina al microfono.

"Sei o sette mesi? Stai scherzando? Entro un mese organizziamo una cena, tu intanto metti in giro la voce che ha la clamidia, così lo teniamo libero."

"È troppo presto," ribadiamo io e lei all'unisono, secche e risolute.

Come fa a non capirlo?

Le auguriamo buon lavoro e la salutiamo. Nel frattempo, siamo arrivati.

Ha prenotato in un ristorante sul mare, in riviera. Candele, musica in sottofondo, vetrate sull'orizzonte.

"Sei matto," bisbiglio mentre mi aiuta a togliermi il cappotto.

"C'è un grosso lavoro di compensazione da fare e ho il privilegio di essere l'unico uomo della tua cerchia stretta." Si toglie la giacca e porge anche quella alla cameriera. "Compensare più di tre anni di pizza e giapponesi all you can eat," aggiunge sedendosi, “impone di cominciare da qui, era il minimo.”

Gli ricordo che non sono una donna da champagne, mi conosce abbastanza da sapere che – se c’è l’amore – a me va benissimo anche la pizza.

“Certo,” concede lui, “ma non solo quella, soprattutto se non è – e non lo è – il tuo piatto preferito.”

In effetti non lo è, mai digerita la pizza. Ma Federico non mi lasciava molte alternative, a lui piaceva e io, sciocca, gli avevo fatto scoprire le migliori pizzerie di Genova.

Comunque non è quello il punto, so bene cosa mi vuol ricordare Giorgio. Nessuno di noi ha capitali alle Cayman o la Jacuzzi, non siamo cresciuti passando il Capodanno a Cortina, non andiamo a cena con lo yacht né a fare la spesa con la Porsche, a noi interessano la qualità, lo stile e il garbo. E scegliamo quelli, fin dove possiamo permetterceli, dell’ostentazione non sappiamo che farcene.

“È pieno di ristorantini deliziosi che costano poco più di due pizze, Vittoria, è solo questione di senso estetico e attenzione all’altro. E poi basta con questa recita del fiero proletario. Gli ho visto concedersi ogni capriccio, non è mai stata questione di soldi: li ha sempre trovati per le cose che interessavano a lui. Tu sei nata per il bello ed è la bellezza che salverà il mondo, non la paccottiglia.”

Poi ordina una bottiglia di champagne e chiude l’argomento.

So che ha ragione: non serve essere ricchi. Ma so anche che Giorgio non guadagna molto più di Federico, anzi, per cui scarto i piatti più cari e ordino una zuppa di cozze e un fritto di totani.

“Ti sono sfuggiti i taglierini all’astice?”

“Li ho visti, ma stasera non mi vanno.”

Lui si sporge verso di me, per assicurarsi che io afferri il concetto. “Vittoria, ti ho portato qui perché fanno i migliori taglierini all’astice della zona.”

E lui sa che potrei nutrirmi di astice per giorni.

Il maître ci guarda e la sua coda di pavone interiore fa un frullio che si sente fino a qui. “Posso permettermi di cancellare la sua ordinazione e sostituirla con i nostri taglierini?”

Mi arrendo e restituisco il menu. “Prego.”

“Due,” fa Giorgio. Poi borbotta e scrolla la testa, “cozze e totani... Quanto lavoro da fare”.

Beviamo, mangiamo, chiacchieriamo, ridiamo, ricordiamo, scherziamo, ci facciamo confidenze e io mi sento speciale.

“Lo rifaremo,” mi dice abbracciandomi sotto il mio portone. “Finché te ne starai rintanata, ogni tanto verrò a prenderti e ti porterò fuori a cena per non farti dimenticare quanto sei bella e come ci si deve far trattare.”

Mi fa male ricordarlo, e soprattutto non ricordare più quand’è stata l’ultima volta che lo ha fatto Federico.

“Dovrai accendere un mutuo, potremmo andare avanti così per molto,” gli dico.

Mi stringe e mi bacia sulla guancia. “Ti dimostrerò che si può fare anche senza accendere un mutuo o rapinare una banca, è solo questione di buon gusto. E del piacere di farlo.”

Fotomanzia

Da quando Valentina ha messo la foto che le ho fatto come immagine del profilo su Facebook, è tornata in auge la fotomanzia, sempre bisbigliata sottotraccia, abbozzata e mai richiesta. Lascio credere che questa misteriosa pratica divinatoria agisca di propria iniziativa, per cui si viene da me per le carte e poi, se mi parte l'embolo della fotomanzia, si viene immortalati per un oracolo straordinario. Non dico che la faccio assomigliare a uno stato di trance, ma lascio che l'idea sia in quei dintorni.

Non mi è chiaro come funzioni la fotomanzia secondo i miei clienti, ci pensano loro a definirla, io mi limito ad ammiccare quando viene avanzata qualche ipotesi che mi piace. Secondo alcuni immortalo i desideri rendendoli possibili, secondo altri riattivo l'aura, andando a solleticarla – qualunque cosa significhi –, e secondo altri ancora leggo l'anima usando l'obiettivo come filtro.

Io sorrido, non dico di no a niente e intanto aspetto. Aspetto che sia una lacrima, un punto di luce, un'espressione o una fragilità a colpirmi, a farmi formicolare le mani per il desiderio di fermare quell'impercettibile respiro in un'immagine.

Parlano, mentre li fotografo. Raccontano, si aprono, si fidano, si lasciano andare. E io li ascolto e fisso parole, paure, desideri, insicurezze, solitudini, speranze, disperazioni, rabbie, delusioni, passioni.

Poi si sentono svuotati – a volte più leggeri, a volte più consapevoli.

Vanno sempre via con un bouquet di speranze. Ho capito che l'onestà può essere elastica e offrire, ogni tanto, un cicchetto all'illusione. Chi viene a chiedere risposte sul futuro porta con sé un tacito accordo: non importa se vedi davvero qualcosa di bello per me, importa che tu me lo faccia credere, perché ne ho bisogno per andare avanti. Deve aspettarmi dietro il prossimo angolo, e se poi non ci sarà, sarò almeno andato avanti fino a raggiungerlo, quell'angolo, e poi il successivo e il successivo ancora, finché qualcosa accadrà, o almeno mi sarò allontanato dal dolore di partenza.

Se credessi nelle carte vorrei sentirmi dire che Federico tornerà, forse già a Natale o forse all'inizio della primavera, o magari per il nostro anniversario, e questo mi aiuterebbe a far passare il tempo necessario ad accorgermi che non mi aspetto più di vederlo spuntare. Perché arriverà quel giorno, deve arrivare.

Forse è un inganno, ma se nel vaso dei mali del mondo gli dèi avevano messo, per ultima, la speranza, era per non farci impazzire tutti.

Gianni è sulla cinquantina, stringe la tazzina del caffè che gli ho offerto, ne liscia i bordi col polpastrello, concentrato. Parla della moglie che gli ha portato via la figlia, non gliela lascia più vedere, e la ragazzina, dodicenne, sembra che sia stata plagiata.

"Non so cosa le abbia detto, non so perché mia figlia mi odi tanto. Non vuole vedermi, non risponde al telefono, se vado all'uscita della scuola tira dritto, protetta dalle amiche." Si passa una mano sulla fronte. "Non capisco, è mia figlia, fino a tre mesi fa ero il suo papà, ora sono uno sconosciuto... Anzi, peggio, sembra che mi disprezzi. O che abbia paura di me."

Mi giura di non aver fatto nulla di male. Sono una donna, capisce che io possa dare per scontato che un uomo abbia alzato le mani, se non peggio, e solo l'allusione lo disgusta. Siamo al punto in cui un uomo deve prevenire l'accusa, al punto in cui, per una donna, certe colpe sono quasi implicite. Quanti inferni abbiamo passato, per ridurci così.

Gli avvocati gli hanno sconsigliato di fare causa alla moglie: verrebbero coinvolti i servizi sociali e la bambina potrebbe essere affidata ad altri. Non vuole che sua figlia finisca in qualche casa famiglia, meglio senza di lui ma con la madre, in casa sua, con i suoi libri, i suoi giochi, i suoi poster.

"Con i tempi della giustizia italiana, poi, il rischio è che lei diventi maggiorenne prima della fine della causa," mi spiega. Sembra impossibile, ma tre avvocati gli hanno detto la stessa cosa.

Io ascolto, e scatto. Ho visto in lui lo sgomento e la disperazione più tagliente, ha occhi sinceri e gesti garbati.

Quando se ne va, ha con sé qualche miraggio in più e la voglia di combattere. Non si abbandonano i figli, ci sarà pure il giorno in cui si volteranno indietro e vedranno che i loro genitori non si sono mai allontanati.

Esce, tra le mani l'immagine di lui che parla della sua bambina.

Antonella ha trentacinque anni e il suo compagno l'ha lasciata dopo due anni di convivenza. Le ha dato due settimane per andarsene e intanto si è trasferito da un amico, così ha detto. Forse è vero, forse no, forse c'è un'altra, forse è da lei.

"Devo fare le valigie, quella è casa sua, ma non so dove andare. Sto facendo un part time in uno studio veterinario, ma è temporaneo e non posso pagarmi un affitto."

Piange e si vergogna. Cerca di trattenersi ma non ci riesce, il fazzoletto di carta le si sbriciola tra le mani.

Non hanno litigato, non è successo niente, semplicemente una sera lui le ha detto di non amarla più, si è scusato, ha riempito un borsone e le ha dato il termine per lasciarle la casa libera.

"È così facile?" mi chiede.

Abbasso la macchina fotografica.

"Non lo so. Per alcuni sembra di sì," le rispondo.

Ormai, l'amore è solo quello sfarfallio emotivo di inevitabile scadenza, non è più tutto il resto, una scelta, una costruzione, un impegno. Smette lo sfarfallio e finisce l'amore, si dice basta, a posto così, grazie di tutto, non mi interessa più.

Antonella sprofonda contro lo schienale del divano, la testa appoggiata, gli occhi chiusi. È stanca, smarrita. La sua bellezza è lacerante.

So cosa si sta chiedendo. Quando ha smesso di amarla?

Me lo chiedo sempre anch'io. Quando ha smesso di amarmi?

Dov'era lui, in quel momento, cosa stava facendo? E io dov'ero, cosa stavo facendo io? Cucinavo, pulivo la sabbia del gatto, stendevo i calzini, dormivo, leggevo un libro, lavoravo, facevo una lista?

Forse ero distratta, forse stavo parlando con qualcuno, magari di sciocchezze, magari no, e in quell'istante mi si spezzava il futuro.

Chissà se ero bella o se ero stanca, struccata, appesantita da una giornata che non mi era piaciuta. Chissà se gli stavo parlando di qualcosa, se lo stavo accarezzando o se non ero accanto a lui.

Com'è successo? Cos'ha sentito? Avrei potuto fare qualcosa?

E lui avrebbe potuto fare qualcosa o ha lasciato che quel

pensiero diventasse grande e ci dissolvesse? Lo ha contrastato o lo ha nutrito?

Ha lasciato che prendesse tutto lo spazio occupato da me fino a cacciarmi fuori, senza che io lo sapessi.

Forse è corso a sfogliare qualche manuale di psicologia che gli fornisse il nome e l'alibi per la sua diserzione, nei libri si trovano sempre le risposte che si cercano, basta adattarle alle proprie necessità con l'istinto primordiale dell'autogiustificazione.

Sì, me lo chiedo spesso: cosa stavo facendo nel momento in cui ha smesso di amarmi?

Stampo la foto che ritrae Antonella a occhi chiusi, in silenzio, sul divano, e gliela consegno prima che esca.

"Se tornasse," le dico.

Mi guarda. "Pensi che tornerà?"

"Forse." Chi può saperlo. "Ma se tornasse, ricordati che è così che ti ha fatto stare."

"Lo so," sussurra. "Ma lo rivorrei tanto."

Lo so.

Un posto che comincia con la *emme*

“Messico!” annuncia Alice mentre infilza un pollo delle dimensioni di un pallone da calcio e lo solleva dal brodo in cui lo sta facendo cuocere da non so quante ore.

Stasera ceniamo sano, ha deciso. Pollo bollito e verdure al vapore di contorno. A me sta bene, i polli glieli porta un contadino piemontese che li fa razzolare nella sua aia e li rimpinza di granaglie prodotte dal vicino di campo.

“Non esiste al mondo,” le rispondo finendo di apparecchiare.

Due settimane in Messico, vuole fare, una di tour culturale e una di totale relax su spiagge bianchissime.

“Andiamo, Vittoria, è una vacanza stupenda e io ho sempre voluto vedere le rovine azteche. Anche a te piacciono le cose antiche, no? Hai fatto il classico!”

Certo, le cose antiche, come no.

“Alice, mentre gli Aztechi sbudellavano gente per propiziarsi gli dèi, da queste parti Dante scriveva la *Divina Commedia*.”

Stringe gli occhi, detesta quando faccio la spocchiosa, è che ogni tanto mi scappa. Un po’ perché mi fa ridere.

“E con questo? Ogni civiltà ha il suo percorso.”

Verissimo, e in Sud America se la sono presa comoda.

Poi gli è piombata addosso l'Europa e niente, è andata così, sono diventati antichità.

"Mancano meno di dieci giorni a Natale, Alice, e qualunque viaggio è al di fuori della mia portata. Non farmelo ripetere ogni volta, ti prego."

"Noi andremo via di qui e torneremo dopo Capodanno," continua lei, ostinata. "Andiamo dove ti pare, metto solo un veto sulle crociere: ne ho fatte troppe per lavoro e quelle di Capodanno sono le peggiori, sembrano tutti scesi con la piena per l'unica botta di vita dell'anno."

Scoppio a ridere. "Io spocchiosa e tu snob, bell'accoppiata. Se non ci fanno fuori alla prima battuta, quasi ci rimango male. Per lo stesso principio, escluderei anche i villaggi turistici."

Inclina la testa di lato, ci pensa. "In effetti..." Poi raddrizza la testa, ha trovato una motivazione per salvare i villaggi. "Però se si va in un villaggio molto bello ci si gode la spiaggia, il mare, le noci di cocco fresche, e non si è tenuti a socializzare."

Alzo il bicchiere. "Questo è lo spirito giusto per andare in un villaggio turistico a Capodanno! Una valida alternativa alla misantropia."

"Maldive!" risponde lei, ignorandomi e con lo sguardo acceso da una specie di epifania.

"Te le scordi."

Alice tenta il compromesso, visibilmente infastidita dalla mia resistenza. "Almeno il Marocco, dai. È vicino, può essere anche una vacanza breve."

"Dev'essere per forza un posto che comincia con la *emme*?"

"Hai bocciato la Transiberiana," mi ricorda, spremendo la senape sul piatto. Perché mangiare sano va bene, ma non esageriamo.

Non so con quali altre parole dirglielo. Per gli agenti di

viaggi i soldi sono sempre un dettaglio, o comunque un problema facilmente aggirabile.

"Te li anticipo io," mi propone Alice.

Cerco di spiegarle che è una questione di priorità. "Una vacanza non è una priorità. Soprattutto una vacanza a Capodanno. Le priorità sono mangiare, pagare le bollette, il dentista, l'assicurazione e le crocchette del gatto."

"Anche stare bene, distrarsi, concedersi un lusso ogni tanto," rilancia lei.

L'ultima volta che sono andata in vacanza da qualche parte è stato con Federico, tre giorni a maggio, un giro in Toscana. L'ultima vacanza lunga è stata un anno e mezzo fa, a New York, sempre noi due. Non ci era mai stato, io la amavo da sempre, ero sicura che l'avrebbe amata anche lui.

"Troverò lavoro qui," mi aveva detto col naso alzato verso i grattacieli. "Magari di pochi mesi, ma ti porterò a vivere qui per un po'," mi aveva promesso.

Andavamo in giro pensando alle zone dove avremmo cercato casa – il Village? Tribeca? Soho? –, ai posti che saremmo andati a visitare in treno nei weekend – gli Hamptons, Boston, il Connecticut –, alle gallerie fotografiche dove avrei potuto esporre, alle foto che avrei fatto. Uno degli innumerevoli "faremo" sciolti nelle promesse mancate.

Ricominciare a viaggiare senza di lui, anche questo sarà un traguardo doloroso.

Ma devo arginare Alice, se andiamo avanti così rischio di trovarmi nel Borneo senza accorgermene. Anzi, in Malesia.

"Hai paura che veda Federico?"

Lei mi guarda seria. "Sappiamo che per le feste tornerà dai suoi. Ho paura che si faccia vivo e ho paura che non lo faccia."

Anch'io.

Quanto è stupido l'orgoglio

Il Natale, le feste, la fine dell'anno incombono con la loro parcella emotiva e le tariffe salgono in proporzione alla solitudine e al senso di perdita.

Le richieste di consulto hanno avuto un picco, a fine giornata ho il lavandino pieno di tazze e tazzine, la memoria della macchina fotografica satura e svariati pacchetti di fazzoletti di carta in meno. I tarocchi sono surriscaldati.

Oggi è tornata Francesca, la prima, quella da cui questa storia è iniziata. Non lascerà il fidanzato, e forse neanche il negozio di alimentari, ma si è messa a dieta, ha cominciato a usare il fondotinta e ha avviato una frizzante relazione platonica su Whatsapp, fatta di impliciti, omissioni e battutine, con il re di coppe che era spuntato durante la nostra prima lettura. Più che nei tarocchi, sto cominciando a credere nelle profezie autoavveranti e nei rinforzi positivi, i miei clienti mi danno una certa soddisfazione.

Mi sono permessa di dirle che entro l'inizio dell'anno nuovo vedo una serata di passione con questo tizio, le ho consigliato di accettare un eventuale invito a cena o al cinema, o chi lo sa cosa si inventerà quel disperato pur di farla uscire dalla chat.

È arrossita, ha agitato le mani e ha esclamato un "figuriamoci! Io non tradisco il mio fidanzato!", ma ho la sensazione che succederà. O almeno lo spero. Conto sul re di coppe. È un tradimento che farà del bene a tutti.

In attesa del prossimo cliente, lavo un po' di tazze e metto altra acqua a bollire. Ho praticamente aperto una tisaneria, con rari caffè, forse dovrei procurarmi anche del tè, dei biscottini, uno sherry per le veterane, Coca-Cola o Red Bull per i più giovani.

Alle sei, puntuale, suona Angelo, il signor Angelo, vicino di casa della Margherita che nel frattempo ha parlato con la nuora e ha già visto i nipotini un paio di volte. A proposito: a Natale sarà a pranzo da loro, era così felice che mi ha telefonato per dirmelo. È una delle poche clienti a cui ho dato il mio numero di telefono, non posso pretendere che usi Messenger, ha un pollaio vero di cui occuparsi, con galline vere – alquanto produttive, tra l'altro.

Angelo è sulla settantina. Capelli già bianchi su un uomo in forma, che cura l'abbinamento maglia, pantaloni e scarpe, nessuna fede al dito, le mani asciutte e nodose di chi le ha usate molto per lavori di fatica. Occhi grigi, sorridenti.

"Le chiedo scusa, io non credo un granché in queste cose, ma la Margherita ha insistito tanto che alla fine ho dovuto cedere per farla contenta."

Ricambio il sorriso e la stretta di mano. "E perché sennò non le dava più le uova, immagino."

Ride, ammette che è così, si toglie il cappotto e aspetta in piedi, davanti al tavolo, che io mi sieda per prima. Uomo d'altri tempi.

La tisana non la vuole ma promette di portarmi del ratafià, che lui è del Biellese e quando va dalle sue parti ne fa scorta.

Accetto volentieri, l'ho assaggiato una sola volta e ne ho un ottimo ricordo. E poi sarebbe perfetto per le mie vecchie ragazze in pensiero per i nipoti. Con un cicchetto a metà pomeriggio si ringalluzziscono, i tarocchi diventano loquaci e le foto si colorano.

Comincio a mischiare.

"Allora, Angelo, cosa la preoccupa?"

Il sorriso gli esce triste, gli occhi grigi si abbassano e si posano da qualche parte oltre me, oltre la finestra, oltre il presente.

"Mia figlia non mi parla da dieci anni."

"Perché?"

Apre le mani e poi le lascia ricadere in grembo.

"Non mi piaceva l'uomo che stava sposando."

I fidanzati durati più a lungo sono quelli che mio padre disapprovava. Probabilmente li avrei lasciati prima, senza quella sfida personale.

"Ma l'ha sposato lo stesso, immagino."

Angelo annuisce. "Sì, e ora si stanno separando."

Dieci anni sono un tempo abbastanza lungo da mandare in prescrizione i "te l'avevo detto".

"Cosa vuole sapere dalle carte?"

Mi guarda. "Se c'è una possibilità di riprendere i rapporti."

Finisco di mischiare e lo invito a tagliare il mazzo.

"L'ha cercata, in questi anni?"

No, non l'ha mai cercata, ha rispettato la sua scelta, mi dice. È separato, l'unica da cui ha qualche notizia della figlia è sua sorella, che con la nipote ha un buon rapporto. Ha due nipotini che non ha mai visto, una femmina e un maschio, sa che uno dei due è stato operato di tonsille, sa che sua figlia si è rotta una gamba ed è rimasta a letto oltre un mese, una brutta frattura, sa che vivono nella casa che lei ha ereditato dalla nonna materna, sulle alture di Pegli, una bella casa, grande, in mezzo al verde, sa che il lavoro le va bene, è una dirigente regionale molto apprezzata, ha fatto carriera con ogni giunta politica. E sa anche che non chiede mai di lui.

"È davvero arrabbiata," dico mettendo giù le carte. "Sicuro che sia solo perché non ha approvato il marito?"

"Be', non sono andato al matrimonio, ovviamente. E mi sono rifiutato di pagare il ricevimento per duecento invitati. Lo volevano loro, se lo pagassero loro. Le ho anche chiesto di ridarmi le chiavi di casa mia, non volevo che finissero in mano a un estraneo, e ho tolto il suo nome dalla mia assicurazione sulla vita e dal mio conto corrente. Quello lì, secondo me, ci aveva messo gli occhi sopra."

Una disapprovazione piuttosto bellicosa.

"E il marito si è in effetti rivelato un opportunista?"

Angelo fa un sospiro e alza le spalle. "Non tanto. A quanto ne so, si è dato da fare come ha potuto, ha cambiato diversi lavori, non gliene andava mai bene nessuno. Un po' si è adagiato sulla casa e lo stipendio di Roberta, ma non è un farabutto... Un inconcludente, un uomo da poco, ma non un farabutto."

Resta il fatto che non sarebbe comunque mai stato all'altezza di sua figlia, questo mi pare chiaro.

Cerco tra le carte qualcosa che possa avere senso dirgli e racconto della nostalgia che sua figlia ha di lui, del desiderio che ha di rivederlo, del primo passo che lui dovrebbe fare, cercandola, chiedendole scusa, riconoscendo di avere esagerato e di averlo fatto solo per proteggerla, ma di avere sbagliato.

"Io non ho sbagliato!" mi interrompe lui.

Lo guardo. "Sicuro?"

Abbassa gli occhi. "Ho un po' esagerato, ma quell'uomo non vale un'unghia di Roberta."

"Su questo ha ragione, lo dicono anche le carte. Ma lei ha rifiutato sua figlia, non quell'uomo."

Tira su la testa di botto, raddrizza la schiena, batte le mani sul tavolo. "Io non ho mai rifiutato mia figlia!"

Si alza e cammina fino al divano, poi torna indietro.

"Ho rifiutato mia figlia?"

Possibile che in dieci anni nessuno glielo abbia fatto notare? Nemmeno sua sorella? Qualcuno lo avrà pur fatto, ma non è detto che lui lo abbia ascoltato.

"Sì."

Mi guarda, mi soppesa.

"Lei ha più o meno la sua età. Ha mai vissuto con un uomo che non piaceva a suo padre?"

Gli unici due uomini con cui ho vissuto, a mio padre piacevano, in effetti. Visto com'è andata non è stata una garanzia di successo, ma l'ho avuto al mio fianco quando quelle storie sono finite.

"Mio padre si è accorto prima di me che il mio matrimonio non funzionava, che ero infelice."

Angelo, sempre in piedi, aspetta che io continui.

"E un giorno mi ha detto solo questo: 'Se stai pensando di separarti, te li do io i soldi per l'avvocato. L'importante è che tu stia bene, e purtroppo non mi sembra che sia così'."

"E lei?"

"Mi sono separata. È stato un grande dolore, io e mio marito ci volevamo molto bene, non abbiamo mai smesso di volercene, come lui e mio padre, che ancora si sentono per gli auguri di compleanno e di Natale. Ma è andata così. E avere il sostegno di mio padre mi ha dato la forza di prendere quella decisione."

Infila le mani in tasca. Riflette. Cammina ancora verso il divano, poi torna di nuovo davanti al tavolo.

"E il secondo? Ha detto che ha vissuto con due uomini. Neanche il secondo ha deluso suo padre?"

Ripenso a mio padre seduto sulla sua poltrona, leggermente chinato verso di me, i gomiti appoggiati sulle ginocchia, lo sguardo amareggiato e impotente, quasi lucido. "Lo abbiamo accolto come un figlio," mi ha detto. "Gli abbiamo voluto bene come se fosse sempre stato di famiglia. Non ci ha neanche fatto una telefonata per salutarci, per dirci qualcosa. Come se, per lui, non fossimo mai esistiti."

Anche i miei si sono sentiti lasciati da Federico, un pensiero che non avevo mai realizzato fino a quel momento. Né avevo considerato che delicatezza e codardia vanno a braccetto, a volte.

E poi quella telefonata, il giorno del trasloco. "Vittoria, non sei sola, noi ci saremo sempre, perché ti vogliamo bene. E noi non cambieremo idea."

Mio padre non ha mai avuto bisogno di troppe parole per arrivare dritto al cuore. Quanta forza averlo dalla mia parte.

"Sì, lo ha deluso, Angelo, ma non è questo il punto. Non l'ho deluso io."

La sua testa resta chinata, le mani non più in tasca ma serrate, nervose.

Raccolgo le carte, non credo servano più. Ora bisogna lasciare spazio alla consapevolezza, che arriverà con la forza di dieci anni perduti.

La mia macchina fotografica è qui accanto, non oso toccarla, mi sentirei di invadere un momento solo suo.

Segue la linea del mio sguardo e la nota anche lui.

"Ha fatto delle belle foto, alla Margherita. Sa che i nipoti le hanno volute per l'album di famiglia?"

Lo so, la Margherita me l'ha raccontato.

Indica il divano. "Posso?"

Certo che può, gli rispondo, lui va a sedersi, un gomito sul bracciolo, la testa sulla mano aperta, gli occhi chiusi.

Mi alzo e mi avvicino. "Sicuro di non volere qualcosa? Ho del whisky."

Accetta.

"Può fare delle foto, se vuole," mi dice mentre gli porgo il bicchiere.

Rido. "In cambio del whisky?"

Beve un sorso. "Se me ne dà ancora un po', sì."

Gliene verso ancora un dito, ne verso un dito anche a me e mi siedo accanto a lui, posso anche non fare foto stavolta.

Angelo alza il bicchiere accennando un brindisi, poi beve. "Sono stato un cretino, vero?"

Bevo anch'io. "Capita a tutti, qualche volta. Diventa grave se non si fa niente per rimediare."

Viene fuori a poco a poco che sua sorella sono anni che glielo dice, ma lui è sempre rimasto fermo sulla sua posizione come una statua in una piazza, ammette. Aspettava che il primo passo lo facesse sua figlia.

"Quanto è stupido l'orgoglio," sospira.

O la paura del rifiuto.

"E sua figlia ha preso da lei, mi pare."

Sorride, ne è un po' fiero. "Sì, quello lo ha preso da me."

"Bene, allora sa cosa fare."

Si volta verso di me, sembra che non lo sappia.

Quante istruzioni bisogna ancora dare a quest'uomo?

"Faccia esattamente quello che lei vorrebbe che facesse sua figlia!"

Se ne va promettendomi di tornare con il ratafià e per dirmi com'è andata. Non so se la risolveranno al primo tentativo, ma sono certa che si ritroveranno, se lui vincerà l'orgoglio e riconoscerà il suo errore.

Non lo dico da cartomante, lo dico da figlia.

Passavo di qua

Domani è Natale. Per fortuna ho sempre avuto la sindrome della formica e ho due cassetti pieni di regali comprati qua e là, pensando a questo o a quello, ogni anno immancabilmente dimenticati all'apertura della caccia alla strenna – ma non quest'anno. La necessità ha aguzzato la memoria, più che l'ingegno, quindi sono qui che scelgo tra gli oggetti accumulati quali potrebbero piacere di più.

La carta da regalo è sul tavolo, nastri colorati, forbici, scotch e un gatto convinto che io abbia messo su per lui questo luna park.

Faccio un fiocco attorno a un tappo di sughero e lo lancio nel corridoio. Sugo gli vola dietro e comincia a frombolarlo per la casa, per un po' dovrei poter far pacchetti tranquilla.

Se non squillasse il cellulare. Calliope.

È un'amica di Federico, o meglio, un suo contatto Facebook, credo che si siano visti giusto una volta quando lui è andato in Toscana per lavoro. Poi, mi aveva detto lui, è stata una dei pochi che ha sentito assiduamente nel periodo di isolamento.

Ci eravamo scambiate il numero mesi fa per una cena a Genova che poi è saltata. Erano ancora i tempi in cui io e Federico eravamo una cosa sola e nessuno lo metteva in dubbio.

"Ciao Vittoria. Come stai?"

Sembra sincera, sembra gentile, sembra un sacco di cose e io mi chiedo perché mi ha chiamato, cosa vuole sapere, cosa vuole dirmi. Lascio perdere nastri e forbici, mi rannicchio sul divano e cerco di capire se sono contenta di questa telefonata. Credo di sì. È l'unica, tra gli amici di Federico, a essersi fatta viva.

Glielo dico, come sto. Non mi interessa, nel privato, mantenere l'immagine della donna tutta d'un pezzo, che guarda avanti a testa alta, sicura di sé e inscalfibile.

Lei premette di non sapere esattamente cos'è successo, perché con Federico si sono sentiti qualche volta ma non sono così in confidenza. Strano, lui mi aveva parlato di lunghe chat e telefonate, intime e personali. Ma se vuole sentire la mia versione, nessun problema, eccola, che faccia da sola i confronti, se si è presa il disturbo di chiamarmi.

Ascolta, si indigna, si stupisce, si dispiace, parteggia, comprende.

"Sai, tu gli hai fatto da madre," sentenzia poi, e mi spiazza, considerato che se c'è una priva di istinto materno quella sono io, un tipo che accudisce, d'accordo, e nei mesi in cui Federico diceva di essere in crisi ho dovuto, mio malgrado, avere la pazienza di una madre. In ogni caso, non sentivo la mancanza di una perfetta sconosciuta che venisse a spiegarmi come avrei gestito, secondo lei, il mio rapporto di coppia.

"E lui non ti amava più da tempo."

Resto di ghiaccio.

Mi ha chiamato per dirmi questo, per verificare che non ci fosse più un barlume di speranza, in me?

"Te l'ha detto lui?"

"No, no, assolutamente. Anzi, lui mi diceva che era convinto di aver trovato la donna della sua vita. È una mia opinione, ma io non credo nell'amore costante," mi spiega, un'idea che si affretta a illustrarmi.

Secondo lei si ama a intermittenza, a volte si smette del

tutto, a volte si ricomincia, e da quello che le ho raccontato le sembra chiarissimo che lui aveva smesso di amarmi da mesi, probabilmente non ne era consapevole o faticava ad ammetterlo anche a se stesso. È tornato pochi giorni solo per nostalgia, poi è dovuto scappare.

Grazie. Domani è Natale, io rispondo al telefono ed esce fuori un pugno che mi arriva dritto in faccia. Così, perché stamattina una sconosciuta si è svegliata e ha sentito il bisogno di venirmi a cercare per tirarmelo.

Avevo già abbastanza difficoltà ad accettare la fine della mia storia, ora mi vengono strappati anche gli ultimi ricordi, gli ultimi momenti insieme. All'improvviso, mentre incartavo regali.

Meno male che è l'unica tra gli amici di Federico a essersi fatta viva, non credo che reggerei altre dimostrazioni di stima e solidarietà.

Del resto, anch'io rovescio le mie opinioni sulla processione di sconosciuti che suona ogni giorno al mio campanello, e forse li trafiggo senza rendermene conto, ma almeno offro i miei pareri a richiesta, mascherandoli da oracolo, con un reciproco accordo, parole soppesate, una tisana calda e una razione di fiducia.

Non è la stessa cosa.

"Scusami, Vittoria, se mi sono permessa di essere così schietta. Mi sei sempre piaciuta, sei in gamba, piena di risorse, e ti sei ritrovata tra le mani un ragazzino immaturo... Mi è spiaciuto per te, ecco. Insomma, spero di non essere stata inopportuna."

Figuriamoci. Chissà cosa intende per "inopportuno".

"Non doveva tornare per quei dieci giorni," continua. "E se lo sento gli vieto di venirti a dire, nei prossimi mesi, che ti ha lasciato ma ti ama! Deve lasciarti libera di andare avanti."

"Credevo che non foste così in confidenza."

Non lo sono, ribadisce, ma se le capita l'occasione posso star certa che ci pensa lei, a proteggermi.

Sono sicurezze di cui essere grati.

"Vittoria, ascoltami, non puoi amarlo ancora, non ha senso. Non si può amare chi non ci ama, è contro natura."

Io, davvero, non riesco a capire se questa voglio abbracciarla per essersi improvvisata così amica o se voglio investirla con la macchina per evitare che si improvvisi così amica in futuro, anche con altre.

Comunque, prendo nota: non si ama chi non ci ama. Una lezione di vita non richiesta arrivata come un regalo di Natale.

La saluto e la ringrazio. Mi dice che tifa per me, e probabilmente è anche sincera.

Faccio prove di respiro e mi sembra tutto sotto controllo, sono calma, posso riprendere a fare riccioli ai nastri. O potrei, ma stavolta è il campanello che mi interrompe.

"Passavo di qua," dice mia madre, intabarrata in colbacco, sciarpa e piumino color castagna. "Ti ho portato dei tortellini per stasera, così tu e Alice avete già il primo, e un pandolce, che magari poi te ne tieni un pezzo per la colazione."

Detesto le improvvisate. E lei lo sa.

La faccio entrare.

"Mamma, Alice ha già preso tutto per stasera, non posso arrivare lì coi tortellini da fare in brodo. E il pandolce Alice lo fa in casa, lo sai, ogni anno ve ne manda uno."

Lei lascia il sacchetto sul tavolo, sopra la carta regalo, e sbuffa levandosi il colbacco. "Con te si sbaglia sempre. Butta via tutto, allora, se ti dà così fastidio! Una volta tanto potresti anche solo dire grazie."

Certo, grazie, non lo dico mai, come no. "E tu, magari, qualche volta potresti chiederti che cosa mi farebbe davvero piacere, anziché deciderlo da sola. Alice è da ieri che cucina e io arrivo con i tortellini, sono giorni che sforna pandolci e io arrivo con un pandolce. Grazie, mamma!"

Lei si volta e torna verso la porta. “Sei così nervosa, non ti si può dire niente. Non mi meraviglia che Federico se ne sia andato.”

Un vassoio da pastificio vola, si schianta contro il muro e a terra scende una pioggia di tortellini. Lo segue un pandolce, che se la cava con un’ammaccatura e poi cade sul pavimento con un tonfo. Sugo scappa sotto il divano, mia madre si gira di scatto con gli occhi spalancati, io sento solo il collo, le braccia, le gambe tremare. In mano ho ancora il sacchetto, vuoto. Non ce la faccio più.

“Ti sembro nervosa, mamma? Sì, eh? Sei sempre così intuitiva!” Ho alzato la voce. “Chissà come mai sono nervosa... Forse perché l’anno scorso la mia vita esisteva e ora no?, che ne dici? Ma certo, Federico se n’è andato per colpa mia, è ovvio, sono sempre io che sbaglio, del resto ho un caratteraccio, rispondo male, sono aggressiva. Ha fatto proprio bene Federico ad andarsene, dev’essere stato tremendo vivere con un mostro come me!”

Lei è ferma, la mano sulla maniglia della porta, la voce calma.

“Non ho detto che è stata colpa tua, dico solo che se rimani sempre da sola forse dovresti capire cos’è che non va in te. A volte dai delle risposte che possono far rimanere male chi ti vuole bene.”

Non ti amava più, se n’è andato perché in te c’è qualcosa che non va... Ma perché non mi lasciano in pace, perché vengono a cercarmi per sputare le loro maledette sentenze?

Adesso non urlo, la rabbia mi tira fuori una voce bassa e scandita.

“A volte do le risposte che gli altri si meritano, e troppe volte non le do. Federico non se n’è andato per quello, lo hai visto trasformarsi anche tu, io non so chi sia la persona che se n’è andata, so solo chi era la persona che ho perso.”

Lei annuisce e guarda Sugo, che nel frattempo è sgusciato da sotto il divano e sta assaggiando i tortellini. Almeno lui li ha graditi. Mia madre prova ad allontanarlo con la punta del piede, sfiorandolo appena, ma lui non si scompone e cambia tortellino.

"Forse è stato meglio così, Vittoria," mi dice con un tono che all'improvviso mi fa sentire in colpa. "Troverai di meglio, se riuscirai a essere un po' più disponibile." Come non detto.

Poi apre la porta. "Ci vediamo domani a pranzo, fai gli auguri di Natale ad Alice da parte mia," e se ne va.

Faccio prove di respiro, niente è sotto controllo.

Raccolgo il vassoio, salvo i tortellini rimasti nella carta. Li darò, insieme al pandolce, al ragazzo davanti al Carrefour. Avrà pure qualcuno con cui dividere la cena, e non credo che gli importi molto se le confezioni sono ammaccate.

Troverò di meglio se riuscirò a essere un po' più disponibile, dice lei. Non lo so. Non so se troverò di meglio, meglio di quello che ho avuto, meglio di me e Federico insieme, meglio del nostro abbraccio della buonanotte, del suo seitan con le verdure, dell'appuntamento nudi alle sei del pomeriggio o della voglia di raccontarci tutto perché tutto era più bello se potevamo condividerlo. C'è qualcosa di meglio? Meglio di quella sensazione di essere casa? Io non ho sbagliato, questa volta. Sono stata tutto quello che potevo essere, per lui, ho dato tutto quello che potevo dare. Non ho sbagliato.

Sugo, nel frattempo, finito l'imprevisto banchetto, sta di nuovo raspando contro la porta dello studio di Federico, che devo ricominciare a chiamare camera degli ospiti. Lo fa ogni mattina, raspa e miagola, lo chiama. Da due mesi e mezzo. Poi comincia a cercarlo per la casa, va negli angoli dove Federico lo faceva giocare e miagola ancora. Se entra nella mia stanza sale sul letto, si accovaccia sul cuscino dove dormiva lui e controlla l'entrata. Federico lo faceva sempre andar via da lì, ora Sugo sembra restarci di malavoglia, con la sua piccola provocazione che passa inosservata.

È straziante e non aiuta il suo piangerlo, il suo chiamarlo, il suo modo di evocare ogni giorno il fantasma.

Lo prendo in braccio e lo accarezzo, parlandogli sottovoce.

"Stupido coso di pelo, come fai a pensare che lui sia ancora lì dentro? Sii un gatto, perdio! Dove l'hai lasciato l'istinto?"

Lui ovviamente non capisce, si prende due carezze e poi si agita per scendere.

Distrarsi, pensare ad altro, spostare i pensieri subito. Accendo la radio e decido di cambiare le lenzuola, anche se il letto lo avevo già fatto, mettere in ordine mi fa bene.

Non è stata colpa mia, mi ripeto.

Ma intanto mi rimbomba in testa l'altra staffilata: non mi amava da mesi.

Sposto dal comodino la sveglia gialla che mi aveva regalato l'ultima volta che siamo stati all'Ikea, quando ha comprato quella maledetta libreria. C'era un cesto di sveglie colorate, la volevo gialla ma sembravano esserci tutti i colori tranne quello. Lui ha cominciato a scavare, spostare, rovistare finché non ne ha trovata una, in fondo, sotto una montagna di verde, rosso e blu. Un altro dei nostri piccoli ricordi stupidi, forse l'ultimo, lo avevo chiamato il mio cavaliere della sveglia gialla e me l'ero tenuta vicino, quella sveglia.

La prendo e la lancio contro il muro, forte, più forte che posso, voglio che si frantumi, invece perde solo la pila e il suo coperchio.

La raccolgo, la scrollo e dentro sento un rumore di minuscoli ingranaggi sopraffatti e per nulla incolumi. E così spero di lui.

COSE CHE HO FATTO PER AMORE E CHE NON RIFARÒ MAI PIÙ

Mangiare all'Ikea
Regalare mobili per fargli spazio
Stendere dozzine di calzini, ogni settimana
Ceretta integrale
Ascoltare tre canzoni consecutive di Baglioni
Parlare di menopausa con sua madre senza riuscire a cambiare discorso
Farmi truccare da gatto per la festa di sua cugina
Essere crudista per un mese
Cucinare il pesce
Fargli scoprire le migliori pizze di Genova
Perdere la settima stagione di "Mad Men"
Camminare a piedi nudi su un sentiero in montagna
Confermargli che il suo parrucchiere è il migliore
Sottovalutare i fatti
Credere alle parole

C'è sicuramente qualche posto nel mondo

Entro in casa di Alice e sento profumo di zabaione. Ha apparecchiato in sala, è tutto rosso, tovaglia rossa, tovaglioli rossi, candele rosse e persino un piccolo Babbo Natale di ceramica.

Di fianco alla televisione, un albero annuncia festosissimo che è la Vigilia, pavoneggiandosi con centinaia di lucine, palline, stelline, fiocchetti.

Dallo stereo, carole natalizie.

"Alice," dico a voce abbastanza alta da farmi sentire fino alla cucina. "Se ora scopro che hai addosso un maglione con una renna ricamata, scappo."

Lei spunta con un cappon magro tra le mani, adagiato su un piatto rosso, e lo posa di fianco al piccolo Babbo Natale.

"Sciocca. Non l'ho trovato, sennò ne avrei presi due e ti avrei costretta a metterlo stasera."

Però ha una maglia rossa e un cerchietto con le corna da renna.

La fisso, le indico la testa. "Ti spiace se evito almeno le corna natalizie?"

Lei mi lancia un berretto da elfo. "Per te ho preso questo. Certo, potevi mettere qualcosa di rosso, su tutto quel nero, eh."

Mi sfilo cappotto e sciarpa e mi metto il berretto da elfo. "Contenta?"

Lo è. Poi mi schiocca due baci sulle guance, "buon Natale!", e va in cucina a stappare una bottiglia di vino. Rosso, ovviamente.

Io poso sul tavolo la frutta secca e i cioccolatini di Zuccotti, imprescindibili, e la raggiungo.

Domani saremo entrambe ai rispettivi pranzi di famiglia, ma stasera è nostra. Ha deciso che a casa da sola il 24 dicembre non ci restavo e ha costruito un Natale per noi.

Io quest'anno, a casa, non ho messo neanche una lucina.

All'albero ho rinunciato già da un po', con l'arrivo di Sugo e del suo talento naturale per il danno permanente. Dopo aver raccolto da terra, per una settimana di seguito, una strage di rami, palline e festoni masticati, ho deciso di limitarmi a inghirlandare le cornici a distanza di gatto e a decorare di lucine i mobili del soggiorno. Dava comunque un'aria di festa. Questo Natale, però, ho voluto lasciarlo passare in sordina, anonimo e discreto come un giorno qualunque di un mese qualunque – tipo marzo, toh.

Alice permettendo.

Mentre mi versa il primo bicchiere, le racconto di Calliope, un gesto carino chiamarmi per sapere come sto, un atto di stima nei miei confronti e di ammissione di quella metamorfosi a cui abbiamo assistito tutti impotenti.

Alice non sorride, ascolta con la bottiglia in mano, aspetta che io finisca di descrivere la voce gentile di Calliope, la sua empatia, il suo desiderio di farmi sentire solidarietà e vicinanza, la sua sincerità. Forse un po' inattesa e irruente, ma spontanea.

Poi sbatte la bottiglia sul tavolo.

"Ma chi è, 'sta qui? Cosa vuole? Ma come le viene in mente di farti una telefonata del genere? Tu guarda questa. Si è laureata in psicologia per corrispondenza all'università della strada?"

"Calmati, Alice. È anche tra i miei contatti, ci siamo scritte un paio di volte, voleva essere gentile. Anche tu hai scritto a Federico per salutarlo quando è partito per la Svizzera. È stato solo un gesto affettuoso."

Alice ribolle, lo spirito del Natale è appena fuggito a nascondersi nell'armadio.

"Io Federico l'ho frequentato per tre anni, lo consideravo un amico, gli volevo bene e gli ho scritto perché aveva senso salutarlo nonostante il modo in cui si è comportato con te. Questa chi è? L'hai mai vista? È amica tua? No."

Afferra il cellulare e la cerca su Facebook, le setaccia la bacheca, spigola nelle sue foto, legge i suoi post, controlla chi la commenta. Poi si calma.

"Ok, dissimula saggezza e superiorità, dà l'idea di essere proprio una che spiega la vita agli altri, di suo. Non penso che sia un'amante di Federico."

"Non penso neanch'io. Forse voleva davvero solo sapere come sto," azzardo. "È pure sposata."

Come se questo fosse un ostacolo.

"Ma resta una inopportuna carogna, su questo siamo d'accordo?"

Annuisco, rido. "Va bene, come vuoi, è una inopportuna carogna, ora però facciamo tornare lo spirito del Natale, d'accordo?"

Alza il bicchiere e brinda.

"Si fotta. Si fottano tutti gli amici di Federico. Si fotta anche Federico."

"Non è molto in spirito natalizio, eh."

"Si fotta anche lo spirito natalizio," dice la donna con le corna da renna alla donna con il berretto da elfo.

Beviamo. Poi riempie i piatti di minestrone alla genovese e io li porto a tavola.

Non riusciremo mai a mangiare tutto quello che ha preparato, ma non importa, ci sono sempre il freezer e le cene degli avanzi.

“Hai rischiato anche i tortellini in brodo. Mia madre si è palesata oggi con la sua idea di cena della Vigilia.” E le racconto la mia scenata.

Alice scoppia a ridere, ha un debole per mia madre. “Non ne fa una giusta ma non si arrende mai, è adorabile. Le hai chiesto scusa?”

Certo, mezz’ora dopo le ho mandato un messaggio per dirle che mi spiaceva aver perso la brocca. Mi ha risposto che mi vuole bene.

“E lui te li ha fatti gli auguri?”

“Non ancora.”

Perché me li farà, certo che me li farà. Tra una portata e l’altra controllo ancora una volta il cellulare: i soliti messaggi uguali per tutti mandati a raffica da chiunque, un bacio da Giorgio, il tarocco del Carro da Monica, una renna pirata che scappa con la slitta dei regali da Irene, mia madre che saluta Alice e mi aspetta domani, la zia che mi rinnova l’abbonamento a Netflix anche se avrebbe preferito regalarmi della lingerie di pizzo come buon auspicio. Nessun segno da Federico. Ma me li farà, gli auguri, certo che me li farà.

Mi alzo e metto il cellulare in borsa, basta schiavitù, adesso è la Vigilia e io ho la fortuna di avere un’amica che ha trasformato casa sua nella succursale di un romanzo di Dickens.

“Oh, bon, visto che sei già in piedi, ti do il mio regalo!” trilla lei, alzandosi e andando a frugare sotto l’albero.

“Ma non aspettiamo la mezzanotte?” dico seguendola e tirando fuori da un sacchetto il mio regalo per lei. Una coperta con le maniche per le nostre maratone di serial e un corso di yoga via video, da fare in casa.

“C’è sicuramente qualche posto nel mondo dove in questo momento è mezzanotte,” risponde consegnandomi una busta.

È la nostra frase per i compleanni, quando avevamo deciso di aspettare la mezzanotte per festeggiare ma alle dieci abbiamo già sonno.

"C'è sicuramente qualche posto nel mondo dove in questo momento è mezzanotte," confermo. E apro la busta.

Un biglietto aereo e il voucher di un hotel.

"Si va a Londra!" Alice batte le mani, felice. "In un albergo fantastico nel West End, ho già preso i biglietti per due musical!"

Partiamo dopodomani, torniamo a gennaio.

Buon Natale

Apro gli occhi alle sette, un traguardo. Dormire cinque ore di seguito è una piccola conquista: sono passata da notti insonni a sonni di due ore in due ore fino al mattino, spezzati da risvegli agitati e polmoni schiacciati. Quando tornerò a dormire le mie otto ore mi autocertificherò, se non guarita, almeno convalescente.

La giornata inizia con la calma dell'inverno, una luce fioca e tardiva e il silenzio dei giorni di festa. Apro la finestra e fuori c'è il Natale.

Addobbi, luci, decalcomanie a tema che scompariranno il 7 gennaio, qualche luce accesa – devono essere le case con bambini, a quest'ora da piccola avevo già scaraventato i miei genitori giù dal letto per poter aprire i regali, credo siano cose che non sono cambiate, queste.

Mi piaceva il Natale, quando ero bambina. Era un riunirsi di amici e famiglia, giocare insieme, mangiare senza regole, l'odore di nuovo che usciva dai pacchetti, la carta colorata che bruciava nel caminetto, le monete di cioccolato appese all'albero, le vacanze, i cartoni animati al cinema, il luna park alla Foce.

Oggi il Natale ha perso quella magia. L'eccitazione dell'attesa è diventata caccia spasmodica al regalo, organizzazione millimetrica delle cene, delle decorazioni e degli auguri da mandare, ansia di non riuscire a tenere tutto insieme, eppure... Eppure alla fine si incastra tutto, e quel giorno sei di nuovo seduto a tavola con le persone a cui vuoi bene e il salmone affumicato, l'insalata russa, i tortellini in brodo, il vitello tonnato, la torta di carciofi, i peperoni al forno senza pelle, il pandoro con lo zucchero a velo, il torrone al cioccolato, lo zenzero candito sono tutti piccoli modi di dirsi "ti voglio bene" – perché quello l'hai preso per me, questo l'ho fatto per te, quello piace a lui, a quello ci tiene lei.

Vado in cucina a prepararmi la tisana, dai miei andrò verso mezzogiorno, ora devo solo fingere per qualche ora che sia un giorno qualunque.

Sugo ha dormito nello studio di Federico. Stanotte raspava a quella porta senza sosta, alla fine gliel'ho aperta, stremata.

Dal cellulare, il trillo di un messaggio.

Ciao, Vittoria. Buon Natale, spero che siano buone feste per te. Magari è una stupida formalità, magari non apprezzi. Però volevo scriverti.

Federico. Per un attimo, un solo attimo, sento che mi si ferma tutto, dentro. Il respiro, la circolazione, il battito cardiaco, le sinapsi. Mi aspettavo gli auguri di Natale, ma in questo momento, a quest'ora, avevo le difese abbassate.

Mi siedo sul divano, leggo più volte il messaggio, intanto Sugo mi raggiunge col suo topino e mi si acciambella di fianco. Chissà se lo ha sentito.

Forse è una formalità, ma spero che non sia così, gli scrivo. *È il primo Natale senza noi*, continuo. *Sono vuoti con cui devo fare i conti.*

Invio, aspetto, la doppia spunta azzurra della lettura compare subito, poi quello *sta scrivendo* di Whatsapp che può durare mezz'ora per un "ciao".

Ma Federico è veloce e questa è la nostra finestra.

Non ti ho scritto per formalità, ci tenevo davvero.

E mi racconta del vecchio fioraio vicino a casa dei suoi che controllavamo ogni volta che andavamo a trovarli, sempre seduto nel suo bugigattolo, sempre nella stessa posizione, tanto da pensarlo impagliato, e di averlo visto alzarsi e uscire per fumare una sigaretta. Mi aveva scritto subito per dirmelo, sorrideva da solo pensando che avrei sorriso anch'io, e ha atteso, guardato lo schermo, come se le parole si potessero inviare da sole. Poi ha cancellato tutto.

Avrebbe voluto scrivermi quando ha visto una mostra fotografica immaginando i miei commenti, i suoi e quello di cui avremmo continuato a parlare a cena.

Avrebbe voluto scrivermi quando ha visto un gatto bianco e nero uguale a Sugo correre dietro una mosca in un giardino in Svizzera e di essersi messo a piangere, perché non era Sugo, e non c'ero dietro io che lo rincorrevo.

Avrebbe voluto scrivermi due giorni fa, quando è tornato a Genova per la prima volta dopo mesi.

Però non ti ho scritto. Avrei voluto, ma questo non cambia i fatti. Ho aspettato il Natale per avere una scusa, ma questo di nuovo non cambia i fatti. Pure nella scelta di non fare c'è un qualche senso.

Quale sia il senso, però, io non riesco ancora a capirlo. O ad accettarlo. A me sembra tutto così assurdo.

Continua a digitare, continuo ad aspettare i suoi invii, non voglio interromperlo.

Non volevo farti ancora più male per un mio desiderio egoistico di sentirti. Poi, il male è lì, la ferita c'è e lo so, me ne ricordo ogni giorno: per questo scelgo un silenzio in punta di piedi, sempre che serva a qualcosa.

Senza sussulti, sento le lacrime che scivolano, quasi come se non fossero mie.

Federico scrive ancora.

Anche per me è il primo Natale senza di te, senza di noi e senza quello che era nostro: Sugo, una casa che era "casa", una città. Ho deciso io tutto questo, lo so, ma questo non mi risparmia il senso di vuoto.

I suoi messaggi mancati mi avrebbero fatta felice e mi avrebbero fatto sanguinare. E forse mi avrebbero illusa che un sentimento profondo ci unisse ancora. Capisco perché non li ha mandati, e lo ringrazio, ma lo ringrazio anche di avermene parlato adesso. Non sapevo fosse tornato in Italia, sono tutti molto rigorosi nel rispettare la mia richiesta di non riferirmi nulla.

Quante volte avrei voluto scrivergli anch'io, raccontargli del rifiuto della pubblicità degli alberghi, dei colloqui, di ExpoSposi, dei tarocchi, dei consultanti, di Sugo che ancora lo cerca e lo aspetta. Forse sono sciocca, ma sapere che condividiamo lo stesso vuoto me lo fa sentire meno buio, gli scrivo.

Non sei per niente sciocca. Ci sono vuoti che occupano un luogo dentro. Ci sono persone che non sono e non saranno mai "chiunque".

Io non sono e non sarò mai "chiunque", per lui. Ma resto uno spazio vuoto che non vuole più riempire con me. È questo che mi sta dicendo? È questo, temo.

Si stupisce per la decisione dell'agenzia, perché il mio progetto sugli alberghi era molto bello, e mi chiede se sto fotografando. Rispondo di no, ho sospeso la mia attività di fotografa, del gioco della fotomanzia non gli parlo, troppo complicato, voglio restare su di noi, ne ho bisogno.

Immagina il mio sconforto, scrive, ma non devo fermarmi, non devo smettere di credere nel mio talento, e forse ha ragione, ma ora non credo di poter fare nulla se non lasciare che le cose accadano, osservare il dolore, l'amarezza, la paura, la nostalgia, farmeli scorrere addosso e dentro. E nel frattempo controllare le crocchette e la sabbia del gatto. Non sto neanche più aspettando, gli confesso, accetto e basta. Ho deposto le armi, ho accettato il mio fallimento sulle cose importanti, che importavano a me, ora sono un bozzolo. Non so cosa ne uscirà.

Ci stiamo scrivendo ormai da due ore.

Sta lavorando a un suo progetto personale, mi racconta, una serie di fotografie che non ha ancora mostrato a nessuno. Lo considero un segno di guarigione e lo incoraggio, ho sempre creduto in lui e in quel suo talento così compresso. Non c'è mai stata competizione, tra noi, checché ne dicano gli altri.

Era bello vedere la tua immaginazione prendere il volo, Vittoria. Assistere quando inventavi e scattavi, vedere come ti nascevano dentro le cose. E che bello poterti aiutare. Ho sempre voluto il tuo successo.

Lo so, lo ha sempre voluto. E io amavo i suoi successi come fossero miei, forse anche di più perché non c'era la mia ansia da prestazione a fare da zavorra.

E lo vogliamo ancora, ci assicuriamo.

Gli altri non sanno e giudicano, mi scrive. *Credono di sapere e si rispecchiano, immaginano come si comporterebbero loro. Noi eravamo una squadra. Nessuno mi ha mai sostenuto come mi hai sostenuto tu in ogni mio lavoro, progetto o aspirazione. Abbiamo dato e ci siamo dati generosamente, entrambi. Gli altri si stupiscono, ma loro guardavano dal buco della serratura, noi stavamo dentro la casa e solo noi sappiamo chi e cosa eravamo davvero.*

Ho un senso di pace, come se mi fosse stato restituito qualcosa.

E che amore profondo ci ha uniti, che grande cosa siamo stati, ci scriviamo.

Sto piangendo come la fontanella del gatto, confesso.

So perfettamente come ti senti. Per me è lo stesso da quando abbiamo cominciato a scriverci.

Erano pensieri che ci tenevamo dentro da tempo, che avevamo bisogno di esprimere e di sentire. Un riconoscimento, soprattutto per me. Forse lui ne aveva meno bisogno, queste cose io gliele ho ricordate finché ho potuto. Per me era diverso.

Le ho negate per mesi, scrive lui. *Avevo bisogno di staccarmi e ho rinnegato la nostra storia. Mi spiace, non ne ero consapevole, c'era tutto un casino dentro che non lo giustifica ma lo spiega. Sono contento se oggi sono riuscito a dirtelo. Non toglie il dolore né cancella la ferita, lo so, però magari rappacifica.*

Un po', anche se mai capirò quel bisogno di staccarsi e di distruggere tutto. In questo momento è come se mi capisse di nuovo, come se avesse ricominciato a leggermi dentro. È meglio di un abbraccio, meglio di una carezza, è ritrovare chi conoscevo e amavo, è come essere di nuovo importante, anche solo per un paio d'ore. Non cura, ma lenisce.

È stato un passaggio, il suo, scrive ancora. Una lotta contro se stesso di cui io ho fatto le spese. Avrebbe voluto trovarmi alla fine di quel percorso, se mai ci sarà un traguardo, ma purtroppo ero già lì e sono stata travolta.

Mi ha sorpreso il messaggio di Alice quando sono partito per la Svizzera. È l'unica che mi abbia scritto. Ma capisce chi non lo ha fatto. *So che erano tutti sgomenti per te, uno sgomento che condivido pure io, che sono causa del male.*

Vorrei scrivergli che mi manca quando vedo un film, quando rido con gli amici, quando vado a dormire, quando mi sveglio, quando sogno, quando mangio, quando ho una buona notizia, quando ne ho una cattiva, quando gioco col gatto, quando cammino per la città, quando guardo fuori dalla finestra, quando qualcuno mi abbraccia, quando fuori piove, quando vedo il mare, quando faccio una foto, quando guardo il calendario, quando mi faccio un bagno, quando cammino nuda per casa, quando entro nel suo studio che non riesco a chiamare camera degli ospiti, quando rifaccio il letto, quando nessuno mi chiede di lui, quando fingo di star bene, quando ascolto musica, quando ho voglia di ballare, quando metto il cappello floscio che gli piaceva tanto, quando mi rifiuto di svuotare il sacco del vetro perché lì c'è ancora la bottiglia del suo profumo, quando controllo di aver chiuso la porta come faceva sempre lui, quando non vedo più il suo nome sul citofono, quando evito la pizza, quando bevo una centrifuga, quando guido, quando apparecchio e ricordo il tovagliolo, quando le mie mani si muovono mentre parlo, quando mangio biscotti con i pezzetti di cioccolato, quando faccio il bucato, quando stendo, quando scopro qualcosa di nuovo, quando mi chiedo come sta e non posso rispondermi, quando controllo il cellulare e non trovo nuovi messaggi, quando rientro a casa la sera e non lo trovo ad aspettarmi.

Mi manca, ma dirglielo non servirebbe a niente.

Si può essere straordinari senza prendersi terribilmente sul serio

L'espressione dei passeggeri che si stanno imbarcando non sembra quella felice di chi parte per le vacanze, ma quella distrutta di chi è sopravvissuto al Natale.

La mia si armonizza bene con la loro, mentre quella di Alice è radiosa. Lei riesce a conciliare la totale indifferenza per gli sconosciuti con la sensibilità per le persone che sceglie: se ti ha scelto, può trasformarsi in un giullare e far volteggiare tutti i birilli del Creato pur di distrarti dai tuoi pensieri neri. Che oggi sono particolarmente agguerriti.

Era la prima volta che facevo la valigia senza piegare anche le sue camicie perché lui non ci riusciva mai, è la prima volta che prendo un aereo senza di lui, è la prima vacanza senza di lui. E a Londra ci volevamo andare, era una delle città della nostra lista.

Io e Alice saliamo e ci sediamo ai nostri posti, finestrino per me che amo guardare fuori, corridoio per lei che vuole allungare le gambe.

"Ieri mi ha scritto," le dico.

"Oh," fa lei, rimettendo la rivista della compagnia aerea nella tasca della poltrona davanti.

"Oh, già. Siamo stati quattro ore su Whatsapp. Non sento la sua voce da mesi ma sa che non amo il telefono, forse è per questo che preferisce scrivermi... Anche se sembra inconcepibile che noi due comunichiamo solo via messaggio."

"E?"

"È stato bello ritrovarlo. Doloroso, ma bello."

E comincio a raccontare.

"Scusa," mi interrompe lei, "è il tuo riassunto o davvero ti ha parlato del suo progetto fotografico esattamente dopo che gli avevi confidato di non riuscire più a fare foto?"

Ci penso. La sequenza è quella, ma messa così suona in modo diverso da come l'ho intesa io.

"Non c'era meschinità, era desiderio di condividere."

"Non importa," scuote la testa Alice, e mi fa cenno di proseguire. Dopo un po', alza un dito. "Sgomento per averti lasciata?"

"Sì, ha detto così."

Non aggiunge altro e mi lascia continuare.

"È stato un piccolo risarcimento per il dolore che mi ha dato. Non c'è stato un 'e quindi?', mi sono trattenuta dal chiederlo, ma per poche ore ci siamo ritrovati. Ora c'è da elaborare il vuoto, ma ce lo siamo detti."

Nei messaggi di ieri ho sentito di nuovo quell'amore. Forse ha ragione Calliope, è solo nostalgia, forse ha ragione Irene, chi ci ama c'è, è accanto a noi, forse hanno ragione tutti, è finita, forse ha ragione lui, se n'è andato e basta.

Ma ieri, per poche ore, ho riavuto quel noi che mi manca e la me stessa che era amata. Ieri, per poche ore, mi sono sentita di nuovo intera.

"Consideriamolo un bel regalo di Natale," fa Alice, seria. "E nient'altro."

"E nient'altro, lo so," ripeto. "Non torna."

"Forse questo è il più gran regalo che può farti."

Guardo fuori dal finestrino, stiamo per decollare. Probabilmente sì, ma è un regalo che apprezzerò magari il prossimo Natale, quando avrò la stessa lucidità degli amici un passo fuori da me.

Londra mi accoglie sorprendente e generosa. C'è persino il sole.

L'avevo sempre vissuta come una città dove stare un paio di giorni per una mostra, uno spettacolo e poi via di corsa da quel caos, quella pioggia fine e quel pessimo cibo.

Non mi ero mai soffermata a percepirla, a comprenderne la potenza, a sentirne la magia e l'intelligenza rapida.

Ma è tra questi palazzi che sono nate le creature magiche più famose della letteratura: Peter Pan svolazzava tra questi abbaini, Mary Poppins atterrava su questi tetti, Harry Potter ci bazzica tuttora; i pittori vittoriani affollavano le loro tele di figure fiabesche, Shakespeare ne riempiva i teatri e tutto, qui, sembra raccontare storie eterne pervase da quel senso dell'umorismo che in questa terra affonda le sue radici più forti.

Mi piacerebbe trovare davvero la magia, non quella dei tarocchi o delle manciate di sale grosso, quella letteraria delle bacchette magiche, delle fate permalose e delle streghe sardoniche. Quella in cui mi rifugiavo da piccola, dove tutto era possibile e fantastico. Ho una nostalgia struggente di un mondo così e Londra sembra aver conservato quella polverina fatata.

Qui l'ironia pizzica le guance come l'aria d'inverno, si sdrammatizza, si smontano i macigni facendone ghiaietta.

Come ho potuto scordare che si può combattere il dolore ridendo, ridendo fino a stanarlo ed esorcizzarlo?

Fingo di leggere i tarocchi e ho dimenticato una delle magie più potenti: la leggerezza.

E se il primo giorno da turiste vorrei condividere ogni cosa con Federico, dalla colazione all'inglese al bus a due piani, dalla visita al Globe alla passeggiata su Tower Bridge, dal brownie comprato alla bancarella in riva al Tamigi agli Stomp che entusiasmano il pubblico, poi la smetto.

La smetto di volerlo qui e mi godo Londra, le risate con Alice, il sidro alla ciliegia, i black cab per tornare in albergo, *Wicked* all'Apollo Victoria Theatre, lo shopping ignorante, la burrobirra agli Studios della Warner Bros, la bacchetta di Hermione, i mercati di fiori e di abiti vintage, le zuppe di verdura, gli afternoon tea.

E arrivo alla fine di questo anno devastante, supero il Capodanno con un cappellino colorato tenuto fermo da un elastico, mentre la gente al ristorante mi abbraccia anche se non mi conosce, e mi sveglio nell'anno nuovo in una città che mi ricorda che si può essere straordinari senza prendersi terribilmente sul serio.

C'è sempre una scelta

Passata l'Epifania, è ripreso l'avvicendarsi di domande, confessioni, dilemmi e desideri e si sono aggiunte nuove tisane e tè neri, verdi, bianchi. Qualcosa l'ho portato io da Londra, il resto hanno cominciato a portarmelo loro. Quasi quasi faccio fare delle tazze personalizzate per i clienti più fedeli, con sopra le loro foto.

Non ho mai bevuto tanto: divinare sta sconfiggendo qualunque problema di ritenzione idrica.

Saluto Mariella, suo figlio è tornato da Madrid e lei vuol sapere se riuscirà a laurearsi in corso. Ha grandi progetti per lui, chissà se lui è d'accordo. Non ci eravamo viste prima delle feste e aveva un regalo per me, non me l'aspettavo. Mi ha portato un diffusore di oli essenziali alla betulla nordica. Era indecisa tra questa, cipresso-rosmarino e prugna-sambuco, poi ha vinto la betulla. Nordica. Secondo lei mi si addice di più, non l'ho ancora annusata ma come concetto la preferisco anch'io al cipresso o alla prugna.

Ero rimasta ai tempi della verbena o della lavanda, cose semplici, che ero in grado di ricordarmi anch'io, ma pure il pianeta degli oli essenziali gravita ormai nella stratosfera della fantasia.

Controllo l'agenda, il prossimo è nuovo: Alessandro, quarant'anni, foto di profilo su Facebook in giacca e cravatta, stile curriculum.

Ride, quando si presenta. Lo fa ridere essere da una cartomante, si scusa, ma non sta ridendo di me, si precipita ad aggiungere, è di sé che ride. Ha insistito la sua fidanzata perché ha saputo che sono molto brava e alla fine lui ha ceduto perché almeno non ho "la faccia da cartomante".

"Be', sembri una persona normale," spiega meglio.

"Mica detto che lo sia."

Torna serio, mi scruta di sottecchi, poi capisce che stavo scherzando, o quantomeno lo spera, e sta al gioco. "Giusto, magari adesso tiri fuori un calderone e un corvo."

Propongo di sostituire il calderone con un bollitore e il corvo con un gatto bianco e nero, poi preparo una tisana – che gli fa palesemente schifo ma per educazione non lo dice – e gli chiedo di raccontarmi.

Il problema è il lavoro: lo ha perso. Faceva l'agente per un'agenzia di assicurazioni, ma la filiale ha chiuso e lui o si trasferiva a Bolzano o cercava altro. Non ha avuto dubbi, qui sta mettendo su casa con la sua ragazza, si vogliono sposare, lei è maestra elementare, di ruolo, dopo anni ce l'ha fatta, potrebbe chiedere il trasferimento ma a Bolzano è difficile, e poi qui hanno i genitori anziani. Insomma, all'inizio era convinto di metterci poco a trovare un altro lavoro, di agenti se ne cercano sempre, i titolari della filiale gli avevano anche promesso di aiutarlo con qualche contatto, e un paio di amici di organizzargli qualche colloquio. Ma sono passati tre mesi e non è ancora uscito niente, tranne due colloqui andati in fumo e altri due in attesa di risposta.

"Carte o foto?" gli chiedo.

Ha sentito parlare della fotomanzia, anche se non ci ha capito un granché, lascia che sia io a decidere, a lui basta sapere se vedo un lavoro in arrivo nelle prossime settimane, che lo dicano le carte o la Canon gli è indifferente.

Prendo la macchina e gli dico di restare pure dov'è, la luce è buona.

Continua a parlare, mi chiede se può togliersi la giacca, poi si allenta la cravatta, resta in silenzio, si guarda la punta delle scarpe, alza lo sguardo e lo punta nell'obiettivo.

"Io amo davvero Elisabetta," dice.

Scatto.

"Però?"

"Nessun però, nessun però."

Raddrizza la schiena, respira e torna a sorridere.

"È l'amore della mia vita."

Scatto.

"Però?"

China la testa, incurva la schiena, si appoggia con gli avambracci sulle gambe.

"Mi sento un fallito."

Scatto.

Resta in silenzio, scuote la testa.

"Alessandro."

Alza lo sguardo verso di me.

"A te piace fare l'assicuratore?"

Mi fissa, gli si inumidiscono gli occhi.

"Detesto le assicurazioni," sussurra. "Ma non ho il coraggio di dirlo."

Lo fa da quindici anni, quel lavoro glielo aveva trovato suo padre subito dopo la laurea, a casa sua erano tutti fieri di lui, per Elisabetta lui è una colonna su cui costruire il loro futuro insieme e adesso preferirebbe morire piuttosto che deluderli.

"Però odio fare l'assicuratore, e una parte di me è felice che i colloqui vadano male." E lo dice in un soffio, spremendo la frase dai polmoni, finalmente libera di farsi sentire da qualcuno.

Vorrebbe fare il bartender, confessa.

Il bartender? Intanto scatto.

Mi racconta della sua passione per i cocktail, delle sue serate dedicate a nuove ricette, delle ore che passa a esercitarsi di nascosto a lanciare in aria uno shaker e a riprenderlo senza far cadere il ghiaccio – per la sua ragazza è un gioco, per lui è un sogno.

Un suo amico ha aperto da un anno un locale nel centro storico, è sempre pieno, soprattutto la sera, gli ha già detto di andare a lavorare lì ma come dirlo in casa?

Scatto.

Lui tace. Poi si alza e si avvicina alla finestra, una mano in tasca, l'altra sulla bocca.

Scatto.

Infila in tasca anche l'altra mano e si volta verso di me.

"Sono tre mesi che non lavoro, almeno lì avrei uno stipendio."

È in controluce, scatto lo stesso.

Si siede di nuovo, fa un respiro profondo, è più leggero.

Scatto.

"È questo che fai?" mi chiede. "Stando lì dietro aiuti la gente a tirare fuori quello che sente davvero?"

Abbasso la macchina fotografica e lo guardo.

"Sì, credo di sì. Ma è la gente che decide di aprirsi, le serve solo l'occasione."

Scelgo due foto, quella in cui dice che ha paura di deludere gli altri e quella in cui ha deciso di provare a fare il bartender, le mando in stampa e gliele consegno.

Lui rimane lì, in piedi, già vestito per uscire, le foto in mano.

"Sembra che tu non abbia fatto niente, ma esco davvero con una risposta," mormora, senza smettere di fissare le due immagini.

"Sui complimenti devi esercitarti ancora un po', ma puoi

sempre fare il bartender muto. Fa molto mistero, potresti sfondare."

Ride, ci salutiamo, mi ringrazia e se ne va.

Lavo le tazze e accendo un incenso. Tra poco arriva Valentina. Non la vedo da prima di Natale, la foto che le avevo scattato aveva fatto ingelosire il marito – un sussulto di interesse per lei che aveva rinvigorito il talamo per un paio di settimane – e aveva ripreso fiducia. Dev'essere successo qualcosa durante le feste, però, al telefono ho sentito la voce incrinata.

Viene alle cinque, l'ho tenuta per ultima, non voglio avere il tempo contato con lei.

Arriva puntuale e la tisana è già pronta.

Suo marito se n'è andato. È tornata dal lavoro e ha trovato i cassetti aperti, l'armadio svuotato, due valigie in meno. Sul tavolo della cucina, un biglietto.

Me lo mostra, trema. Lo prendo, lo leggo.

Scusami per il male che ti ho fatto ma sto male anche io, devo andare via.

Tiene quel biglietto tra le mani come se fosse una reliquia, l'ultimo ricordo dell'uomo con cui pensava di invecchiare.

"Se n'è andato," ripete, le labbra che tremano, lo sguardo incredulo. "Se n'è andato."

Già. E le ha chiesto scusa con la vigliaccheria di un biglietto, le scuse a distanza, nel silenzio di un monologo, senza contraddittorio.

"Ci accontentiamo delle scuse su un biglietto?" dico, e sento dentro un'eco.

Lei alza gli occhi su di me. "Sta male, è in crisi, è confuso."

Ricordo la presenza di un'amante, era a causa sua che Valentina era venuta da me la prima volta.

Aveva un'altra, mi conferma, ma secondo lei l'amante è solo il sintomo di un malessere più profondo.

Insicurezze, fragilità, ferite ataviche, dolore, confusione. I grandi alibi per ogni mancanza, ogni indelicatezza, per i piccoli atti di crudeltà, le mortificazioni, i rifiuti, le critiche, le accuse e l'abbandono. Come sono indulgenti con se stesse, queste persone così prepotenti, tiranniche e dai sentimenti friabili.

Sono attenuanti che possono valere per una parola di troppo, per uno scatto di nervi, ma non giustificano comportamenti di mesi, di anni.

Le avvicino la tazza, le dico che se vuole qualcosa di più forte ho il ratafià che mi ha portato Angelo, ma lei scrolla la testa e beve un po' di tisana.

"Valentina, nessuno è infallibile, ma ognuno di noi sceglie cosa dire, fare o sbagliare. Non c'è un burattinaio emotivo che manovra i fili, è una nostra responsabilità."

Annuisce, ma non credo che mi stia davvero ascoltando, è immersa nel suo sconcerto.

"È una nostra responsabilità," ripete.

Già, si è perso il senso di responsabilità, l'eccessiva clemenza lo ha abrogato. C'è sempre una scelta, e quella che ci obbliga a pensare anche agli altri è più difficile. Niente giustificazioni dai parenti, dalla confusione, dalla crisi esistenziale o dallo sgomento. Niente alibi, e per favore risparmiamoci ipocrite lacrime salva-coscienza.

Le crisi esistenziali sono un lusso da egoriferiti. Nessuna responsabilità per chi è intorno, nessun impegno verso gli altri, solo se stessi davanti a tutto e sopra chiunque. Ciechi e sordi nei propri problemi, nei propri dolori, con stivali di piombo e guanti di ferro, lanciando bombe come coriandoli.

"Fai come ti senti" è il mantra di chi ascoltano, degli unici che ascoltano. A volte li pagano, per farselo dire. Fai come ti senti, non pensare a nessuno, solo a te stesso, e se vuoi essere vortice, travolgi libero, se vuoi essere valanga, abbatti libero, se vuoi essere grandine, distruggi libero.

Povera, incompresa e sfruttata libertà, usata come una deresponsabilizzazione a tempo indeterminato.

Federico è stato libero di scegliere come comportarsi, avrebbe potuto agire in un altro modo ma non lo ha fatto. Sentiva di fare così. Chiede scusa per il male arrecato come se non avesse avuto alternativa, da ogni storia è sempre voluto uscire immacolato e a testa alta. Mai una volta gli ho sentito dire "mi sono comportato in modo indegno, me ne vergogno, sono stato un egoista e un ipocrita". Eppure, quante volte avrebbe avuto ragione, se lo avesse ammesso.

Valentina mi fissa. "Chi è Federico?"

La fisso anch'io e in quel silenzio mi rendo conto di aver pensato ad alta voce.

Sono imbarazzata, ho parlato di me mentre era lei al centro del discorso. Quanto ci avvicina al sentire dell'altro scavare tra le nostre esperienze fino a trovare quelle più simili alla sua. E le nostre, mie e sue, sono così fresche, così sanguinanti, da sembrare la stessa ferita.

"Qualcuno che mi ricorda tuo marito," le rispondo, e mi scuso per la tirata.

Comunque no, non ci accontentiamo di un paio di scuse scritte su un biglietto. O su Whatsapp.

"Se vuoi conoscere il valore di qualcuno, non guardarlo quando tutto va bene, osserva invece come affronta le difficoltà," le dico, mi dico.

Mi guarda come se stesse affogando e io avessi un salvagente in mano.

"Non posso farcela senza di lui."

E io la vedo, l'assurdità delle sue parole, vedo la patina di cui il suo matrimonio l'ha ricoperta, vedo la tristezza che la zavorra per chissà quanto tempo, vedo la bellezza che timorosa non osa bucare il dolore e uscire dai suoi occhi, dai suoi passi, dai movimenti delle sue mani, ma che è lì, sottopelle, pronta a rifulgere. Vedo tutto e mi chiedo se è questo che i miei amici stanno cercando di dirmi da mesi, se è questo che vedono anche loro. È questo?

Le fotografo l'ombra dei capelli sul viso, le lacrime che scivolano, il biglietto tra le mani, la bocca che trattiene una verità inaccettabile, il vuoto soffocante, il pieno invisibile.

"Certo che puoi farcela senza di lui." Le poso una mano sul ginocchio e la guardo negli occhi, costringendola a fare lo stesso. "Starai meglio senza di lui, te lo prometto."

E ci credo. Lo sento, lo penso, lo voglio.

L'altro piatto della bilancia

Succede così, a me è successo così.

Quando lo incontri, ti chiedi quali potenze divine abbiano deciso di graziarti e farti dono di un uomo come lui. Di intelligenza sopraffina, racconta di sé prendendosi in giro, parla di amori pieni e risolti, di convivenze fatte di progetti, di chiusure dolorose ma consapevoli, rispettose, di responsabilità assunte, di nessuna paura di impegnarsi, e poi ti osserva, sorride, ti chiede, ti ascolta, desidera conoscerti, ti fa ridere e si commuove per le tue ferite. Con lui il mondo sembra colorarsi all'improvviso e tutti i frammenti della tua vita sembrano trovare il proprio posto, ogni dolore, ogni delusione, ogni vuoto ora ti sembra solo il percorso che ti ha portato fino a lì, a lui.

E sei pronta.

Sei pronta a vivere, finalmente, quell'amore sano, profondo, costruttivo. Ti stupisci ogni giorno della tua felicità, impari a condividere gli spazi, a risolvere le piccole incomprensioni semplicemente parlandone, e scopri di essere capace di far parte di una coppia – ti avevano fatto credere il contrario, invece dovevi solo trovare lui.

Lui che continua, nei mesi, a essere l'uomo perfetto, pieno di delicatezze e di premure, che ti riempie di regali per la gioia di vederti sorridere, che ti lascia biglietti in giro per casa, che non ha paura dell'affettività né dei progetti di vita futura, e anzi ne fa di continuo, ne propone, va oltre, va avanti di anni, arriva fino alla fine dei vostri giorni immaginandovi per mano.

Siete squadra, siete uno il confidente dell'altra, nessun mistero tra voi, solo trasparenza, la fiducia è totale, e anche per te questa è una novità, non ti eri mai fidata così tanto di qualcuno, mai avevi aperto tutte le porte come a lui, ed è bello, sai che è la cosa giusta da fare, è naturale. Tutto tra voi è naturale: mangiare, dormire, fare l'amore, ridere, ballare, cucinare, giocare col gatto, parlare delle vostre paure, delle vostre insicurezze, chiedere aiuto, darne, incoraggiare, proteggere, comprendere, darvi la priorità. Siete amici, amanti, consorti, hai per la prima volta un compagno su cui contare, a cui appoggiarti. Questo è essere coppia, scopri, e ti piace, è bellissimo, non ricordi un periodo della tua vita in cui sei stata così felice, così appagata.

Certo, le sue insicurezze sono profonde, ha bisogno di costanti rassicurazioni, la sua paura di perderti ti fa quasi sorridere – mai te ne andresti, mai lo lasceresti – e lo rassicuri, anche quando non capisci cosa lo spaventa, cosa lo ferisce.

Comincia a parlarti di incrinature che tu non vedi, vedi solo piccoli, normalissimi nervosismi da convivenza, minuscole incomprensioni, banali equivoci di poca importanza, risolvibili con un bacio o una parola in più, ma lui li teme, li teme tutti, li indica come scarafaggi che stanno invadendo la casa mentre tu continui a vedere la casa pulita, e non capisci. Hai imparato con lui che amarsi è anche non spaventarsi dei difetti, non preoccuparsi delle imperfezioni, ma per lui diventano un problema, tutto dev'essere perfetto, tutto dev'essere ideale, tu per prima, lui per primo, voi per primi.

E il suo essere perfetto è ciò che devi rimandargli ogni giorno come uno specchio, ha bisogno di esserlo per te, perché solo così si sente splendido, meraviglioso, unico, speciale. Se lo è per te, lo è per se stesso.

Siete ancora insieme, anche se ha smesso di farti regali, anche se richiede sempre maggiori attenzioni e conferme, anche se devi tenere a freno l'ironia perché lo ferisce, anche se stai perdendo la leggerezza perché lui la zavorra con le sue paure e il suo buio, anche se ogni tuo impegno mette a repentaglio la priorità che lui richiede con l'insistenza di un bambino, e allora ogni appuntamento che hai preso deve passare in secondo piano se lui ha bisogno di te. E lui ha sempre bisogno di te, ti mette alla prova continuamente, in fondo ti ama, ti dà tutto, c'è sempre per te, chiede solo la priorità assoluta, chiede solo di essere più importante di chiunque altro, di qualunque altra cosa – anche di te stessa.

E se fallisci quelle prove, sono pietre che lui accumula fino a farne una montagna.

Vedi tutto, ma continua a valerne la pena. Lui continua a valerne la pena, voi due continuate a valerne la pena, e non importa se devi smettere di fare le battute, in fondo puoi farne a meno, è giusto essere più attenta e delicata, e non importa se ridi e giochi un po' meno, in fondo nella vita ci sono cose più profonde, più serie, e non importa se ti interrompe continuamente mentre cerchi di concentrarti su qualcosa, sei tu che non sai riprendere il filo, e poi ti sta solo offrendo una tisana, facendo un sorriso o chiedendo un bacio, e non importa se i discorsi sono sempre più incentrati su di lui, in fondo sta passando un periodo complicato per il progetto di quella mostra, e non importa se da quando lo conosci i periodi complicati si sono susseguiti senza interruzioni, una volta un contratto, una volta la famiglia, una volta un catalogo, una volta la salute, non è colpa sua, lo vedi anche tu, e non importa se anche a te è saltato un contratto, se tuo padre è stato male, se un tuo amico è morto, se non ti pagano per un lavoro, se hai paura di non farcela, in fondo tu sei forte, in fondo tu hai lui, in fondo tu stai bene, tu ce la puoi fare.

E lo prendi in giro perché nella sua vita nessuna passione è durata per più di due anni, ci scherzate su finché lui non comincia a essere insofferente, mese dopo mese, si dimentica di te, ti mette da parte, ti fa pesare ogni aiuto che gli chiedi, lo nega come si nega l'ennesima moneta a un questuante insistente, e tu continui a dargli tutto quello che puoi, tutto quello che ti chiede finché non comincia a rifiutarlo perché, da te, non lo vuole più. E diventi un peso, ma allo stesso tempo sei la donna della sua vita, sei il suo grande amore, e lui rivorrebbe quei due che stavano ore seduti davanti al mare a baciarsi e a progettare futuri possibili, e tu non sai come fare, hai perso tutte le chiavi per entrare in lui, urli che sei lì, ci sei sempre stata, lo hai amato per quello che è, ma lui ti ha messo in una scatola e ha chiuso il coperchio, puoi urlare finché vuoi, tanto non ti sente. E se ti sente gli dai fastidio. Se ti sente, sei tu che non capisci.

Si dispera per non essere stato all'altezza, lascia che il suo ego esca prepotente con la forza di un'armata e distrugga tutto, tutto quello che eravate voi, e poi si assicura che non sia rimasto più niente per cui valga la pena restare. Nel frattempo mantiene il suo mondo di cartapesta e manovra lo spettacolo da dietro un cartonato, mostra agli altri la propria grandezza, la propria magia, affascina, incanta, seduce, conquista. E lì è di nuovo l'uomo perfetto, di intelligenza sopraffina, che racconta di sé prendendosi in giro, che non teme l'amore, gli impegni, le responsabilità, che osserva, sorride, chiede, ascolta, fa ridere e si commuove.

Tu, intanto, raccogli i tuoi cocci.

Nonostante tutto, lo rivorresti.

Perché è l'uomo che ti ha resa felice, è l'unico con cui ti sei sentita parte di una coppia, l'unico con cui sei stata famiglia, e resta quel senso di appartenenza, di casa. E se non lo fa lui, ci pensi tu a mantenere vivo quell'amore profondo e unico, che lui stesso si stupiva di provare perché con te aveva scoperto cosa volesse dire amare davvero, ti diceva, e lo capivi, perché per te era lo stesso.

L'altro piatto della bilancia ti ostini a liquidarlo come un momento passeggero, scosse di assestamento, quei pesi che lui aggiunge di volta in volta non ti sembrano così pesanti, le parti di te che ha voluto in cambio del suo amore e che con immensa fatica stai cercando di recuperare te le strapperesti di nuovo di dosso: continua a essere un prezzo che saresti pronta a pagare.

Da una parte la felicità perduta, l'amore grande, voi due, dall'altra la parte tossica del vostro rapporto, il buio, la fatica. Un perfetto equilibrio.

Ma c'è ancora un peso da mettere su quella bilancia: è il valore che ti dai.

Limone e zenzero

Apro la porta e rivedo me a quindici anni quando sono andata dalla Clementina. Ho davanti una minorenne, e dentro l'impulso di dirle che ha sbagliato indirizzo. Tra l'altro dovrebbe essere a scuola, a quest'ora.

Anfibi, jeans neri lisi, felpa nera dei Blue Öyster Cult, zaino nero coperto di spilline appeso a una spalla, ciocche blu tra i capelli, smalto e rossetto neri, kajal generoso attorno agli occhi.

"Vanno ancora?" le chiedo invece indicando la felpa e facendola entrare.

Annuisce con una vaga sorpresa. So di avere l'età dei suoi genitori, forse anche qualcosa di più, e noi vecchi figuriamoci se capiamo qualcosa dei loro mondi.

La invito a entrare.

Su Facebook è registrata come Victoria Lucas.

"Ti chiami?" le chiedo tendendole la mano.

Me la stringe. "Sofia."

"Sofia è un nome stupendo."

"Anche Vittoria."

Mette lo zaino a terra e ci getta sopra il giubbotto di pelle, atteggiamenti da donna navigata, timidezza da ragazzina.

Le sorrido, mi infilo dietro il bancone della cucina e accendo il bollitore. "O Victoria Lucas," dico. "Ti piace Sylvia Plath?"

Si infiamma. "Moltissimo! La conosci?"

Quella straordinaria convinzione degli adolescenti di avere scoperto tutto loro. Ero così, uguale, ho un moto di solidarietà per tutti i genitori che sopravvivono all'adolescenza dei figli. Quando e se finisce.

"Fa un freddo becco, fuori. Mi faccio una tisana, la vuoi anche tu, Sofia?"

Ci pensa, ma è già da una cartomante, non è certo una tisana che può danneggiarle l'immagine.

"Ok, grazie."

Per lei ci vuole qualcosa di speciale. Prendo lo zenzero e il limone dal frigo.

"Faccio la mia preferita, l'ho scoperta a Berlino anni fa."

E con Berlino me la compro.

Si affaccia al bancone e mi osserva mentre sbuccio lo zenzero e lo passo sulla grattugia di ceramica. "Mai usare il ferro, con lo zenzero," spiego.

Un cucchiaino di miele in ogni tazza, un po' di succo di limone, il pezzo forte fatto poltiglia, tisana pronta.

"È un gusto che punge un po', non è per tutti," le dico, posando le tazze sul tavolo.

Quando l'assaggia le si arriccia la faccia, ma tiene duro. È una tisana berlinese, deve piacerle per forza. E le fa bene, 'sta ragazza si veste troppo leggera, rinforziamo gli anticorpi e scaldiamola un po'.

Prendo le carte e comincio a mischiarle.

"E Berlino com'è?" mi chiede.

"Interessante. Vacci, tra qualche anno."

Continuo a mischiare.

"Ma è vero che i locali chiudono al mattino e puoi ascoltare musica tutta la notte?"

"Vero."

"E tu ci sei stata, in quei locali?"

Un incubo per me che odio la calca, il fumo e i rumori forti, e che devo dormire almeno otto ore per notte, però sì, ci sono stata. Annuisco e mischio ancora le carte.

"E hai provato qualche droga?"

Smetto di mischiare. Se faccio la bacchettona la perdo.

"Qualcuna. Qualche canna, un paio di funghi. C'è un'età in cui si sperimenta, basta sapere cosa si sta facendo e con chi. Sennò non si sta sperimentando, si è semplicemente degli imbecilli."

Mi guarda nello stesso modo in cui la immagino leggere Sylvia Plath.

"Io mi sono fatta un paio di canne col mio ragazzo," confessa.

Riprendo a mischiare. "Erba buona, mi raccomando. Niente schifezze chimiche."

Dio mio, sto dando consigli a una ragazzina su come drogarsi. Fosse mia figlia l'avrei già rinchiusa in camera per i prossimi dieci anni.

"Come mai una come te fa la cartomante?"

Poso il mazzo sul tavolo e le dico di tagliare.

"Una come me in che senso?"

"Una come te. Cioè, tu sei una fotografa famosa, hai girato il mondo, spieghi a tutti come fare il tuo lavoro, dai consigli incredibili, sai chi sono i Blue Öyster Cult. Sei una figa pazzesca, perché fai le carte? Cioè, ci credi?"

La ragazza mi segue su internet, dunque. Di colpo gli adolescenti mi piacciono, solo loro possono dirti che sei una figa pazzesca con quell'entusiasmo e quella spontaneità che te li mostrano in tutto il loro incanto. Non sanno nemmeno com'è fatta, una bolletta.

"Vuoi la verità, Sofia? Non ci credo neanche un po', però ci azzecco. Facciamo la prova: cosa vuoi sapere?"

Non sopporta più sua madre. Sa che ha un amante da più

di un anno, anche se poi in casa fa la santa e la morale a lei. Vorrebbe dire tutto a suo padre e convincerlo a separarsi, così potrebbe stare solo con lui, che tanto non c'è mai, è sempre al lavoro.

Non le piacciono i compagni di classe, sono tutti idioti ignoranti, e la sua compagna di banco è una stronza con il giacchino di pelliccia che la guarda dall'alto in basso.

Il suo ragazzo è a posto: ha lasciato la scuola e lavora da un meccanico, aggiusta motorini. Non gli piace studiare, non gli piace leggere, ma suona la chitarra da dio e un giorno farà il musicista.

E lei, lei tra due anni finirà il classico e non sa ancora cosa fare, suo padre si aspetta che faccia Medicina come lui e che un giorno vada a lavorare nel suo studio, fa il dermatologo, solo che lei vorrebbe andare in giro per il mondo, zaino in spalla, suonando con il suo ragazzo per tirare su due soldi, vivendo di oboli e libertà.

Che meraviglia.

Tutto questo continuando a guardare la mia macchina fotografica, le foto appese, me.

"Preferisci scrivere o fotografare?" le chiedo.

Si immobilizza e mi fissa come se io fossi un'apparizione e lei una miscredente fino a un secondo fa.

"Come... Come fai a sapere che..."

"Scrivere o fotografare?" ripeto.

Abbassa lo sguardo. "Forse fotografare. Ma anche scrivere. Però di più fotografare."

Prendo la macchina fotografica e gliela passo.

"Fammi due foto."

Indietreggia, dice di no, non potrebbe mai, è la mia macchina, sono io, cioè, non può, balbetta, le trema la mano, la lascio agitarsi continuando a sorriderle, in attesa che prenda la macchina fotografica, ma non ne ha il coraggio.

"Sofia, i tuoi sono adulti, lascia che se li raccolgano da

soli, i loro cocci. Fregatene, questo è il momento in cui stai costruendo te stessa, cerca di farlo nel migliore dei modi. I tuoi compagni non sono idioti, non più di qualunque quindicenne sul pianeta, è un'età in cui gli ormoni vi arredano il cervello e ci organizzano dei party permanenti. La tua compagna di banco è una stronza ma tu sei più intelligente di lei, sii furba, trova il suo punto debole e diventa quella che la capisce più di tutti. Il tuo ragazzo è fantastico, ed è fantastico che sia il primo. Ce ne saranno altri, goditela e impara a sceglierli bene. Poi, finisci il liceo e scegliti un'università di quelle toste, dove non regalano voti, se tuo padre può permetterselo fatti mandare fuori Genova, esci di casa, studia qualcosa che ti dia le basi e che ti permetta di sviluppare la tua creatività. Medicina non ti piace? Non farla. Ma chiedere l'elemosina nelle metropolitane non è l'alternativa più furba. Se vuoi provare, finito il liceo parti, fatti tre mesi in giro per il mondo, scopri, sperimenta, restaci anche male, però poi torna e studia. Se ami la fotografia, studia quella. Se continuerai ad amarla, fai quello che si faceva una volta, vai a bottega: offriti come schiava a un fotografo che ammiri, sii l'assistente che avrebbe sempre voluto avere, impara anche quanto zucchero vuole nel caffè, fatti sfruttare e sfruttalo per imparare. Vuoi essere una figa pazzesca? Impegnati, punta al meglio, porta a termine i tuoi progetti e non scaricare sugli altri la colpa dei tuoi insuccessi. E adesso fammi due foto."

Fa di sì con la testa, afferra la macchina, la accende, si alza, si sposta, cerca la luce, scatta. Non osa dirmi di spostarmi, so di essere in un punto buio ma lascio che si arrangi da sola, sto ferma, la seguo solo con lo sguardo, poi, finalmente, mi chiede se posso alzare un po' il viso, guardare di lato, tirarmi indietro una ciocca di capelli. Scatta di nuovo e mi restituisce la macchina come se fosse un neonato.

La ringrazio e le sorrido.

"Ora tocca a te," le dico.

La faccio sedere al mio posto e la fotografo nelle stesse posizioni in cui lei ha fotografato me.

Scelgo due foto sue e due mie, le mando in stampa e gliele consegno.

"Prima lezione di fotografia. Trova le differenze."

Lei mi guarda con lo sguardo d'amore che si riserva agli idoli. Spero che le passi presto, ma intanto mi sembra che Sofia abbia cominciato a soppiantare Victoria Lucas.

Io ci sono. Tu ci sei?

“E così hai un’adepta,” ride Irene al telefono.

“Figuriamoci, era solo una ragazzina in cerca di qualcuno che la capisse.”

“Di un mentore, appunto.”

“Le ho fatto scattare due foto e le ho detto di sbattersi come la maionese, non le ho rivelato il segreto della Forza.”

Irene, la sento, continua a sorridere. Se fosse un gatto si stiracchierebbe al sole dopo aver spazzolato una ciotola di tonnetto e gamberi.

“Mi piace che un giovane personaggio letterario abbia suonato alla tua porta per ricordarti che sei una fotografa e una figa pazzesca.”

Rido. “In effetti il mio ego è corso a rispolverare piume e paillette.”

“Insegna, Vittoria. Mettiti a insegnare fotografia. Già lo fai con le tue pillole su Facebook, metti su un laboratorio, torna a occuparti di fotografia, nutrila, nutriti.”

Mi piacerebbe, mi è piaciuto insegnare, ma se solo provo a immaginare la ricerca di uno spazio, l’affitto, la promozione e l’ansia delle poche iscrizioni già mi stanco. E poi, a Genova. Se va bene si muovono in cinque, per una cosa così.

“La maggior parte della gente che mi segue è sparpagliata ovunque, non si muoverebbe per venire qui una volta a settimana."

"E tu non farli muovere da casa, come già fai adesso. Ti seguono via social, crea il tuo laboratorio online, devi solo costruire uno spazio riservato a loro. Vittoria, credimi, non hai idea di quanto bene ti farebbe condividere con gli altri la tua esperienza, aiutarli, indicargli i problemi, vederli mettersi in gioco e migliorare, sentirti utile."

"Senza farli uscire da casa, eh? Un'accolita di fotografi sparsi che si parla su un forum."

Potrebbe essere divertente.

"Vedi? Hai già il nome: Fotografi Sparsi! Ora ti serve solo qualcuno che ti crei il forum, e se non ricordo male Giorgio è un web designer."

"Ci penso."

"Ecco, brava, pensaci."

"Vorrei prima ricominciare a fare foto in modo professionale, se non altro sarei più autorevole come docente."

Dall'altra parte sento un ticchettare di tasti.

"Irene, ma sei al computer?"

Ancora il ticchettio. "Mmm-mmm."

"Dai, ti lascio allora."

Il ticchettio si ferma. "C'è una frase di Carrie Fisher che mi è rimasta in testa e che mi ha fatto pensare a te, Vittoria."

"'Aiutami, Obi-Wan Kenobi, sei la mia unica speranza!'?"

"No, cretina, non della Principessa Leia, di Carrie Fisher. 'Prendi il tuo cuore spezzato e fanne arte.' Stavo aprendo le mail che mi hai mandato in questi mesi, con le foto che hai scattato. Sicura di non aver preso il tuo cuore spezzato, e quello degli altri, e non averne già fatto arte?"

Guardo l'ora, sono le tre, tutto intorno è notte, sento la via, la casa, persino Sugo dormire. Qualche macchina passa ogni tanto, ma il buio fa da cuscinetto a ogni cosa. Credo di essere l'unica luce accesa qui intorno, credo anche di aver scordato di cenare.

La prima che ho fotografato è stata Valentina, a fine novembre, due mesi fa. Di quella seduta ho salvato dieci immagini. Poi c'è stata la Margherita con le uova fresche e i nipotini negati, poi Gianni a cui è stata strappata la figlia dodicenne, e Rosa liberata dal malocchio, Sandra che sta annusando felicità col geometra dei toast, Antonella lasciata dal compagno, Francesca infelice con un fidanzato che non vuole lasciare, Mariella in ansia perenne per il figlio, Alessandro disoccupato col sogno di fare il bartender, e di nuovo Valentina, di nuovo Francesca, di nuovo Mariella, e anche Angelo, col ratafià e un Natale con gli auguri della figlia, e l'uomo con una diagnosi di tumore e lo sguardo smarrito su un futuro spaventoso, la ventenne bruttina che nessun ragazzo vuole, la nonna che vive col nipote sempre in cerca di un lavoro che gli piaccia, la moglie di un tossicodipendente, la madre di un trentenne precario, la donna che non riesce a restare incinta, l'uomo che non vuole figli né perdere la compagna, la ragazza che ha seppellito entrambi i genitori, la donna che ha seppellito un figlio, l'impiegato che vuole diventare dirigente, l'infermiera di pazienti terminali, il cuoco che vuole aprire un ristorante, quello che lo vuole chiudere, la ballerina senza provini, l'attore senza ingaggi, l'operaio in cassa integrazione, la parrucchiera che ha ricevuto lo sfratto, la giornalista col contratto di solidarietà.

Quanti sguardi persi ho fotografato, paure, dolori, solitudini, sensi di colpa, rabbie sopite, angosce, insicurezze e poi sogni, desideri, speranze, ricordi, scelte.

Sto riguardando tutti da ore, avrò un centinaio di foto che scorro sul computer, scelgo, seleziono, a qualcuna lascio i colori, altre le salvo in bianco e nero.

“Aiuti la gente a tirare fuori quello che sente davvero,” mi ha detto Alessandro il Bartender qualche settimana fa.

Forse sì, o forse, semplicemente, è così che io la vedo.

Ricordarci chi siamo grazie a una foto, ecco cos’è la fotomanzia.

Ricordarci chi siamo attraverso gli occhi di chi ci vede e ci ascolta.

Raddrizzo la schiena, mi stropiccio gli occhi, la stanchezza li sta annebbiando, li chiudo, forse dovrei andare a dormire.

Li riapro lasciando che vadano oltre lo schermo del computer, sui miei libri, i miei ricordi di viaggio, uno yo-yo di legno, due piantine grasse, pupazzetti, fiori secchi, segnalibri.

E una scatola di cartone verde, su una mensola in cima alla libreria.

Me l’ha data mio padre qualche anno fa, stava mettendo a posto le sue fotografie. Uomo del periodo analogico, girava il mondo con la sua Leica, usava i rullini e ogni foto doveva venire bene alla prima per non sprecare liquidi di sviluppo e carta da stampa.

Quando apro la scatola, mi assalgono un odore di carta vecchia e occhi. Occhi di me a pochi mesi, a un anno, due, tre, in piedi, sugli sci, col pallone, con un gatto, su uno scoglio, con un gelato, in pigiama, vestita da Zorro, seduta in un prato, quattro anni, cinque anni, sei anni, col primo dente caduto, in bicicletta, in salopette, col grembiule e il fiocco, le bolle di sapone, il cane degli amici, un palloncino legato al polso, lo zucchero filato, sette anni, otto anni, sul dondolo dei nonni, in barca, in piscina, con la pagella in mano. In alcune sono seria, pensierosa, a volte triste ma più spesso rido, sorrido e sempre, sempre, guardo. Guardo nell’obiettivo, guardo papà che diceva “Vittoria, guarda qui!”, e tra le mani mi resta una foto su tutte: avrò avuto nove anni, ricordo quel giorno, era appena finita la scuola, giocavo in giardino con gli amici e lui era arrivato con la sua macchina fotografica.

“Vittoria, guarda qui!” E io avevo smesso di correre e mi ero fermata, avevo piegato la testa di lato e gli avevo fatto uno di quei sorrisi buffi, a labbra chiuse, occhi aperti.

Quegli occhi che ora mi stanno fissando.

Avevo promesso a quella bambina che da grande sarei stata straordinaria, che non avrei dimenticato i suoi sogni, né la solitudine nascosta in cui si destreggiava in una famiglia spesso assente, né la sua fragilità. Lei era quella che diceva che da grande avrebbe fatto la fotografa. E che desiderava disperatamente essere amata dagli assenti.

Lei che ora mi guarda, col suo sorriso buffo e quegli occhi intelligenti che vedevano oltre, e mi dice: “Io ci sono. Tu ci sei?”.

ENTRO QUESTA SETTIMANA

Chiedere la liberatoria a tutti
Creare una nuova pagina sul sito
Creare un nuovo album su Facebook
Capire come funziona Instagram
Creare un account Instagram
Trovare un nome al progetto

NOMI PER IL PROGETTO

Persone
Pensieri
Speranze
Dimmi di te
Parlami di te
Ricordati chi sei
Storie
Raccontami una storia
Storie in uno scatto
Scatti di storie
Uno scatto per la tua storia
Uno scatto per te
Uno scatto per i tuoi pensieri

Uno scatto per i tuoi pensieri

Ho mandato mail, scritto su Messenger, telefonato. L'hanno firmata tutti, la liberatoria. Temevo molti rifiuti invece ne erano felici, qualcuno persino onorato.

"Vuoi farmi diventare famosa?" ha ridacchiato la Margherita con il foglio in una mano, sei uova nell'altra e nella borsa la foto dei nipotini a Natale da farmi vedere.

"Ne vorrebbe una anche Roberta," ha detto Angelo versandomi un po' del suo ratafià. Stanno ricominciando a parlarsi, lui e sua figlia, con la circospezione del convalescente a cui hanno appena tolto il gesso alla gamba e con la stessa voglia di tornare a camminare.

Rosa ha firmato e mi ha lasciato l'insalata fresca del suo orto, un giardino di tre metri quadrati che fornisce lattughina a metà palazzo. L'altra metà è alleata con la Gina, non se li merita i prodotti a metro zero.

Gli altri, più tecnologici, hanno mandato un file e manifestato il loro entusiasmo a punti esclamativi.

Non dirò mai cosa li ha portati da me, nessuno saprà che tra il divano, le tisane, le parole e la macchina fotografica c'era anche un mazzo di tarocchi.

Uno scatto per i tuoi pensieri, ho chiamato il progetto, e ho cominciato a pubblicare una persona al giorno, il suo nome di battesimo e nient'altro. La loro storia resta privata ed è questo che stuzzica la gente: scoprire ciò che non vedono, capire l'emozione dietro quegli sguardi, indovinarne il segreto.

Su Facebook lascio che azzardino, inventino, raccontino quel che pensano ci sia in quel viso, in quell'immagine, in quel momento.

Su Instagram ho chiesto di usare una sola parola a chiunque voglia lasciare un commento. Qualunque parola, ma una sola.

"Bella," hanno scritto in molti sotto le foto di Valentina. Il primo scatto, tutto è cominciato con lei. "Affascinante." "Altera," ha scritto qualcuno. "Dignitosa." "Spezzata," ha commentato una ragazza. E ancora: "lontana", "intensa", "sofferente", "abbandonata", "smarrita", "determinata", "fragile". "Sola."

Mariella è soprattutto "sofisticata" e "nevrotica", Rosa "dolce" e "delicata", Angelo "burbero" e "tenero", Gianni "solo" e "tormentato".

Le storie che inventano su Facebook, invece, dove le parole sono molte di più, a volte sono incredibili per quanto si avvicinano alla verità, a volte per quanto ne sono distanti. Ho una predilezione per i fan di *The Mentalist* e *Lie to Me*: loro, a forza di serial, si sentono grandi esperti di microespressioni facciali e le interpretazioni sono le più bizzarre, tutti con la specializzazione in psicologia comportamentale assorbita per osmosi via video.

Qualcuno dei protagonisti risponde, ringrazia, a volte rivela cosa lo affliggeva in quell'immagine, cosa lo affligge ancora, e prendono vita reti autonome di amicizia, solidarietà e sostegno. Ogni tanto spuntano persino soluzioni concrete, come la stanza offerta ad Antonella a un costo accessibile per un'impiegata part time. E lei l'abbiamo sistemata. Il compagno è tornato a casa propria ma non nella sua vita, però adesso Antonella abita con una ragazza del banco gastronomia della Coop e il suo boxer di cinque mesi e venti chili. Cibo e compagnia assicurati.

Non mi aspettavo questa risposta. Lo speravo, ma ho sempre avuto alle spalle un concorso, una pubblicità, un'azienda, mai solo me stessa, così, a cuore crudo e scoperto. Mi sono mossa in punta di piedi, acquattata dietro lo schermo, solo con le mie foto e la mia idea, ed è arrivata un'onda a trascinarmi in bilico sulla sua cresta, col vento a favore e l'impeto di un mare amico.

I follower su Instagram aumentano a manciate di giorno in giorno, le condivisioni sui social pure. Alla fine qualcosa di buono me lo stanno portando, questi benedetti social.

Le foto che mi hai fatto sono pazzesche, mi ha scritto Sofia, qualche giorno fa. *Se le vuoi inserire nel progetto dello scatto per i tuoi pensieri a me sta bene.*

Le ho sorriso con un'emoticon. Volentieri, se sta bene anche ai suoi genitori. Le è scocciato terribilmente chiedere a sua madre di firmare la liberatoria, lo so, ma anziché biasimo e riluttanza ha trovato una sostenitrice che non sospettava di avere. Nel frattempo, ha preso l'abitudine di passare ogni tanto da me per mostrarmi qualche scatto e farmi domande tecniche. Ho imposto il pomeriggio, di mattina va a scuola, poche storie.

Sono passate tre settimane da quando ho cominciato a pubblicare le foto e mi stanno arrivando richieste di servizi fotografici.

Il conto in banca non è ancora andato in rosso, questi mesi di tarocchi mi hanno coperto le spese di casa e le assicurazioni su auto e infortuni, che se mi rompessi un braccio mentre esco dalla doccia sarei di nuovo a zero.

Perché lo zero non è poi così lontano, sta sempre nei dintorni, lo vedo, ammicca, saluta.

Ma adesso ho la casa che profuma di betulla nordica, ho l'insalatina fresca, le uova, il ratafià, tisane nuove e persino una playlist di "musica giusta" che Sofia mi ha scaricato con iTunes.

Con i tarocchi non ho smesso, non posso ancora permettermelo, ma la fotomanzia porta la meraviglia in alcune sedute. Non fotografo tutti, non fotografo sempre, solo quando sento di doverlo fare, quando arriva forte quella necessità, quell'urgenza di raccontare ciò che vedo attraverso il mio obiettivo. Ma mi accorgo che succede sempre più spesso.

Nel frattempo, Giorgio ha creato il forum per il mio laboratorio online. Mi spaventa l'idea, si sta muovendo tutto in fretta e non mi è chiaro dove mi stia portando, ma c'è un mondo che mi chiama e io, dopo tutti questi mesi concentrata sulla mia ombra, finalmente ho alzato lo sguardo verso di lui.

It's a Long Way to the Top

Gentilissima signora Conti,

sono la responsabile dell'Ufficio Marketing e Comunicazione di Fujifilm Italia.

La contatto in vista di un progetto internazionale che stiamo organizzando per il lancio sul mercato del nostro prossimo prodotto: una fotocamera medio formato digitale di grande innovazione.

Fujifilm fornirà in anteprima ad alcuni fotografi professionisti il prodotto e tutta l'attrezzatura necessaria per sviluppare un progetto fotografico sponsorizzato.

L'obiettivo è di promuovere, attraverso un tipo di comunicazione che si avvicina più allo storytelling che alla pubblicità tradizionale, il nostro brand e il nuovo prodotto.

In queste settimane stiamo vagliando fotografi professionisti e siamo stati incuriositi dal suo progetto su Instagram "Uno scatto per i tuoi pensieri", di cui abbiamo apprezzato non solo la qualità, ma anche il concept e la reazione del pubblico. Abbiamo inoltre notato che è stato raccolto da alcuni siti aggregatori e che sta ottenendo un buon risultato di visibilità virale.

Il suo progetto rientra nella vision che abbiamo definito per la nostra campagna pubblicitaria e ci piacerebbe se potesse svilupparlo con i nostri prodotti.

La campagna partirà a maggio, coprirà il mercato interna-

zionale attraverso i nostri canali di promozione ufficiali e durerà un anno. Ogni progetto fotografico verrà veicolato in lingua inglese e, nel Paese del professionista sponsorizzato, nella lingua nazionale (nel suo caso in italiano).

Saremmo infatti onorati se volesse rappresentarci in Italia.

Se, come spero, è interessata alla nostra proposta, sono a sua disposizione per approfondire i dettagli e discutere del compenso.

Cordiali saluti

Sonia Baroni
Trade Marketing and Communication
FujiFilm Italia

Credo di aver avuto la stessa espressione di Alice in questo momento e ci ho messo più o meno lo stesso tempo a riprendermi. Nel mio caso, però, non ho bruciato niente.

"Alice, cos'è 'sto odore?"

L'arrosto in forno. Doveva essere roast beef, ma il fumo che esce lascia intendere che sarà ben cotto, in perfetto abbinamento con le patate che lo circondano. Quell'abbrustolito che fa un po' caldarrosta fuori stagione.

Lei si alza e corre a spegnere, apre, sventaglia con le presine, riempie la cucina di fumo, mentre io chiudo la porta per evitare di insaporire anche il resto della casa.

"È fantastico, Vittoria. Fantastico!"

Rido e apro la finestra. "Più che altro, è bruciato."

È fantastico, certo che lo è. Non avendo un forno da spegnere, quando ho letto quella mail mi sono limitata a restare immobile sulla sedia, in silenzio, respirando il meno possibile in attesa di ogni eventuale reazione cosmica, compreso un meteorite nel caso l'universo non fosse stato d'accordo.

Poi ho messo su gli AC/DC e ho cominciato a ballare come una forsennata, cercando di non pestare Sugo che considerava necessario partecipare al sabba spaparanzandosi davanti a me a pancia all'aria.

It's a Long Way to the Top (If You Wanna Rock'n'Roll)!

Ho smesso dopo cinque minuti, non ce l'ho più il fiato dei vent'anni.

"Vittoria!" mi urla Alice, prendendomi per i polsi.

"Eh!"

"Urla!"

"Perché?"

"Perché fa bene!"

Urliamo "sì" con tutte le *i* che riusciamo a mettere in un solo grido, ridiamo, beviamo e, lo ammetto, io piango anche un po' ma è un pianto bello, il primo pianto bello da mesi, un pianto che mi libera, mi scioglie, mi stappa il respiro.

Poi scrostiamo la carne dall'involucro carbonizzato e ci sembra perfetta.

"Come funziona?" mi chiede Alice, masticando con impegno.

"Nei prossimi due mesi inviterò chi vuole a raccontarmi la sua storia in cambio di uno scatto. Dovrò usare la loro medio formato, le loro ottiche e realizzare dei video di backstage. A Fuji devo consegnare entro fine aprile dodici foto e i dodici video, in esclusiva, con la liberatoria firmata dai soggetti e un pezzo dedicato a ogni foto, nel quale racconto i dettagli, personali e tecnici."

"Sei l'unica fotografa italiana?"

"Sì."

Hanno scelto me. Proprio me. Solo me.

"E avrai tutta l'attrezzatura nuova."

"Sì, tra l'altro è un'attrezzatura eccezionale, ho sempre desiderato provare i loro prodotti. Devo restituirla fra due mesi, ma intanto me la godo."

"Potrebbero anche lasciartela," bofonchia Alice, "tanto

sarà usata, fra due mesi. Tu comunque restituiscila solo se si ricordano di chiedertela."

Rido. Il suo pragmatismo non è mai del tutto irreprensibile, ma è buffo anche per questo.

"E ti pagano."

"E mi pagano. Bene. Molto bene. Diciamo che grazie a loro posso respirare tranquilla fino alla fine dell'anno. Magari senza andare un mese ai Caraibi, ma abbastanza per ricominciare a vivere dignitosamente."

Alice mi riempie di nuovo il bicchiere e alza il suo per un altro brindisi.

"Si torna a vivere," dice.

Si torna a vivere.

COSE DA FARE

Valigia
Passaporto, dollari e biglietto aereo
Attrezzatura
Pulire casa, svuotare sacco del vetro
Preparare camera degli ospiti
Confermare tavolo per sei al ristorante
Chiamare ristorante di Ravenna

Ci siamo tutti

Controllo la lista della valigia e del borsone: è tutto spuntato.

Sugo si è seduto sopra i bagagli, ha sempre dichiarato ostilità alle partenze, di qualunque genere.

Mi siedo accanto a lui e lo gratto sulla testa. Lui attacca a ronronare, senza rinunciare al proprio disappunto.

"Un mese, Sugo. È solo un mese e non rimani solo, domani viene Francesca. La conosci, ti piace, le porti sempre il topino."

Francesca, la mia prima consultante, che si vestiva di beige e che mai avrebbe lasciato il fidanzato, lo ha lasciato. Il re di coppe l'ha convinta, ma prima di tuffarsi in un'altra convivenza lei ha deciso di accendere un mutuo, comprarsi casa e vivere da sola per un po'. E ha già perso due taglie.

Il prossimo mese finiscono i lavori nel suo bilocale, le serviva un posto dove stare nel frattempo e a me serviva qualcuno che stesse con Sugo.

Ha già portato le sue cose nella camera degli ospiti, le ho dato le chiavi e mostrato dove tengo biancheria, medicine, detersivi.

Domani parto per New York e lei si trasferisce qui.

Lo avrei proposto a Valentina, ma suo marito è tornato a

casa, e lei se l'è ripreso senza pretendere in cambio un matrimonio felice.

Sono stati mesi frastornanti.

Il progetto per la Fuji ha avuto una risonanza più ampia del previsto, per un mese ho ricevuto ogni giorno qualcuno con una storia da raccontare davanti a me che scattavo. La voglia di consegnarmi quelle storie era tale che quasi subito tutti si sono dimenticati delle telecamere fissate sui cavalletti, senza il sonoro. Eravamo solo io e loro, ciascuno con le sue due ore a disposizione per parlarmi, confidarsi, spiegare, piangere, sorridere, ricordare, sperare.

Ho chiesto a ognuno di indicarmi fin dove potevo spingermi nel racconto che ne avrei scritto, li ho descritti, li ho mostrati, ho rivelato quello che potevo e protetto il resto.

A fine aprile ho consegnato a Fuji il lavoro e il nome del progetto: *Aggettivi*. È piaciuto, lo hanno approvato e mantenuto anche in inglese, e io sono diventata "quella degli aggettivi".

Quando ho ricevuto la mail dal Pratt Institute di New York, ho avuto una reazione più moderata rispetto a quella di tre mesi prima per la mail della Fuji. Ho riso e ho selezionato gli AC/DC su Spotify per consolidare un rituale, ballando sulla sedia e rispondendo nel frattempo.

Due workshop di una settimana ciascuna nel loro campus di Brooklyn a settembre.

Sto andando a New York per un mese, a insegnare fotografia.

Sono terrorizzata, elettrizzata, entusiasta e appagata. Tanto per dirla in aggettivi.

Nel frattempo il forum dei Fotografi Sparsi è pronto e Sofia, con il permesso dei genitori, si sta occupando della promozione. Sul web se la cava molto meglio di tanti social media manager che ho visto al lavoro, ha già aperto l'account Twitter e la pagina Facebook, gestisce il sito e si destreggia con la padronanza di una professionista. Il compenso sarà l'iscrizione al laboratorio, si parte a metà ottobre. Ci sono già molti iscritti, sarà più impegnativo della fotomanzia, mi sa.

Finirò a metà gennaio, in tempo per la pubblicità di una compagnia di navigazione: crociere. Andrea dell'agenzia mi ha chiamato prima dell'estate, non vedono l'ora di lavorare di nuovo con me, mi ha detto. Stavolta ho preteso che mi mandassero il contratto definitivo prima di cominciare a muovermi. E ho chiesto un compenso più alto.

Guardo l'ora, sono già le sette e mezzo, prendo le chiavi dell'auto, saluto Sugo ed esco, passo a prendere Alice e andiamo al ristorante.

Giorgio e sua moglie arrivano in scooter, Monica e il suo ex amante, ora nuovo compagno, arrivano a piedi. Non è male, in questi mesi ho sciolto le riserve – un po' perché vedo come si comporta con Monica e vedo lei felice, un po' perché ha scompigliato pregiudizi e stereotipi. Si è davvero innamorato di una donna, ha davvero lasciato la moglie e sta davvero ricostruendo una vita di coppia, senza svicolare dalle sue responsabilità di padre ed ex marito.

"Ci siamo tutti?" chiede Monica.

In questo momento, a Ravenna, Irene e suo marito sono nel loro ristorante preferito. Mi sono messa d'accordo col proprietario, stasera offro io, qui e lì. Finalmente.

"Ci siamo tutti."

C'è anche un messaggio di Federico, me lo ha mandato oggi pomeriggio:

Ho visto che domani parti. Vai, conquista il mondo, te lo meriti. Sono fiero di te. Avrei voluto portarti io, a New York, avrei voluto esserci anch'io, quando hai ripreso il volo, avrei voluto che tutto andasse diversamente.

L'ho letto, ho sorriso. Quanto Federico in quel messaggio.

Usi troppi condizionali, gli ho risposto. *I condizionali sono pensieri che non riescono a diventare fatti. Sono verbi falliti.*

Avresti potuto fare tutto quello e molto di più, ma non lo hai fatto.

Io, invece, sì. E ho smesso di aspettarlo.

Vorrebbe essere mio amico, ma come potrebbe? I miei amici sono dei giganti. Mi hanno protetta e nutrita per tutto il tempo in cui ne ho avuto bisogno, sono sempre stati qui, accanto a me. E io sto bene lo stesso, sto bene nonostante tutto, sto bene di nuovo. Lo spazio che ha lasciato non gli appartiene più.

Ora c'è spazio solo per questo tempo presente, il futuro arriverà e spero che saprà stupirmi con una felicità capace di restare.

Perché io ci sono, e non uso condizionali.

E un giorno vorrei proprio incontrarla, quella mia metà che secondo il mito si aggira per il mondo. Possibilmente finché avrò ancora un girovita: c'è un vestito rosso che vorrei indossare.

"Ti abbiamo preso un regalo di buon augurio," dice Monica, che ormai parla solo al plurale. "Tieni. Magari hai iniziato a crederci un po'."

Un mazzo di tarocchi.

Ridiamo. Più di dieci mesi fa ha fatto lo stesso e ora siamo qui, davanti a un piatto di taglierini all'astice, con del Traminer nei bicchieri, io sono quella degli aggettivi in partenza per New York e la mia carta di credito si può permettere questa cena con loro, per loro.

Mischio le carte e ne giro una a caso, prendendola a occhi chiusi.

Il Carro.

Vittoria.

Dietro il set di Vittoria

(avviso per gli intolleranti ai ringraziamenti: presto, chiudete il libro!)

Ho iniziato questo romanzo il 12 marzo 2017 (non una data a caso, chi ama Terry Pratchett lo sa). Ero in piena crisi creativa, convinta di non riuscire più a scrivere, e mi sentivo mutilata. Inoltre, la mia precaria situazione lavorativa non aiutava a farmi sentire serena.

Pochi giorni prima, mia madre mi aveva detto: "Mica devi scrivere solo storie allegre! Perché non racconti come ti senti in questo momento?". Le avevo risposto che non aveva senso ma, come spesso accade, aveva ragione lei.

Quel 12 marzo d'un tratto mi è caduto l'occhio su una foto che mi ha scattato mio padre da bambina, una foto in cui ho la stessa posa buffa di Vittoria in questo romanzo. Poi mi è caduto l'occhio su Facebook, questa vetrina che fagocita tempo e persone, dove ho visto amici trasformarsi e, a volte, slatentizzare tratti narcisistici rovinosi, e che può diventare un mezzo di comunicazione davvero pericoloso. Intanto Brodo, il mio gatto, dormiva accanto al computer nella sua solita posizione assurda. Ho sorriso e ho cominciato a scrivere.

Ecco cosa potreste trovare di me in questa storia.

Ma non sono una fotografa: la fotografa vera è Sara Lando, che ho la fortuna di conoscere da molto tempo e alla quale ho chiesto consulenza tecnica per dare a Vittoria una competenza di cui io sono priva.

E prima che qualcuno di voi mi chieda un giro di carte, non sono nemmeno una cartomante. Per questo ho affidato a Francesca Strata il compito di controllare che non avessi scritto troppe fesserie sui tarocchi.

Non ho neanche mai passato notti brave a Berlino tra sesso, droga e rock'n'roll. E spezzare il cuore a Vittoria mi sembrava perfetto: a chi non è successo almeno una volta?

La levatrice di Vittoria è stata Alice Basso, che ha letto capitolo dopo capitolo, tifando come un ultras.

Dopo tre mesi ho mandato il romanzo alla mia agente, Silvia Meucci, che aspettava con pazienza e fiducia. Dopo un altro mese, mentre pesavo gli zucchini al supermercato, mi ha chiamato Ricciarda Barbieri, la mia editor di Feltrinelli, e ha detto: "Vittoria!". Se qualcuno, quel giorno, ha visto una tipa che piangeva abbracciata a un sacco di sabbia per gatti alla lavanda, non ero assolutamente io, vi siete sbagliati.

Chi ha brindato subito con me sono state le cinque persone di fiducia a cui avevo dato da leggere il romanzo o quelle che mi avevano dato la spinta che mi mancava, i miei giganti insomma (ho aperto le ali, zia).

Ma c'è qualcun altro che, nelle stanze di un forum, ha seguito, tifato e partecipato alla nascita e al percorso di Vittoria: i miei Scrittori Pigri. Quello che mi ritorna dai laboratori online di scrittura che tengo ogni anno è immenso: nel Gruppo di Supporto Scrittori Pigri si creano legami profondi. E, nella carrellata di persone che si fanno leggere i tarocchi da Vittoria, ci sono anche consigli arrivati da loro: è bastato chiedere e si sono scatenati.

Ecco, io, tutte queste persone, le ringrazio. Perché dietro un libro non c'è mai solo l'autore, c'è una squadra. Compresa quella di Feltrinelli, straordinaria, a cominciare da Giovanna Salvia, la redattrice che mi ha fatto le pulci: era esattamente quello che volevo. E se nell'editing di *Qualcosa di vero* avevo scoperto di far sorridere chiunque, nell'editing di V*ittoria* ho scoperto di aver fatto inclinare la testa un po' a tutti. Grazie a Giovanna si sono salvate parecchie cervicali, ma ora sono curiosa: chissà quale sarà il *gioca jouer* nei miei prossimi romanzi!

It's a long way to the top (if you wanna rock'n'roll).

Indice